第７章

CHAPTER VII

王門八極

俺の名はケイイチロウ・クスノキ。

脳内では完全にカタカナ表記になってしまったが、元は『楠《くすのき》 圭一郎《けいいちろう》』という漢字名の一般的な日本人であった。

「であった」と過去形なのには理由がある。なんと俺は一度病気で亡くなり、そしてこの世界――剣と魔法のファンタジー的世界――に別の身体《からだ》で転移してきた元日本人なのである。

この世界で目が覚めた時、俺は森の中にいて右も左もわからない状態だった。それがなんやかんやと色々なイベントを乗り越えて、今はサヴォイア女王国の第二都市であるロンネスクで、モンスター狩りを生業《なりわい》とするハンターとして生計を立てるまでになっている。

……まあ実際は、過剰なまでに能力の高いこの肉体のお陰で活躍をしまくって、たった二か月で準騎士爵なんていう爵位までもらってしまったわけだが……。

自分としては身の丈に合った生活をしたいと思っているが、その「身の丈」がいったいどの程度のものなのか、今まさに探っている最中という感じである。

さてそんな俺だが、今日はロンネスクの自宅で朝からゆったりと休日を過ごしていた。

なにしろこちらの世界に来てからというもの、モンスターの氾濫《はんらん》を止めたり遺跡の調査で巨大モンスターを倒したり、悪徳騎士団長と決闘をしたり、教会の聖女二人と『厄災』の一つである『穢《けが》れの君《きみ》』の分霊を封印したりとほぼ休みなしだったのだ。いくら前世が社畜気味の中間管理職だったとしても、さすがに休息は必要である。

「ケイイチロウさん、お茶をどうぞ」

テーブルの上にいい香りのするティーカップを置いてくれたのは、水色の髪をサイドで結んだ超絶美人サーシリア嬢である。ハンター協会の敏腕職員である彼女は、とある理由があって俺の家に同居しているのだが、彼女も今日は休みをとったらしい。

「ありがとうサーシリアさん。サーシリアさんの淹《い》れてくれてくれるお茶は美味《おい》しいから嬉《うれ》しいけど、せっかくのお休みなんだからあまり俺に構わないでいいからね」

俺の中間管理職的な気づかいに、サーシリア嬢は頬を赤らめつつもニッコリ笑って対応してくれる。

「ふふっ、私が好きでやっていることだから大丈夫ですよ。ケイイチロウさんこそ今日はなにかするつもりだったんじゃないですか？」

「う〜ん、実を言うと今日はアビスと遊びながらゆっくりするつもりだったんだけどね……」

アビスは少し前に遺跡で拾ってきた黒猫である。

重度の猫好きな俺にとって、こちらの世界に来て猫を飼うことができるようになったのは大変な喜びであった。にもかかわらず多忙の中でアビスと戯れることが十分にできていなかったのだ。

そこで久しぶりの休日を愛猫アビスと共に過ごそうと予定していたのだが……

「ふふっ、アビスを取られちゃったからそんな顔なんですね」

「まあそうなんだよ。というか俺って今そんな落ち込んだ顔してるの？」

「休みなのに元気がなかったからちょっと心配しちゃいました。それくらいの顔です」

「そうなんだ……」

そう、実は肝心の黒猫アビスが朝から俺のところに一回も来てくれないのだ。

なぜならアビスは今、三人の少女たちのアイドルになっているからである。

「凄《すご》く可愛《かわい》い……ここが気持ちいいの？」

無表情な中にも慈愛を感じさせる顔で黒猫アビスの喉の下をなでているのは、アルテロン教会の聖女ソリーン。黒髪ボブカットに薄く青みがかった肌、耳の先が少し尖《とが》っている魔人族の美少女である。

「なにこの子、ちょっと甘え過ぎじゃないの、あははっ」

急に胸元にとびこんできたアビスを受け止めて笑顔になっているのは同じく聖女のリナシャだ。長い金髪に気の強そうな顔立ちの、こちらも掛け値なしの美少女である。

「アビスはこのオモチャが好きなんですよっ、ほらっ」

俺が作った猫用オモチャでアビスをじゃらしているのはエルフの魔導師ネイミリア。長い銀髪にエメラルドの瞳が神秘的な、こちらも驚くほどの美少女だ。ちなみに俺の押しかけ弟子でもある。

彼女たちに囲まれて、黒い子猫が床の上で転がったりじゃれついたり身をくねらせたりしている様子は大変微笑《ほほえ》ましいのだが……俺の心には寒風が吹いていた。

まあうちの猫は世界一可愛いから仕方ないね（一般的猫好きの思考）。

などと思っても、この心に暖かい陽《ひ》は差さないのである。

……いやそれよりなぜ教会の聖女二人がうちに遊びに来ているのだろうか。

たしかに彼女たちを悪司教の手から救ったり、一緒に『穢《けが》れの君《きみ》』の分霊と戦ったりはした。しかしだからといって休みの日に遊びに来るのはなにか違わないだろうか。

そう思った俺は、近くで三人と一匹を微笑ましげに眺めている女性――聖女の護衛兼世話係の女神官騎士カレンナルに声をかけた。

「カレンナルさん、その、聖女様がこのように信者でもない男の家に来てなんの問題もないのでしょうか？」

頭部には二本のツノ、そして背中側には爬虫類《はちゅうるい》を思わせる尻尾《しっぽ》。セミロングの青髪も美しい竜人族の美人は、キリッと真面目な顔になってうなずいた。

「はい、その点は問題ありません。クスノキ様は『穢《けが》れの君《きみ》』討伐の功労者でもいらっしゃいますし、準騎士爵の爵位もお持ちの立派な方でいらっしゃいます。教会の人間としてはむしろ聖女様方と親交を深めていただきたく考えております」

「はあ。まあそれなら構わないのですが……」

「クスノキ様の貴重なお休みにお邪魔をさせていただいている点については大変申し訳なく思っております。しかし聖女様方も不自由な身の上、できればお相手をしていただけるとこちらとしては大変ありがたく……」

「ああ、それについてはなんの問題もありませんよ。私もただゆっくりしているだけのつもりでしたから、聖女様がこんな家で息抜きができるのなら重畳《ちょうじょう》です。カレンナルさんも少しは気を抜いてくださいね」

「ありがとうございます。私も教会にいるより、こちらにお邪魔したほうが休まる気がいたします。あ、今のは御内密に……」

「はは、わかりました」

先日俺が悪事を暴いて失脚させたクネノ大司教は種族差別をしていたようだし、教会も様々な裏事情がありそうだ。竜人族の彼女も色々と悩みがあるだろう。

まだ若い女性が職場の人間関係で気苦労をするのは同情を禁じ得ない。サーシリア嬢もそうだが、美人は美人で余計な気苦労が多そうであるし。

「あっ、カレンナルが男の人と親しく話すのって珍しくない？　えっちょっとまさかもうそんな関係っ!?」

俺とカレンナル嬢が微妙に通じ合っていると、金髪聖女リナシャが目ざとく反応をした。

その妙な勘繰り発言を、いつも冷静なソリーンがたしなめる。

「リナシャはすぐそういうこと言うから。クスノキ様もカレンナルも困ってしまうわ」

「え〜でも今のは怪しくない？　カレンナルちょっと笑ってたし」

「カレンナルだって談笑くらいはするでしょう」

「でも男の人と話をしてて笑ってるのは初めて見る気がするけど。クスノキさんって結構手が早そうだし」

「師匠はそんな簡単に女の人に手を出すような人じゃありませんっ！」

リナシャのとんでもない発言に、ネイミリアがぷくっと膨れて抗議する。

「えっでもネイミリアとサーシリアさんだっけ？　二人とはもう一緒に住んでるじゃない」

「だからそれは違うって言ってるじゃないですか！　っていうか三人目に手を出したみたいに考えてるんですか!?」

「ネイミリアちゃん、いまのはリナシャの冗談だから……ね？」

「あうぅ〜っ」

ああなんかすごく年頃の娘さん感全開の会話である。前世の長女もこの年頃は……全然口きいてくれなかった記憶しかないな。また心に寒風が……

「にゃあ」

おおアビス、この心を温めてくれるのはお前しかいない。さあ膝の上においで。

「アビスちゃんこっちで遊びましょう？　いい子ね、ふふっ」

聖女ソリーン様、それはあまりに残酷過ぎませんか。


翌日朝、俺はネイミリアを連れて街中を歩いていた。

向かっている先は都市騎士団の駐屯地。俺たちはそこで都市騎士団の訓練指導を依頼されていた。

都市騎士団はここ城塞都市ロンネスクを守る騎士団である。女騎士団長アメリアに率いられるこの騎士団は対モンスター専門部隊としての性質が強く、俺は以前遺跡調査においてこの騎士団と共闘した。その際に『ガルム』という7等級のモンスターを討伐したのだが、その腕を買われて訓練指導を頼まれるようになったのである。

ハンターである自分にとっては畑違いの依頼ではあるが、行政側の組織である騎士団とつながりを持っておくことは一ハンターに過ぎない自分にとってもメリットは大きい。

その上騎士団の練度が上がることで戦力の増強がなされるなら、それは『厄災』の足音がすでに聞こえ始めている状況下において非常に意味のあることだろう。俺自身がいくら強くなろうとも、一人でできることなどたかが知れているのだ。

「師匠、私そろそろ雷魔法が使えそうな気がするんです。なんていうか、魔力がそこまで上がってきたような感じがします」

駐屯地へ向かう道すがらネイミリアがそんなことを言ってきた。

「ふむ。じゃあ明日はどこか高レベルの狩場に行ってみるか。今日は訓練が終わったらハンター協会に寄ってみよう」

「はいっ。楽しみです」

ちなみに俺は先日準騎士爵に叙せられたが、ネイミリアを含めて周囲の人間とのやり取りは今まで変わらない。一応貴族という扱いではあるのだが、この国では騎士爵までは本人が望まない限り（貴族としてふるまわない限り）普通に接するようだ。というかハンター協会のアシネー支部長とトゥメック副支部長も実は騎士爵らしい。

なお貴族といえば「領地を治める」というイメージがあるが、それは騎士爵の上にあたる男爵からになるとのこと。俺自身は領地を治めるなどというのは想像もできない世界なので、もちろん目指すつもりはまったくない。

騎士団駐屯地の訓練場ではいつもの訓練を行った。

訓練といってもインチキ能力で強くなった俺に高練度の騎士たちを指導する力などもとよりない。

ではなにをするのかというと……

「クスノキ殿、準備はよろしいですか？　ではお願いします。第一小隊参るッ！」

都市騎士団、騎士コーエンが率いる第一小隊の騎士十人が半包囲網を敷きながら俺にじりじりと迫る。

あと数歩で短槍《たんそう》の届く距離、というところで、前列の三人が見事な連携で突きを放ってくる。

完全に人ではなくモンスターを想定した攻撃だ。その攻撃を俺は手にした大剣《たいけん》で一息に弾《はじ》き返《かえ》すと、続いて繰り出される四方からの短槍を『縮地』を用いて躱《かわ》していく。

と同時に連携の隙を見て、動きの止まった騎士を一人ずつ大剣の腹で殴りつけて弾《はじ》き飛《と》ばす。

それでも果敢に攻め続ける騎士たちと攻防を続けること十五分ほど……そこで「止《や》め！」の声がかかる。

「はぁ、はぁ、ふぅ、ありがとうございましたッ！」

騎士コーエンを中心に今戦っていた十人がビシッと敬礼をして小休止に入る。そして入れ代わりに次の小隊が……という具合に、いわゆる模擬戦を行っているのである。

普段の鍛錬の成果を実践すると同時に、俺という高レベルの人間を相手にすることでレベルやスキルレベルを上げようという目論見《もくろみ》だ。こちらとしても訓練された騎士たちを相手に立ち回りの練習ができるので、非常にありがたい方式である。

さて、そんなこんなで十小隊百人を相手にした後は、お約束のキラキラオーラをまとう美人騎士団長、アメリア嬢との一対一の模擬戦になる。

彼女は有名な（といっても今のところ名前しか知らないが）『王門八極《おうもんはっきょく》』という王家直属の武官に請われたこともある猛者らしく、とにかく強者と手を合わせることが好きらしい。

そんな人間は物語の中だけの存在だと思っていたのだが、まさか女性がその一人目として目の前に現れるとは思わなかった。異世界恐るべし、である。

「クスノキ殿、よろしいか？」

訓練場の中央で、真紅のポニーテールをなびかせた女騎士と向かい合う。

蒼銀《そうぎん》の鎧《よろい》と盾、そして名のある名匠によるものと思われる長剣《ちょうけん》（ファンタジーでおなじみのミスリル製とか）を携えた彼女は、いかにもゲームの主要キャラといった出《い》で立《た》ちである。

「では参るッ！」

いきなり銀光が眼前に閃《ひらめ》いたのは、『縮地』と同時の斬撃。

俺がそれを躱すと、盾を前に突進する『シールドバッシュ』、と思わせて盾の陰から紫電の如《ごと》き三連突き。

それを大剣で弾《はじ》きつつ、こちらも連続斬りで押し返す。そんな荒れ狂う嵐のような打ち合いを数十合《ごう》続け……

凄腕《すごうで》の女騎士にわずかに生まれた隙を逃さず、俺は大剣の切っ先をねじ込んでミスリルの剣を弾き飛ばし、すっ、と刀身を彼女の首筋に宛《あて》がった。

「参った」

負けてさわやかな顔をしている騎士団長と握手をして、俺はこの日の訓練指導を終えた。

「やはりクスノキ殿は強いな。正直力の底が見えん。団員を十人相手にしても余裕があるさまは、とても同じ人間とは思えないくらいだ」

ネイミリアが魔法の指導をしているのを、俺はアメリア団長と肩を並べて遠巻きに見ていた。

「団長もこの短期間でさらにお強くなっていますね。普段どれほどまでに鍛錬を積まれればそうなるのか、私はそちらの方に恐れ入るばかりですよ」

「フッ、クスノキ殿のその謙虚さこそ見習いたいものだな」

「これは謙虚というわけでもないのですが……。それより団員の前で団長に恥をかかせていることにはなっていませんか？」

「我が騎士団の団員は、クスノキ殿に負けることを恥とは考えてない。貴殿は7等級を三体……正しくは四体、一撃で倒す強者だぞ。少しは自覚したらどうだ？」

「そうですね、それはいい加減自覚しないといけないかもしれません」

「ふむ……」

そこでアメリア団長は言葉を切った。ちらとその顔を見ると、形の良い眉を寄せてなにやらためらいの表情を浮かべている。

「ところでだな、私のことを団長と呼ぶのを改めてもらえないか？　言葉遣いも普段通りのものでお願いできると助かるのだが」

「はあ。ではどのようにお呼びすれば？」

「アメリアと呼んでほしい。ニールセンは自分にはやや疎遠な姓なのでな。名の方で頼む」

「わかりました、アメリア団長」

「むぅ、団長はいらないのだが」

「さすがに公の場では……。言葉遣いは個人的にお会いした時には変えるようにします。もしよろしければアメリア団長も私のことをケイイチロウとお呼びください」

「うむ、そうさせてもらおう。言葉遣いは個人的に……か。近々個人的な依頼をすることがあるかもしれん。その時はよろしく頼む」

「わかりました。私にできることがあればお手伝いはしますよ」

「う……うむ」

凛《りん》としたアメリア団長の横顔に、隠し切れない感情が浮かんでいる。

それは羞恥《しゅうち》か、あるいは懊悩《おうのう》か……

自分の中では『鋼の女』みたいなイメージなのだが、アメリア団長にもなにか悩みがあるのかもしれないな。彼女も年頃の女性であるのだし。

■

次の日はネイミリアの雷魔法習得のために、ロンネスクから走って二時間ほどの荒れ地に来ていた。

赤茶けた広大な大地の上に、家ほどの大きさの岩が数十も横たわる、非常に奇妙な……はっきり言えばロールプレイングゲームのフィールドのような土地である。

昨日訓練の帰りに協会に寄り、サーシリア嬢に相談をしたところ勧められたのがこの狩場であった。なるほどたしかに魔法を試すにはいいロケーションではあるが、サーシリア嬢がここを勧めたのには別の理由もあるようだ。

実は今、あちこちの狩場でモンスター大量発生など異常が頻発しているのだ。

いかにも『厄災』の前兆といった感じだが、とにかくそのためにハンター協会には行政から各狩場の調査依頼が出ていたりする。

しかし今回勧められた狩場は、高レベルのモンスターが出現する上に距離が遠いため、現在調査の手が及んでいないらしい。「ついては同時に調査もお願いします（ニッコリ）」とのことで、さすがやり手の美人受付嬢は違うと感じるばかりであった。

さて、このフィールドに出現するモンスターは、岩の表皮を持つ巨大トカゲ『ロックリザード』や、同じく甲羅が岩の『ロックタートル』、さらには岩でできた巨大人形『ロックゴーレム』といった物理防御力が高いものが多いらしい。しかも魔法に弱いかというとそんなこともなく、属性を考えて使わないと効果が少ないというなかなか厄介な狩場であるようだ。

入口付近で『気配察知』を使うと、近い所に結構な数の反応があることがわかる。

「まずは周囲のモンスターを排除しよう。それからネイミリアの雷魔法を試そうか」

「わかりました。表面が硬いモンスターが多いようなので、私は貫通力の高い魔法を使ってみます」

「ふむ……、俺は付与魔法を試してみるかな」

『付与魔法』というのは、剣や槍、矢などに魔法的効果を追加する魔法だ。

副支部長の『光神牙《こうしんが》』はその強力版らしいし、アメリア団長が遺跡で槍に炎をまとわせていたのも付与魔法だったようだ。

「師匠の付与魔法……それも楽しみですね！」

魔法マニア少女のネイミリアがキラキラした目を向けてくる。

そんなに期待されても困るが、多分またインチキ能力でトンデモ付与魔法ができそうな気はするな。

さて刀剣類に魔法を付与するとなると、ファンタジー的には火や風といった属性を付与するのが一般的だろう。しかし自分としてイメージしやすいのは実は空想科学的な方である。

「高周波ブレードとか、赤熱斧《せきねつふ》とか、光線剣とかそのあたりか。赤熱は火属性、光線は光でなんとかなりそうだけど、高周波って振動だから地震つながりで地属性？　絶対違うな……」

とかぶつぶつ言いながら試行錯誤を繰り返すこと十分ほど……刀身が真っ赤に輝き、振ると謎の高周波音を発するオーガエンペラーの大剣が完成した。複数の属性魔法を無理矢理念動力で固めるという力業で完成した一品である。

「これで取りあえず試すか。ネイミリア、行こう」

「はいっ」

まずはこちらに歩いてくる身長三メートルほどのロックゴーレムの群れに向かっていった。


情報通り、見るからに防御力の高そうなモンスターばかりだったが、ネイミリアの『焦熱焰槍《しょうねつえんそう》』（炎を凝縮した槍を発生する魔法）『穿孔水牙《せんこうすいが》』（近距離で高圧の水流によって切断する魔法）といった魔法は、それらを容易《たやす》く霧に変えていった。

たしかに彼女の魔力と魔法関係のスキルレベルは相当に高まっているようだ。

一方俺は、赤く輝く大剣でロックタートルの甲羅とかロックゴーレムの上位種ミスリルゴーレムとかをスパスパ切り裂いていった。

……いやなんか本当にスパスパ斬れるのが本当に恐ろしいんですが。

岩はともかくミスリルの塊が豆腐みたいに斬れるって、これはもはや防御力無視の攻撃なのではないだろうか。

戦闘を開始して二十分ほどで周囲のモンスターは完全にいなくなった。回収した魔結晶には5等級6等級がいくつか含まれていたので、この狩場に異常が発生しているのは間違いなさそうだ。

が、今は調査より先にネイミリアの魔法を見ることにする。

「師匠、もう一度雷魔法を見せてください。イメージを固めたいので」

「わかった。ネイミリアがイメージをつかめるまで何度でも見せるよ」

俺は間隔を空けて『ライトニング』の魔法を繰り返し放つ。

繰り返し放たれる閃光《せんこう》をじっと見ていたネイミリアだが、何度目かの後にうなずいて俺を止めた。

「ありがとうございます。多分つかめたと思います」

「そうか。期待してる」

「はいっ」

うなずくと、ネイミリアは愛用の杖《つえ》を前に突き出して構える。

ロッドの向こうに視線を据え、魔力を高め、圧縮。ネイミリアの身体から魔力が湧きだし、それがロッドの先端、青い水晶に集まっていくのが感じられる。

その魔力の密度が高まっていき、それが限界まで高まった時、水晶が鋭く光り――

「ライトニングッ！」

ズドンッ！

腹に響く衝撃音と共に、ロッドの先端から閃光と共に雷撃がほとばしり、遠くの岩に突き刺さった。

独特の鼻を突くような香りが漂い、今の現象がたしかに起こったことを嗅覚からも伝えていた。

「やった、やりました師匠っ!!　あ……っ」

飛び跳ねたネイミリアは、しかし着地とともに膝から崩れ落ちる。

もちろんその前に俺が抱きとめる。

「すみません師匠……っ。力が急に抜けて……」

「魔力を一気に失ったからだろう。やはり雷魔法はかなりの魔力を使うようだね」

「はい、そうみたいです。あっ、支えていただいてありがとうございます」

「どういたしまして。それにしてもおめでとうネイミリア、遂《つい》に習得したな」

「はい、やりました……、うぅ、嬉しいです……っ」

俺にしがみついた状態で、ネイミリアは感極まったように泣き出してしまった。

エルフにとって雷魔法は長い間研究されてきた魔法のようだし、その感動も当然なのかもしれない。インチキ能力所持者ゆえにそれに共感できないのがどうにも寂しい。

遂には俺の胸に顔を押し付けて泣き始めるネイミリア。落ち着かせるためにその背中をポンポン叩《たた》いてやっていると……

「ねえねえアナタっ、今の魔法はナニっ!?　まさか雷の魔法なのっ!?　もう一回見せてっ!　ねえねえお願いっ!」

いきなり横から女性に声をかけられた。

■

やたらとテンション高く話しかけて来たのは、真紅の長髪をツインテールにした、二十歳《はたち》前くらいに見える、少女とも大人とも思える女性だった。

軽めの口調とは裏腹な、目元が大人っぽい超絶美人顔には妙な既視感を覚える。

サークレットと言うのだろうか、青い石をはめ込んだ精緻な頭飾りはいかにも魔法使いという感じだが、やたらと煽情的《せんじょうてき》な身体を包むのは青いチャイナドレスのような衣服だ。

手には背丈ほどある大きな金属製の杖、そしてその全身には……例の「ワタシメインキャラよっ」的なキラキラ感をこれでもかとまとっていた。

「申し訳ありませんがどちら様でしょうか？」

『気配察知』に引っかからなかったところからして彼女は只者《ただもの》ではない。俺は少しだけ構えながら、ネイミリアを抱き寄せた。胸元で「ひゃ……っ!?」とかいう声が漏れたが許してもらおう。

「あっ、ゴメンナサイっ！　ワタシはメニル。一応サヴォイア国の武官をやってるの」

「私はケイイチロウ・クスノキと申します。この娘はネイミリア、二人ともロンネスクのハンターです。それでメニルさんは……武官、ですか？」

「ええ、詳細はまだ話せないんだけどね。それで今の魔法はナニ？　もし雷魔法ならその娘すごくない？」

メニル嬢が手をワキワキさせて詰め寄ってくるので、俺は抱えたままのネイミリアをさらに強く抱き寄せてしまう。

「ふわわっ!?　し、師匠ぉ……」

ネイミリアがしがみついてくる。どうやらまだ力が戻ってないらしい。

「申し訳ありませんが、この娘は今魔力を使いすぎてしまっている状態なので……少し待っていただけませんか？」

「あらあら、そうなんだ。さっきの魔法のせい？」

「そういうことになります」

「その娘、今師匠って呼んでいたわよね？　っていうことはクスノキさんもさっきの魔法使えたりする？」

「使えることは使えますが……人前で簡単にお見せするものでもありませんので」

さすがに正体がわからない人間を相手に、この世界でほぼ使い手のいない魔法をポンポン見せるわけにはいかないだろう。

解析を使って覗《のぞ》いてしまってもいいのだが、明確に敵だとわかる相手や、関係を持つ可能性がまったくなさそうな人間以外のステータスを盗み見するのは前世のプライベートに対する認識が邪魔をする。このメニル嬢に関しては、彼女がキラキラ族である以上良くも悪くも関係を持つことになりそうだという諦め……予感がある。

「ぶ～、別にいいじゃない、見たって簡単に真似《まね》できるわけじゃないし。魔法好きとしては見たことない魔法を見たいだけなの。ねっ？」

「貴女《あなた》も魔法を使われるのであれば、秘匿したい技術があるというのはわかってもらえると思うのですが？」

「むぅ、たしかにそうだけど……」

「だから見せてもらうのは無理だって言っただろう？　少しはボクの言うことを聞いたらどうなん

だいメニル」

いきなり気配察知に感、漆黒の鎧――それもかなり派手な造形の――を全身にまとった美形少年が姿を現した。

少年と言ったが、その十代後半と思われる人物の声はどう聞いても女性の声に近く、短く揃《そろ》えた金髪と相まって、前世で芸能オタクの妻がハマっていた女性だけの劇団の男性役のような雰囲気を醸しだしていた。

彼（？）の肩口からは両手剣の柄《つか》が覗いており、背にかなり大きな剣を帯びているのがわかる。

もちろんキラキラ完備であることは言うまでもないだろう。

「そうは言うけど、アンタみたいにいきなり斬りかかろうっていうほうがおかしいでしょ」

メニル嬢が口を尖らせる。

少年は髪をかき上げながら――その所作も非常に劇団の演技を彷彿《ほうふつ》とさせる――白い歯を見せて笑った。

「ハンッ、ハンターと言えば戦いの中に身を置く人間、剣を交えるのが一番のコミュニケーションなんだよ。そこはわかってもらいたいね」

「アンタはただ戦いだけでしょクリステラ。ワタシの身内にもいるけど、周りはホント困るんだからね」

「そうは言うけど、ここはやはり刃《やいば》を交えるのが一番だと思うよ。ねえ君、君もそう思うだろう？」

万年氷のような青い瞳が俺に向けられる。

その時、短い角《つの》が少年――クリステラの額に生えているのに気付いた。鬼人族と言われる、身体能力に優れた種族だ。

俺は右手の大剣を素早く構えた。ネイミリアは左に抱えたままだ。

瞬間――鋭い金属音と共に、クリステラ少年が目と鼻の先で飛びのいた。

彼が『縮地』で飛び込みざまに斬りつけてきたのを、俺が咄嗟《とっさ》に弾《はじ》いたのだ。

「やるね。オーガの大剣を片手で振るのも、今のに反応できるのも、どちらも合格点だ」

クリステラ少年は両手に構えた両手剣――おそらく名剣の類《たぐい》――を体側《たいそく》に引きつけながらそう言った。

「クリステラ、アンタねぇ！」

「まあまあ、もう始まってしまったんだ、メニルは諦めて見てるといいよ」

クリステラ少年はニッと笑ってメニルを退《しりぞ》け、構えを解きつつ俺に向き直る。

「君、その胸に抱いている少女はメニルにでも任せておきなよ。ボクたちが用のあるのは君だけ。その少女にはなにをするつもりもないんだ。」

「それを信じろと？」

「どちらにしてもそのままじゃボクの相手はできないだろう？　さっきメニルが言ったようにボクたちは国の武官なんだ。市民に危害を加えるなんてあり得ないさ」

「その国の武官が私にどんな用があるのかお聞きしたいのですが」

「それは立ち合いの後に教えてあげようじゃないか。もっとも君にその価値があれば、だけどね」

いきなりよくわからない状況に放り込まれてしまったようだ。彼らの言葉からすると、どうやら俺を『試す』ということが目的のようだが……。

たしかにこちらを害する目的ならばもっと違うやり方で接触してきただろうし、『国の武官』かどうかはともかく、ネイミリアに対する害意はないと判断はできそうか。

「師匠、私もう大丈夫です……っ」

俺が思考をめぐらせていると、ネイミリアが俺の胸に顔を埋《うず》めながらそう言った。

しまった、攻撃を受けた際、かなり強く抱き寄せてしまったようだ。

しかしこれは不可抗力である。セクハラではない。繰り返す、これはセクハラではない。

俺が放すと、ネイミリアはしっかりした足取りで二、三歩歩いた。顔が真っ赤なのだが、まさか息ができなかったのだろうか。

「ごめん、苦しかったか？」

「えっ、いえ、そんなことはありませんでしたからっ。それより師匠、どうされるんですか？」

「どうと言われても、相手をするしかなさそうだ」

俺が言うと、クリステラ少年はさも嬉しそうに白い歯を見せた。

「わかりました。では私は離れていますね」

「ネイミリアちゃんだっけ？　ワタシと一緒に見てましょ。できれば魔法の話を聞かせてほしいなっ」

メニル嬢が素早くネイミリアをロックオン、一緒に遠くの岩まで下がっていった。

「それじゃ始めるよ。悪いけど、ボクが君に満足するか失望するか、どちらかになるまでは付き合ってもらうからよろしく」

芝居がかった動作で人差し指を左右に振りながらそう言うと、クリステラ少年は自分の身長ほどもある両手剣を構えた。


クリステラ少年の剣技は、その自信ありげな態度に見合った凄《すさ》まじいものだった。

身長はアメリア団長よりやや低いくらい、剣士としては決して恵まれた体格とはいえないが、両手剣を自在に操る膂力《りょりょく》は言うに及ばず、『不動』『剛力』『剛体』スキルを十全に活《い》かした剣の冴《さ》えはアメリア団長を超えるレベルにある。

『縮地』の使い方も巧みであり、俺は縦横から、ともすればまったく予想外の角度から打ち込まれる銀光を弾き返すのに苦労していた。

「アハハハハッ！　いいねいいねッ！　せっかく遠くまで来たんだ、こうでなくちゃいけないッ！」

鋭く剣を振るうクリステラの表情は新しい玩具《おもちゃ》を見つけた少年のようで、玩具扱いされるこちらとしては少し困ってしまう。

俺が強引に大剣を振って弾《はじ》き返すと、クリステラは飛びのきざまに虚空に剣を振る。

と、その剣の軌跡から不可視の力が放たれたのが『見え』た。脳内に電子音。

『縮地』で回避すると、さっきまで俺がいたあたりの地面が鋭い音とともに深くえぐれる。

「へえッ、ボクの『羽衣』を初見で躱す人間なんて初めてかもしれないなッ！」

不可視の斬撃が連続で放たれる。

俺は避けるのをやめ、先ほど作ったばかりの付与魔法を大剣に発動。赤く輝く刃が不可視の刃をすべて切り裂いていく。

「それは君のスキルかい？　随分と派手じゃないか！　気に入った！」

軽口を叩きながらも瞬時に踏み込むのを止めるあたり、クリステラ少年は勝負勘も優れているようだ。この付与魔法は相手にとってかなり厄介なものだ。受け止めただけで剣そのものが切断されてしまう。

……そうか、剣を切断してしまえばクリステラ少年は諦めてくれるかもしれないな。

「おっと、やる気だね」

こちらの攻め気を感じたのか、少年が剣を構え直す。

「じゃあ、ボクのスキルとどっちが強いか勝負といこうか」

俺たちは同時に『縮地』を発動、踏み込むと同時に剣を合わせ――切断されたのは、なんとオーガの大剣のほうだった。

「もらったッ!!」

「ライトニングッ！」

止《と》めとばかりに迫る少年――その漆黒の鎧に向けて、俺は魔法を放った。

「ちょっとまだ痺《しび》れて……ああもう、君、魔法はちょっとズルくないかな」

「そうは言われましても、咄嗟《とっさ》に出てしまったもので」

クリステラ少年は立ち上がると、恨みがましい目で俺を見た。

『ライトニング』自体はそこそこ出力を抑えて放ったが、ダメージが少なそうなあたりは鎧のおかげなのだろう。

「私は魔法を使ってしまいましたし、剣の腕ではクリステラさんのほうが上ということでいいと思いますが」

「ふざけないでくれよ。普通ならあのタイミングで魔法は使えないだろう？　君に魔力を練る程度の余裕がまだあったということじゃないか。違うかい？」

「まあ……しかし最後はしてやられましたよ。まさか私の剣のほうが切断されるとは思っていませんでした」

「ボクのスキル……『羽切《はねきり》』は強力だからね。だからこそ、それに頼って勝っても意味はないんだ」

「なるほど……」

彼のスキル……おそらく切断力を極限まで高めるとか、そんな感じのものである気がする。

それでもこちらが負けるとは思っていなかったが、もしかしたら剣の品質の差だろうか。

いや、これは負け惜しみだな。インチキ能力を使っておいて負け惜しみを感じるなど妙な話ではあるが。

「師匠、お疲れさまでした」

「ああ、ありがとう。ネイミリアは魔力のほうはもう大丈夫かい？」

「はい、ほぼ回復しました。魔法も問題なく使えます。それより……」

近寄ってきたネイミリアが、脇にちらりと目をやった。

「いまっ、いまのはやっぱり雷魔法でしょ!? クスノキさん、どうして雷魔法なんて使えるの!? どこで覚えたの!? どうやって覚えたの!? 他にどんな魔法が使えるのっ!?」

そこには目を見開いて手をワキワキさせグラマラスな肢体をクネクネさせている美人魔導師がいた。

「そっ。あ、信じられない？ というかワタシたちって結構有名だと思うけど」

『王門八極《おうもんはっきょく》』……ですか。お二人が？」

気分を害したふうもなくメニル嬢が言う。

「いえ、『王門八極《おうもんはっきょく》』の御高名はよくうかがっていたのですが、なにぶん初めてお目にかかるもので……」

「ああ、ボクたちはあまり首都からは出ないからね。ロンネスク方面に来るのも久しぶりだし」

あの後謝罪をされ、改めてお互いに自己紹介をしたのだが、なんとこの美人と美少年の二人組は今まで話だけはよく聞かされた『王門八極《おうもんはっきょく》』のメンバーであった。

いや、自己紹介だけで信じるのは問題なのだが、クリステラ少年の強さは噂《うわさ》にたがわぬものであったし、メニル嬢も巨大な岩を一撃で吹き飛ばす魔法を見せてくれたのでその実力は疑いようもなかった。

ただ正直、『王門八極《おうもんはっきょく》』というのが一般にどのような存在として扱われているのか知らないので、俺もどのような態度を取るべきか判断がつきかねていた。

「ええと、その著名な方々がこんなところにいらっしゃったのはどういう理由があるのでしょうか？」

「主目的は異常が多発しているロンネスク地方の実地調査かな。ついでに人材発掘も頼まれててね。君たちに声をかけたのはそっちの理由さ」

クリステル少年が芝居がかった動作で手のひらを返す。

「なかなか面白い人材が見つかったから、そちらについては陛下にいい報告ができそうだ。エルフのお嬢さんもなかなかの使い手のようだし」

「そうねっ。まさか未発明の雷魔法の使い手が二人も見つかるなんて、それだけでここに来た甲斐《かい》があったわ。ロンネスクに行ったら絶対に詳しい話を聞かせてねっ」

メニル嬢はずっと『雷魔法』にとりつかれたままだ。武官というよりただの魔法マニアに見えるが……エルフ少女と同じ弟子入りパターンはないことを祈りたい。

「ところで君、この狩場では異常は発生しているのかい？　初めて来た場所だから今いるモンスターだけを見てもわからないんだ」

「事前情報と比較すると明らかに上位モンスターの数が多くなっていますね。おそらく異常が発生しているかと」

「ふぅん、そっちも当たりか。じゃあちょっと調査していこうかメニル」

「へ？　あ、ええそうね。ちゃちゃっと調査してロンネスクに行きましょっ。はやく魔法の話を聞かなくちゃ」

「まったく君は……。ところで君、クスノキと言ったっけ。できれば現地ハンターの協力が欲しいんだ。報酬についてはあまり期待させられないんだが、一緒に来てもらっていいかな？」

クリステラ少年は『協力』と言ったが、おそらく調査に協力させる体《てい》でこちらの能力をさらに見たいということだろう。腹芸をこなすあたり、『王門八極《おうもんはっきょく》』がただの武力集団ではないことが垣間《かいま》見《み》える。

「ええ構いません。こちらも元々調査目的でここを訪れていますし、報酬は必要ありませんよ。名高い『王門八極《おうもんはっきょく》』の方とご一緒できるだけで十分です」

「そうかい？　じゃあそれに関しては好意に甘えさせてもらおうか。ではしばらくパーティを組んで探索といこうじゃないか」

お手本のようなきれいなウインクを決めると、クリステラ少年は狩場の奥に向かって歩き始め、俺たちはその後についていった。

『ネイミリア、聞こえるか？』

『ひゃっ!?　師匠の声が頭の中に!?』

四人パーティで歩き始めてすぐに、俺は『精神感応』でネイミリアに話しかけた。

この魔法マニア少女は魔法以外少しポンコツなところがあるので確認をしておきたいことがあっ

た。この『精神感応』は、下手に思春期の少女相手に使うといらぬ勘違いを生むので、事前説明なしでの使用は避けたかったのだが……さすがにこの状況では仕方ない。

『今俺のスキルでネイミリアの心に話しかけているんだ。できるだけ平気な顔で対応してくれ』

『師匠って本当になんでもできるんですね……。それでなんでしょうか？』

『「王門八極《おうもんはっきょく》」の二人の前では光魔法は使わないほうがいい。雷魔法はバレてしまったけど、光までバレたらさらに大変なことになりそうだ』

『なるほどわかりました。光属性を複合した魔法も使用を控えますね。しかし「王門八極《おうもんはっきょく》」の方々と行動を共にすることになるとは驚きです』

『エルフの間でも有名なの？』

『ええもちろんです。この国に住んでいて「王門八極《おうもんはっきょく》」をよく知らないのは師匠くらいですよ』

『それは済まないね……』

『ところでこの凄いスキルっていつから使えるようになったんですか？』

『この間教会で捕まった時だね。ソリーンに話しかけてみたら上手《うま》くいったんだ』

『あ、じゃあ覚えたてなんですね。ん……ソリーンさん？』

そこで急にネイミリアが冷たい目を向けてきた。隠れてなにかをしてるのが他の二人にバレるからリアクションは抑えてほしいのだが。

『師匠、スキルを初めて試すなら相手は弟子の私にすべきだと思います。それともソリーンさんになにか特別な感情がおありですか？』

『いや単に必要があって試してみたら上手くいっただけで……。それ以上の理由はないからね』

『ふぅん、それならいいですけど。でも師匠、私が弟子だってことは忘れないでくださいね』

プイッと前を向き直したネイミリアを見て、俺は会社員時代の女子社員の扱いの難しさを思い出し、一人胃の痛みを感じるのだった。


俺たちは今、狩場の最奥部と思われるところに来ていた。

大岩が密集して並んで通路のようになっている場所があり、その通路を進んでいったところ、行き止まりにつきあたったのだ。

「これは、洞窟……なんでしょうか？」

俺がそう言ったのは、行き止まりの奥でドンと構えた巨大な岩に、大きな穴が虚《うつ》ろな口を開けていたからだ。

入口は人が余裕で四、五人並んで入れそうなほどの大きさだ。もしこれがずっと開いているものであればサーシリア嬢が俺に伝えないはずはない。とすればこれは最近開いた穴であり、この狩場の異常と大きな関係があるに違いなかった。

「もしかしたらだけど……これはダンジョンかもしれないわねっ」

「えっ、これがダンジョンなんですかっ!?」

メニル嬢の言葉に反応したのはネイミリアだ。キラキラした目で大穴を眺めている。

「ええ。『厄災』発生の前兆として出現すると言われてるけど、たしかこんな感じの穴で現れることが多いはず。ワタシも見るのは初めてだけど、多分間違いないでしょ」

まさかの『ダンジョン』登場である。いつかは関わることもあるのだろうくらいは思っていたが……。しかし困ったことに、俺は『ダンジョン』についてはほぼ知識がない。

「もしこれがダンジョンだとしたら、放置したらどんな問題が起きるのでしょうか？」

「過去の事例だと、ダンジョン内で生み出されたモンスターが一気にあふれ出す『大氾濫』が起きるみたいね。そうなると周辺の町や村に大きな被害が出るわ。あとは『厄災』の眷属《けんぞく》が中で育って、それが出てくるっていうのもあったみたい。こっちは『大氾濫』以上に厄介かも」

「このまま放置はあり得ないということですか。むしろ早く対応すべきと」

「当然そうなるわね。でも、ダンジョンは下手をすると一番奥まで一週間以上かかる広さのものもあるみたいだし、今日は一旦出直すべきじゃない？」

そう提案するメニル嬢を、クリステラ少年が遮《さえぎ》った。

「メニル、どうやらその暇はないみたいだ。奥からモンスターが多数この出口に向かってくる気配がある」

「うぇ、あ、本当だ。じゃあやるしかないじゃない。メンドくさっ」

たしかに多数の……というか無数の気配がこちらに迫っているのが感じられる。5等級6等級も多数交じっているところから、オークの谷の『氾濫』より少し規模が大きいようだ。

しかしもしこれが『氾濫』だとすると……

「確認なんですが、ここで出てくるところを迎え撃つだけでは解決にならないんですよね。もしこれが『氾濫』だとすると、ダンジョンの奥に進んで元を断つ必要があるのではありませんか？」

「ああそうか、そうなるね。もし『氾濫』が始まってるなら大元のモンスターを潰さないと解決しないんだ。まいったな」

言葉と裏腹にクリステラ少年の口元は笑っている。うなずくメニル嬢もどこか浮かれている感じである。

「しょうがないわね。『王門八極《おうもんはっきょく》』が二人と高ランクハンターが二人いればなんとかなる、かな？」

「クスノキは多分ボクらに匹敵する強者だよ。ネイミリア君もかなりのものだろう。戦力としては十分じゃないかな」

「そうね。クスノキさん、お付き合いお願いできるわよね、ねっ？」

俺はネイミリアがうなずくのを確認してから答えた。

「ええ、もともと私達だけで解決しないといけないはずの案件ですから。むしろこちらからお願いする話ですよ」

俺とクリステラ少年が前衛、ネイミリアとメニル嬢を後衛とし、俺たちは洞窟ダンジョンに突入した。

それに先だって『王門八極《おうもんはっきょく》』の二人には『空間魔法』を披露してしまった。

切断されてしまったオーガの大剣の代わりにオーガの大斧《おおおの》を出す必要があったのと、この後おそらく大量のドロップアイテムを収納する必要があるからだ。

『念動力』で収集するのは空間魔法のオプションという設定で行くことにした。

「まさかクスノキさんが『空間魔法』まで使うとは思わなかったわ、ねっ、と」

メニル嬢の火焔《かえん》魔法でオークソルジャーやらゴブリンロードやらがまとめて吹き飛ぶ。

「まったくだ。想像以上に面白そうな人材だねっ」

クリステラ少年の斬撃で、マンティコアやバジリスクが次々と両断されていく。

二人が討ち漏らしたモンスターはネイミリアが魔法で次々と霧に変え、俺はというと『空間魔法』＋『念動力』でドロップアイテムを次々と掃除機よろしく収納していた。

あれ、俺前衛だった気がするんだが……いや、適材適所は大切である。

「こういう形で空間魔法を使うなんて初めて見たけど、メチャクチャ便利じゃないか。拾う手間がないっていうのは驚きだよっ」

少年の不可視の刃がオーガエンペラーを真っ二つにする。オーガの大剣がドロップ。これは俺が使わせてもらって大丈夫だろう。

しかし『王門八極《おうもんはっきょく》』の二人はたしかに強い。５等級などいくら湧こうが無人の野を行くが如《ごと》しだ。

ただメニル嬢とネイミリアはそろそろ魔力の残りが心配かもしれない。廃墟《はいきょ》でのソリーンの二の舞は避けたいところだ。

「メニルさんとネイミリアは一旦下がってください。まだ先は長そうだ」

「りょうか～い、ちょっと休ませてもらうわっ」

「はい師匠」

都合よく大剣は手に入ったが、現状前衛はクリステラ少年に任せて、俺は魔法での援護に専念したほうがよさそうだ。

『ストーンバレット』……本当は『メタルバレット』だがこれは誤魔化《ごまか》せるだろう……を『並列処理』スキルで高速生成し射出、次々と雑魚モンスターを駆逐する。これ多分前世のガトリングガンとかそんな感じになっている気がする。

「えっ、なにあれっ、『ストーンバレット』？　それにしては貫通力ヤバくない？　っていうか発動速度もおかしいし、ちょっと待ってあれなんなのっ!?　ねえネイミリアちゃんもそう思うでしょ!?」

「え、ええ。おかしいと思うんですが、でも師匠ですし……」

「師匠だからってやっていいことと悪いことがあるわよねっ!?　しかも同時に空間魔法でアイテム回収してるしっ！　やばっ、これやばっ！」

なんか後ろのほうでやたらとテンションの高いお嬢さんがいるようだが……少しするとモンスターの出現が途切れたので、俺たちは小休止することにした。

謎現象によって岩の一部が光っている洞窟ダンジョンの中で、俺たちは座って休んでいた。

インベントリから行動食を出して皆に配る。実はこんなこともあるかと思ってインベントリにはひと月分くらいの食材を入れてあったりする。

名前：ケイイチロウ　クスノキ
種族：人間　男
年齢：26歳
職業：ハンター　1段
レベル：75（8up）
スキル：
格闘Lv.23　大剣術Lv.24　長剣術Lv.19　斧術Lv.18　短剣術Lv.15　投擲《とうてき》Lv.8
八大属性魔法（火Lv.20　水Lv.24　氷Lv.17　風Lv.32　地Lv.30　金Lv.25
雷Lv.22　光Lv.18）
時空間魔法Lv.20　生命魔法Lv.13　神聖魔法Lv.10　付与魔法Lv.5（new）
算術Lv.6　超能力Lv.32　魔力操作Lv.26　魔力圧縮Lv.23　魔力回復Lv.18
毒耐性Lv.10　眩惑《げんわく》耐性Lv.10　炎耐性Lv.9　闇耐性Lv.4　衝撃耐性Lv.13　魅了耐性Lv.5
多言語理解　解析Lv.2　気配察知Lv.20　縮地Lv.20　暗視Lv.17　隠密《おんみつ》Lv.18
俊足Lv.19　剛力Lv.21　剛体Lv.20　魔力視Lv.2（new）　不動Lv.19　狙撃Lv.22
錬金Lv.19　並列処理Lv.23　瞬発力上昇Lv.19　持久力上昇Lv.21　○○○生成Lv.9
称号：

天賦《てんぷ》の才　異界の魂　ワイバーン殺し　ヒュドラ殺し　ガルム殺し
ドラゴンゾンビ殺し（new）　エルフ秘術の使い手　錬金術師　オークスロウター
オーガスロウター　エクソシスト　アビスの飼い主　トリガーハッピー（new）

ステータスを確認するのは久しぶりな感じがするが、最近は叙爵とか色々あったから仕方ない。『付与魔法』は予想通り、『魔力視』はクリステラ少年の不可視斬撃を察知した時に取得したものだろう。

称号の『ドラゴンゾンビ殺し』はそのままだとして、『トリガーハッピー』は……。やはり『メタルバレット』の魔法は銃扱いなんじゃないだろうか。というか異世界でトリガーっていいのだろうか？　一応クロスボウとかなくはない……のか？

魔法については『八大属性魔法』まで増えた。今使える属性のほかに、『闇属性』があることは、以前教会で捕まえた『灰魔族』の男が使っていたのを見ているので確定している。しかしさすがに精神を改変するような魔法は試す相手がいないので取得するに至っていない。

モンスターは人型でもほぼ知性を感じないので試すのは無理だろう。『穢《けが》れの君《きみ》』の分霊みたいに話すモンスターが出てきた時に試すしかない。

「ねえねえねえっ！　クスノキさんっ！　さっきの『ストーンバレット』ってどうやってるの!?　あの威力ってどうやったら出せるの!?　それと発動速度はどうやって上げてるの!?　『空間魔法』

との同時使用は!?」

俺が一息ついていると、行動食を食べ終えたメニル嬢が長いツインテールを振り乱して迫ってきた。知識欲が旺盛なのはいいことなのだろうが、魅惑的な身体ごと迫ってくるのは心臓に悪いのでとても困る。

「ええと、威力や発動速度は地属性と風属性のレベルが高いからで……同時使用に関しては、複数の動作を同時にできるスキルがあるんですよ」

「そんなスキルあったかしら？　クリステラ知ってる？」

「う～ん……あ、ガス爺《じい》が持ってる『並列処理』じゃないか？　たしかそんな能力だったはずだ」

メニル嬢の心臓への攻撃のせいでつい話してしまったが、『並列処理』は普通に身につけられるスキルらしい。

というより俺が後から取得しているスキルは基本的に他の人も取得できるスキルのようだ。ネイミリアも雷属性とか取得できていたわけであるし。

「え～、でもそれってガス爺、身につけるまでに五十年くらいかかったって言ってなかった？」

「ああ、そうかもね。そんなスキルをその若さで身につけてるなんて、クスノキはちょっと底が知れないね」

「そういう問題じゃないと思うけど……」

メニル嬢は納得いってなかったようだが、渋々引き下がった。

ふとネイミリアを見ると、なぜかジトッとした目でこっちを睨《にら》んでいる。

「どうかした？」

「別になんでもありません。師匠は美人に迫られると口が軽くなるとか思ってませんから」

そう言ってまたプイッと横を向くエルフ少女。

心臓の次は胃か……。精神からくる内臓へのダメージこそ耐性スキルが欲しいんだがなあ。


その後再びダンジョン攻略を始めた俺たちは、順調に深部に向かっていった。

ところどころ階段状になっている地形があり、次第に地下深くに潜っていく感覚があるのがいかにもダンジョンという感じである。

モンスターは奥のほうから次々ととめどなく溢《あふ》れてくるのだが、この国の最高戦力二人と天才魔導師エルフ少女とインチキイージー野郎の四人パーティの前には敵になるはずもなく、ひたすらドロップアイテムに変化させられていった。

実は密《ひそ》かにトラップなどを警戒して周囲を『解析』しまくったりもしていたのだが、特に人為的なトラップはないようだった。というか自然発生的なダンジョンに人為的なトラップという発想自体が間違っていたのかもしれない。もっともおかげで『罠《わな》察知』なるスキルを手に入れたのだが。

そして進むこと数時間……俺たちは、岩壁ばかりの洞窟ダンジョンには明らかに不似合いな金属製の扉の前にいた。

その縦横五メートルほどもある大扉は、表面になにやら生理的嫌悪感を催すような文様が施されており、「この先ダンジョンボスの部屋、装備は大丈夫か？　アイテムの用意は？　セーブはO

K？」と俺に訴えかけてくる。

「これは奥に大きいのがいるね」

クリステラ少年が言うように、扉の向こう、ずっと奥のほうに巨大な気配がある。

新しく取得した『魔力視』スキルを使うと、その気配の魔力の密度が桁違いに高く、しかもその魔力が触手のように周囲に広がっているのがわかる。

たしかにボスがいるようだが、気になるのはその魔力の質が他のモンスターと微妙に違うことだ。

他のモンスターのそれを乾いた魔力とするなら、この扉の奥にいるモンスターのそれはじっとりと湿っている……いやむしろ粘りつくようなねっとりした魔力と形容できるかもしれない。

「皆さん気を付けてください。この奥にいるモンスターは普通とは違う魔力を持っているようです。通常とは異なる力を持っている可能性があります」

それ以上の詳細はわからないが一応警告をしておく。報告連絡相談《ほうれんそう》を欠かさないのが勤め人のたしなみである。

「クスノキさん魔力の違いがわかるの？」

「ええ、なんとなく、ですが」

「もしかして『魔力視』スキルかしら。それも珍しいスキルねっ。後で教えてもらうことが増えて困っちゃう！」

ボス部屋を前にしても変わらないメニル嬢を見て「やれやれ」と言いながら、クリステラ少年が俺に目を向けた。

「とりあえずの先制攻撃は避けて、様子を見たほうがいいってことかい？」

「そのほうがいいと思います」

「わかった、その意見を取り入れていこう。さて、準備はいいかな？」

皆でうなずくと、クリステラ少年が巨大な扉を押し開けた。


そこは岩壁に囲まれた大きなホールになっていた。

床面積はサッカー場ほどで、天井までは十メートル以上ありそうだ。

その奥、サッカー場で言うなら相手方のゴールがある場所に、『それ』は鎮座していた。

一言で言うなら、頭部がまるまる人の顔になった超巨大タコ……とでも説明すればいいのだろうか。縦五メートルはあるだろう頭部の下部、首に当たる部分から、吸盤の付いた無数の触手が生えている。

その触手がウネウネと動いているのも生理的な嫌悪感を誘うが、その頭部が人間の胎児のそれであるという部分がさらに不気味さを増大させている。

悪神の眷属（幼体）
スキル：
絶叫　精神支配　気配察知　剛力　剛体　再生

火・水・風・土属性耐性　闇属性魔法
ドロップアイテム：
魔結晶8等級

なんと『穢《けが》れの君《きみ》（分霊）』に続いて『厄災』関係者第二弾である。これで少なくとも二つの『厄災』の顕現が近いことが確定してしまった。

しかし今はそれよりも、目の前の『悪神の眷属』が持つスキル、『絶叫』『精神支配』が気になる。前者は音波による攻撃とかだろうが、後者は明らかにある予感を掻《か》き立《た》てる。

これは多分『敵に操られた仲間と戦う』というシチュエーションだぞ、と、子どものころ読んだ少年マンガの記憶がささやいているのだ。

「すごく不気味……ですね」

ネイミリアが唾を呑《の》む。

色々なモンスターを見てきたが、たしかにここまでグロテスクな造形のものは初めてかもしれない。

「『悪神の眷属』だそうだ。特に気になるスキルは『絶叫』『精神支配』『闇属性魔法』だな。どうやら精神攻撃を得意とするモンスターのようだ」

「なに？　君はいったいなにを言っているんだい？」

俺の言葉にクリステラが反応する。

「私は敵のステータスがわかるのです。申し訳ありませんが、今はそれしか言えません」

本当は秘匿したい能力だが……こういう場面で情報の共有を怠《おこた》るという選択肢は存在しないだろう。

「クスノキさんって次から次へと新しい話が出てきて本当に飽きないわねっ！」

「今はそういう場面じゃないだろうメニル。しかし精神攻撃というのがどんなものかわからないが、おそらく闇属性の魔法だろう。残念ながらボクは闇属性の耐性を持っていない。厄介だな」

「それはワタシも同じね。近寄ると危険かも。ここから魔法で攻撃してみる？」

「そうしましょう。ネイミリアも行けるね？」

「はい師匠っ」

三人で揃って魔法を発動する。

属性同士で威力を相殺しないよう、使用するのは同じ『火焔岩槍《ファイアランス》』最大出力。

赤熱した丸太のような槍が三本ごうと飛んでいき、巨大な胎児の顔に突き刺さる——その瞬間
アビャアアアァァッ!!!

大きな口を開き、胎児の顔が奇怪な叫び声を上げた。

咄嗟《とっさ》に耳を塞ぐ俺たち四人、見えたのは着弾直前で掻《か》き消された三本の魔法の槍。

「『絶叫』スキルは魔法無効化なのか!?　ウォーターレイッ！」

ワイバーン、ガルムを一撃で仕留めた魔法、しかしそれも『絶叫』と同時に、胎児の顔の前面に

見えない壁でもあるかのように掻《か》き消《け》される。

同時に『悪神の眷属』が、無数の触手をくねらせながら滑るようにこちらに向かってくる。

「属性の問題か？　ホーリーレイソードッ！」

『神聖魔法』と『光属性魔法』を組み合わせた、密かに作っておいた新魔法を射出、しかしそれも『絶叫』の前に無効化された。どうやら物理攻撃しか効かない敵ということらしい。俺は大剣を構える。

ピロリ～ン。

そこで聞き慣れた電子音。

俺は瞬間的にそれがなにを示しているのかを理解し、『縮地』で一気に距離を開けた。

三人のパーティメンバーから――俺が一瞬前までいた場所に二本の魔法の槍が撃ち込まれ、鋭い剣撃が叩きこまれていた。

やはり思った通り、『精神支配で操られた仲間と戦う』シチュエーションは不可避だったらしい。

「はあ……」

『悪神の眷属』と『操られた仲間』に挟まれ、俺は盛大に溜息《ためいき》をついた。

さて、『操られた仲間と戦う』シチュエーションを解決する手段は、前世メディア作品群の知識からいくと以下のものが思いつく
1　愛と絆《きずな》のパワーで精神支配を打ち破る

2　仲間の精神世界にダイブして精神世界内で解決を図る
3　元凶をさっさと倒す
1は却下だ。ネイミリアはともかく、今日会ったばかりの王門八極《おうもんはっきょく》の二人とはさすがに絆と呼べるものはない。

2も却下。そもそもダイブできるスキルもないし、一人にダイブしてる間に残り二人に攻撃されてしまう。

となると3なんだが……多分それは正解じゃないという気が凄くする。

『精神支配』された状態で元凶が消滅すると、操られていた側の精神が崩壊するとか、そんな設定が多分あるのだ、こういうシチュエーションには。

とすれば、今思いつくのはこれしかない。
4　『闇属性魔法』を取得して、敵から精神支配のコントロール権を奪い取る
突っ込みどころしかない、こんな展開少年マンガとかでやったら炎上確定の荒業である。

「しかし『闇属性魔法』ね……ふむ、『精神感応』とリンクさせれば上手くいくか……？」

困った時の超能力頼みだ。

「まずはネイミリアからにするか。精神支配……なんだろう、お前の心は俺のモノだ、俺に従え……みたいな感じか？」

ただの悪役のセリフだが、俺は『精神感応』に魔力を乗せて、ネイミリアに『俺のモノだ俺に従え』コールをひたすらに送った。

もちろん虚ろな表情で俺を攻撃してくる三人の魔法や剣撃を凌《しの》ぎながら、である。

電子音が何度か鳴り響く、間違いなく『闇属性魔法』取得の音だろう。

「私は師匠のもの……師匠に従います」

ネイミリアが虚ろな表情のまま、不意に攻撃をやめた。両腕をだらんと下げて、俺の顔をじっと見たまま動かなくなる。

どうやら効果があったようだとインチキ能力に感謝していると、そこにクリステラ少年が切断スキル『羽切《はねきり》』を発動しながら斬りかかってくる。

俺は大剣の付与魔法を最大出力にして受け止め、鍔迫《つばぜ》り合《あ》いをしつつ少年にも闇魔法を行使。

「ボクはクスノキのもの……クスノキに従うよ……」

これであと一人。メニル嬢に目をやると、

「『エターナルフレイム』……！」

彼女は身長ほどもある杖を天上に掲げ、大規模魔法を放とうとしていた。

ボス部屋全体が途轍《とてつ》もない熱量に包まれる。しかしその熱が炎に変換される前に、

「『フローズンワールド』ッ！」

俺は広範囲凍結魔法を全力で発動する。これは先日、ハンター協会のアシネー支部長が見せてくれた『氷属性魔法』である。

大規模火炎魔法を相殺しながら、メニル嬢の『精神支配』を上書きする。

「ワタシはクスノキさんのもの……クスノキさんに従うわ……」

よし、これで解決だ。

目に光がない美少年美少女美女が棒立ちになっている絵面は解決からは程遠い気がするが、気のせいだと思いたい。

アビャビャビャッ!?

振り返ると、『悪神の眷属』が戸惑ったような表情を見せていた。自らの『精神支配』が破られたのがそれほど衝撃だったのだろうか。済まないね、インチキイージー野郎で。

心の中で詫《わ》びたのだが、『悪神の眷属』は許すつもりはないらしく、触手をくねらせながらこちらに向けて再度突進を開始した。『縮地』で避けるのは容易だが、こちらには棒立ち状態の三人がいる。

「端にどいててもらうか」

俺は念動力で三人を部屋の端に移動させながら、自身も『縮地』で不気味な巨体から距離を置く。

アビャ!

『悪神の眷属』が方向転換し、さらに俺のほうに向かってくる。

ステータスですでに明らかだったが、こいつは『精神支配』が得意なだけで他の攻撃手段は体当たりと触手攻撃しかないらしい。

俺は『縮地』で高速移動しつつ、すれ違いざまに触手をまとめて四、五本斬り落としてみた。振り返ると『悪神の眷属』も方向転換するところだったが、いま落とした触手が早くも再生を始めている。

「ヒュドラより強力な再生か」

オーガの大剣を構え直していると、『悪神の眷属』の触手が十本以上同時にこちらに伸びてくる。先端が槍の穂先のような形状に変化しているので俺を刺すつもりのようだ。

俺はそれらをあるいはかわし、あるいは大剣で薙《な》ぎ払《はら》いつつ本体に駆け寄っていく。近くで見ると巨大な胎児顔が不気味すぎて泣きたくなる。

アギャッ！

顔を斬りつけてやると『悪神の眷属』は悲鳴を上げて後ろに下がった。傷口がすぐに再生するのは想定内だが、胎児顔を斬るのは予想以上に精神的にくる。そういう精神攻撃も考えてるのかコイツは。

「やっぱりアレを使うか」

俺はつぶやきながら、連続『縮地』で『悪神の眷属』から一気に距離をとった。

すかさず『インベントリ』からオーガの斧を十本取り出して床に並べる。

『並列処理』『念動力』――十本の斧がそれぞれ意思を持ったかのように宙に浮きあがる。

ヒュドラ戦の経験をもとに、再生力の高いモンスター対策として考えたのがこれだ。要するに数の暴力で、再生する間もなく切り刻んでしまおうという脳筋技。

浮き上がった斧に付与魔法をかける。赤く光を放つようになった斧を、俺は念動力で一斉に射出した。

「エルフ風に名付けると……『大斧連環斬《たいふれんかんざん》』とかかな？」

十本の斧は宙を鋭く舞いながら、瞬く間に『悪神の眷属』の触手をすべて斬り落とした。さらには巨大な胎児の顔を切り刻……んだかどうかはさすがにグロくて目を背けていたが、おそらく切り刻み、ダンジョンボスを黒い霧へと還《かえ》した。

俺が8等級の魔結晶を『インベントリ』にしまっていると、地響きの音が遠くから聞こえてきた。

「なるほど、ボスを倒したらダンジョンが崩壊するのもお約束だな」

俺はまだ棒立ちになったままの三人を念動力で持ち上げると、全速力でダンジョン出口に向かうのであった。


地上に戻るとほどなくしてダンジョンの入口は崩れ、穴の開いていた大岩はなにもなかったかのように元の姿を取り戻した。

一息ついた俺は、とりあえず三人の『闇属性魔法』を解除した、はずだったのだが……

「私は師匠の物になったんですよね？　でもすでに弟子だったから、その先となると……、あっ、もしかして恋人？　それともお嫁さんですかっ!?　そうですよねっ、すでに一緒に暮らしてるんだしっ！　じゃあなんでも言ってください！　私なんでもします！」

「ふう、ボクをモノにするとは、君もなかなか隅におけない男だね。まあこうなってしまった以上、ボクも男のフリをするのはやめにするよ。君の女《もの》として生きていこうじゃないか。これからはなんでも言ってくれて構わないよ」

「ワタシはクスノキさんのものになったのよね!?　っていうことは弟子!?　クスノキさんは師匠ってこと!?　じゃあ秘密の魔法と色々教えてもらったりできるワケよねっ！　あ、もちろん魔法以外も教えてねっ！　師匠と弟子のイケナイ関係とかもアリよねっ！」

まさかこんな酷《ひど》い後遺症があるとは……。

なんかクリステラ少年も、自分は『実は女の子でした』キャラだとしれっとカミングアウトしているし。これ魔法が完全に解けた時、間違いなく俺が地獄を見るパターンですよね。

名前：ケイイチロウ　クスノキ
種族：人間　男
年齢：26歳
職業：ハンター　1段
レベル：82（7up）
スキル：
格闘Lv.24　大剣術Lv.25　長剣術Lv.20　斧術Lv.21　短剣術Lv.16　投擲《とうてき》Lv.10
九大属性魔法（火Lv.21　水Lv.25　氷Lv.17　風Lv.33　地Lv.31　金Lv.27　雷Lv.22
光Lv.19　闇Lv.7）（new）
時空間魔法Lv.22　生命魔法Lv.13　神聖魔法Lv.12　付与魔法Lv.5　算術Lv.6
超能力Lv.35　魔力操作Lv.27　魔力圧縮Lv.24　魔力回復Lv.19
毒耐性Lv.10　眩惑耐性Lv.10　炎耐性Lv.9　闇耐性Lv.9　衝撃耐性Lv.13　魅了耐性Lv.6

多言語理解　解析Lv.2　気配察知Lv.21　縮地Lv.20　暗視Lv.17　隠密Lv.18　俊足Lv.19
剛力Lv.21　剛体Lv.20　魔力視Lv.4　罠察知Lv.2(new)　不動Lv.19　狙撃Lv.22
錬金Lv.19　並列処理Lv.23　瞬発力上昇Lv.19　持久力上昇Lv.21　〇〇〇〇生成Lv.9
称号：
天賦《てんぷ》の才　異界の魂　ワイバーン殺し　ヒュドラ殺し　ガルム殺し　ドラゴンゾンビ殺し
悪神の眷属殺し(new)　エルフ秘術の使い手　錬金術師　オークスロウター
オーガスロウター　エクソシスト　アビスの飼い主　トリガーハッピー
エレメンタルマスター(new)

遂に『闇属性魔法』を取得した。

称号の『エレメンタルマスター』が『属性魔法』に対応しているのなら、九大属性ですべて揃ったということになるのだろうか。

などとステータスチェックという名の現実逃避をしていると、

「あれ……私どうしたんですか……？　あ、モンスターに操られて、師匠に攻撃して……。それから……ひあぁっ！　私師匠に変なこと言ってませんでしたっ!?　やだっ、忘れてくださいっ！　違うんですっ！」

「う……ん、ボクはなにを……？　アイツに操られて、クスノキと剣を合わせて……。……んっ!?

さっきなにかヘンなことを言った気がするんだけど……っ!?　えっ、待ってくれよ、ボクはなんてことを言ってしまったんだ……っ！」

「はぁ……あら？　ワタシどうしたの……あの変なのに闇魔法を受けて……、クスノキさんと魔法を撃ち合って……。え……っ!?　ワタシなにか変なこと言っちゃってない!?　いやでも弟子になるのはアリかも……？　でもイケナイ関係はマズいわよね……っ！」

どうやら死刑執行の時が来てしまったようである。

間違いなく不可抗力だったのだが……聞いてもらえるはずもないよなあ。

間章

INTERLUDE

——ある美人姉妹の会話

――ある美人姉妹の会話

「アメリア姉《ねえ》、久しぶりっ」

「む、メニルか、久しいな。まあ上がるといい。……ふむ、なにか疲れた顔をしているが、旅の途中でなにかあったか？」

「相変わらずその辺りは鋭いよね～。あっちのほうは鈍いのに」

「その話は今はおけ。で、なにかあったのか？　お前の手を煩《わずら》わせるようなことがそうそう有るとは思えんが」

「ちょっと寄り道したら結構な事件に巻き込まれたのっ。聞いてよっ、ダンジョンよダンジョン！　ダンジョンに潜って『厄災』の眷属と戦っちゃった！」

「待てメニル、いきなりなにを言い出すかと思えば、それが本当なのであれば、軽々しく話していいものではなかろう」

「どうせアメリア姉にはすぐ知らされるでしょ、だからいいのっ。それでその眷属がいやらしいやつで、ちょっとピンチになっちゃったんだけど、一緒にダンジョンに潜ったハンターさんに助けられちゃった！」

「お前が危機に陥るなど信じられんが、『厄災』の眷属なら有り得るのか。そのハンターというのは……まさかクスノキか？」

「あっ、やっぱり知ってるんだ！　あの人凄くない!?　見たことない魔法はバンバン使うし、剣もクリステラと同等以上だし、眷属は一瞬で倒しちゃうし、メチャクチャヤバいんだけど！」

「クスノキ、なにをやっているんだ……」

「あれ、もしかしてアメリア姉結構仲いい感じ？」

「………そうだな、知り合いではある」

「今の間がメチャクチャ怪しいんだけど？」

「は？　いや別に……調査の同行や騎士団の訓練を依頼していて関係があるだけだ」

「ふぅ～ん。あ、それでね、ワタシ助けてもらった時にクスノキさんのモノにされちゃった。クリステラとネイミリアちゃんといっしょにねっ。あっ、ネイミリアちゃんも魔法すごいよね。ワタシのところに来てくれないかなあの娘《こ》」

「待て、今なんと言った？」

「それと父上が、そろそろ結婚相手を連れてこいって言ってたっ」

「それはいい。それよりその前の……」

「なんかお隣のケルネイン子爵の息子が、相手がいないなら俺がもらってやるってうるさいんだって。だから誰でもいいから相手作っといたほうがいいよっ」

「いやだから、そのモノになったというのはどういう――」

第８章

CHAPTER VIII

騎士団長の依頼（前編）

「『悪神の眷属』の討伐、および8等級魔結晶の献上の功により、貴殿に騎士爵の位《くらい》を授けるものとする」

ダンジョン攻略から数日後、ロンネスク領主コーネリアス公爵閣下の館で、俺は陞爵《しょうしゃく》の儀に臨んでいた。

ダンジョンでの『悪神の眷属』討伐の功績に関してはさすがに『王門八極《おうもんはっきょく》』に押し付けるわけにもいかず（というかそれとなくお願いしたらすっぱりと断られた）、8等級の魔結晶とともに支部長に報告した。

その時の吸血鬼美女アシネー支部長の俺を見る目がなんとなく熱を帯びていたような気がするのだが……なるほどこういうことかと納得である。

いやしかし、たしか一週間ほど前に準騎士爵になったばかりだと思うのだが、いくらなんでも昇進のスピード感がおかしいと思う。公爵閣下の俺を取り込みたいとの腹積もりは叙爵の話があった時点でわかっていたが、それでもこれは前例を完全に無視しているのではないだろうか。

「併せて、貴殿をハンター2段に認定する。今後も我が領、そして民のため、その力を尽くしてもらいたい」

「は。謹んでお受けいたします。この御恩に報いるため、微力ながら我が身を尽くす所存にございます」

俺は頭《こうべ》を垂れたまま型通りの宣言を行った。

前回よりも列席している貴族様方の視線が痛いのは、そろそろ俺が『使える』人間であると判断し始めているからだろう。自分としてはインチキ能力が元で期待されたりするのは非常に心苦しいのだが……しかし利用する側にとって重要なのはその能力があるどうかだけだ。

まさかハニートラップとか今後遭遇することもあるんだろうか。一応覚悟はしておいたほうがいいのかも知れないな。あ、胃が……。

儀式が終わり、みぞおちあたりに締め付けるような感覚を覚えながら領主様の館を出る。

「この度はお祝い申し上げる、クスノキ卿《きょう》。もし可能ならこの後相談をしたいことがあるのだが、いかがだろうか？」

目の前に現れたのは騎士の礼服をビシッと着こなしたキラキラ美人騎士団長。普段の鎧姿だとわからないが、彼女は背の高さもあってスタイルが抜群にいいので非常に目にまぶしい。

ん？　というかまさか最初のハニートラップはアメリア団長？

もしそうならハニー成分が多すぎて獲物が溺れ死ぬレベルなんですが。

アメリア団長に案内されたのは、なんと都市騎士団駐屯地の近くにある彼女の家であった。

彼女は一人暮らしだったはずで、その家に俺のような男が入っていいのだろうか……と思っていたら、その家には『王門八極《おうもんはっきょく》』の一人、メニル嬢もいた。

メニル嬢は初めて会った時に既視感を覚えたのだが、それもそのはず彼女はアメリア団長の妹《いもうと》御《ご》であった。

なるほど一対一でないならば問題ないな、と納得したのだが、その考えはきれいに粉砕された。

今俺は、騎士団団長の住まいとしてはかなり質素な家の、居間のソファに座っている。

「クスノキさん騎士爵おめでとっ！　さすが師匠だよね～」

右を見ると、真紅の髪をツインテールにしたキラキラ超絶美人がニコニコしながら座っていて、

「うむ。しかし準騎士爵からわずか一週間でとは、領主様としてもかなり横車を押されたようだな」

左を見ると同じく真紅の髪をポニーテールにしたキラキラ超絶美人が、こちらはちょっと緊張（？）した顔で座っている。

「あの、どうして三人で座っているのでしょうか？」

「えっ？　座りたいから？」

メニル嬢がぎゅっと身体を寄せてくる。

「こ、このほうが話もしやすいかと思ってな」

アメリア団長はさらに緊張した面持ちで硬くなっている。心なしか顔が赤いような……いや、女性の顔をじろじろ見るのは失礼だな。

「はあ、わかりました。それで、アメリアさんの相談とは？」

「それなのだが……。その……ケイイチロウ殿にお願いがある」

「へ～、アメリア、ケイイチロウで呼び合ってるんだぁ」

メニルさん、耳元で変なことをささやくのはやめていただきたい。あとその異様に柔らかいモノを押し付けるのもおやめいただきたい。胃に深刻な追加ダメージが入ります。

「実はだな、私は二日後に一度家に戻らねばならなくなったのだが……。家というのはロンネスク

から西にあるわが父の領地にあって、そこに戻るのだが……」

「アメリアさんのお父上は領地を治める貴族様でいらっしゃるんですね」

「そうだ。ニールセンは子爵家なのだ。それでだな、私は以前から父に言われていることがあってな……」

「アメリア姉は結婚相手をさっさと連れてこい、ってずっと言われてるのよねっ。実はワタシもだけどっ」

「なるほど……。しかしアメリア団長ならばそう難しい話でもないような……ああでも男女の話はそう簡単ではないですね」

「うむ。まあそれはよいのだ、私は今のところ結婚などするつもりはないからな。ただ父のほうはそうもいかなくてな。どうやら別の子爵家から、私を嫁によこせと迫られているらしい」

「子爵……同等の爵位ならば、突っぱねることもできるのでは？」

「それが領地に起きた問題がもとで断るのが難しいのだそうだ。ただ向こうもさすがに私に相手がいれば諦めるだろうと言う話でな」

「たしかにそうでしょうね」

「そこでメニルとも話し合ったのだが……仮の結婚相手を紹介してやり過ごしたらどうかという話になってな」

ふと見ると、アメリア団長の顔が髪と同じくらい赤い色に染まっている。普段の凜々《りり》しさが微塵《みじん》もなくなったその顔を見て、俺の胸の内にある予感が……しかもすごく悪い予感が膨らんでくる。

「でも、アメリア姉は昔から自分より強い男としか結婚しない、って言ってたから、誰でもいいってわけにもいかないのよね～。あ、もちろんワタシもねっ」

メニル嬢の脇腹ツンツン攻撃に耐えつつ、俺はアメリア団長の次の言葉を待った。

さすがにこの予感は外れてほしい、外れてほしいが……

「相談というのは、ケイイチロウ殿に私の仮の結婚相手となってもらいたいということなのだ。こんなことを頼めるのは私より強く、なおかつ人として信頼できる貴殿しかいない。礼については私個人ができる範囲で、可能な限りのことはする。どうか頼まれてはくれまいか」

顔を真っ赤にしながら、それでも真剣な顔でこちらをじっと見つめるキラキラ超絶美人。

美人姉妹に挟まれながら、俺はこういう『ベタベタなラブコメ的展開』の後に待ち構える、心臓に悪い波乱のストーリー展開を予期して内心泣きたくなっていた。

夕方、色々な意味で精神的にボロボロになりながら家に戻った俺を、笑顔のネイミリアとサーシリア嬢が出迎えてくれた。

陸爵のお祝いをしてくれるということで、テーブルには普段より豪華な料理が並んでいる。

一週間前に叙爵の時にもしてもらったばかりなので、今回は軽く……ということで、夕食に美味しい料理を食べましょうというわけだ。

ちなみにまだ残っていたワイバーンの肉を食材として提供してあるのだが……

「クスノキさんおめでとっ！」

「クスノキ様おめでとうございます」

「お祝い申し上げます、クスノキ様」

なぜかアルテロン教会の聖女二人、リナシャとソリーン、そして護衛兼世話役のカレンナル嬢がそこにいた。

「あ、ああ、ありがとうございます。おかげさまで身に余る称号をいただきました」

俺は窮屈な礼服（叙爵の時に買わされた）から普段着に着替えると、用意されていた席についた。

「あの、お三方はもしかしてわざわざお祝いのために……？」

「まあねっ！　教会を抜け出すのにちょうどいい理由になるし」

「リナシャったらもう……。クスノキさんを祝わなきゃって、真っ先に言い出したのはリナシャなんですよ」

「ふ～ん。でもソリーンもかなり乗り気だったよね。早く行きましょってソリーンが言うのは珍しいもんねっ」

「そっ、それはリナシャが着替えるのが遅いから……」

先ほどの件があってか、なんか聖女様のセリフまでラブコメがかって聞こえる気がする。こういう勘違いをするからおじさんはキモいって言われるんだよな。分《ぶ》を弁《わきま》えることを忘れた社会人に明日はない。

しかしあれだ、それ程広いわけでもない家にキラキラ美少女と美人が五人、最近はこのキラキラ感にはかなり慣れたとは言っても、濃い目のサングラスがぜひ欲しいところだ。

「え、師匠お一人で行かれるんですか？」

俺が一週間ほど家を空けると言ったら、ネイミリアが不思議そうな顔をした。このところずっと一緒に行動していたからその疑問もわからないではないが、それ自体がおかしい気もしないではない。

「今回はアメリア団長に頼まれた仕事をしに行くだけだしね。だからその間はネイミリアも自由にしてくれ。ただアビスの世話を……」

「それは私が引き受けますね。ご飯の用意とおトイレの始末だけしかできませんが、それでいいなら」

「ああ、それは助かる。お願いするよ」

サーシリア嬢なら安心だろう。彼女もすっかりアビスの魅力にハマってしまっているようだし。まあウチの猫は可愛いから当然である。（一般的猫好きの思考）

「わかりました、師匠がいない間も魔法の腕を上げておきますね。師匠にはまだまだ教えてもらいたいことがいっぱいありますから」

「どうやら魔力の量が重要みたいだし、そこを重点的に鍛えたほうがいいかもね」

「はいっ！」

エルフ美少女を一人にするのは少し気がかりではあるが、彼女もダンジョン内での討伐でハンター1級に上がったし、2段な上に騎士爵である俺とパーティを組んでいることも知られているから手を出す人間はまずいないだろう。

ちなみに2段位のハンターはこの国全体でも十数名しかいないらしく、コーネリアス公爵のつばがついていなければ勧誘が結構大変なことになっていたらしい。

「クスノキ様はニールセン騎士団長とも昵懇《じっこん》なのですね。しかしニールセン子爵家の領地に呼ばれるとは……よほどのことがあったのでしょうか？」

カレンナル嬢の言葉に、ハンター協会のやり手受付嬢サーシリアが反応する。

「もしかして引き抜きのお話があったりしませんか？　ケイイチロウさん、それだけはダメ……じゃなくて、協会としても困ります」

「そういう話ではないよ。そもそもニールセン子爵はコーネリアス公爵の派閥らしいしね。ちょっとした困りごとがあって解決に手を貸してほしいという話だし、万一引き抜きとかあっても断るさ。ここが俺の家だからね」

「それならいいのですが……」

露骨にホッとした表情を見せるサーシリア嬢。職務に忠実なところはむしろ好ましいね。

「でもアメリア団長と一緒に行くんでしょ？　年齢的にもお似合いだし、もしかして結婚とかの話もあったりしない？」

「え……っ!?　そうなのですか……？」

リナシャとソリーンが妙にとがめるような目つきをする。

今回の件に関して、『偽の結婚相手』として行く旨は皆には伝えていない。

無論それは情報の漏洩《ろうえい》を避けるためであり、言ったらすごく面倒なことになりそうな予感があったからではない。もう一度言うが面倒を避けたわけではない。

「師匠……？」

「ケイイチロウさん……？」

いやだから違うからね。ネイミリアもサーシリア嬢も、そんな怖い顔で睨まないでいただきたい。

俺の胃袋の保護のために。

■

ロンネスクからニールセン子爵の治める領地までは馬車で三日ほど。

だが、アメリア団長と俺というロンネスク屈指の戦力が長期間都市を離れるのは困る、と領主様からの指示があったので、いつもの全力疾走をすることになった。

同行者はアメリア団長とメニル嬢。

ちなみにクリステラ少年改めクリステラ嬢は、メニル嬢とは別行動で首都ラングランに帰っていった。別れ際に「君とは再び巡り合う運命にあるから心配しないでくれたまえ」といつもの芝居がかったセリフを残していったのだが、むしろ再び巡り合うほうが俺としては心配である。

さて道中のほうだが、さすがに『王門八極《おうもんはっきょく》』クラスの二人が俺に後れを取るということはなく、一日かからずに領地までたどりつくことができた。今更だが、この世界の高レベル者は完全に人間をやめている存在である。

街道沿いを三人の人間が爆走している姿はかなりアレだったとは思うが、道行く人があまり驚いていなかったのでそこまで珍しくはないのだろうか。

もしかしたら走る専門の『飛脚』みたいな職があるのかもしれない……と思ってアメリア団長に聞いてみたら、そういう人たちはたしかにいるらしい。

この世界はまだまだ知らないことが多くありそうだ。


出発した日の夕方前にたどりついたニールセン子爵領は、周辺に広大な農地を持ち、中央に近づくにつれ建物が増え居住区や商業区をなし、中心に城壁に囲まれた領主館が威を示すという、どちらかというと日本の地方都市のスケールダウン版といった趣の土地であった。

巨大な城塞都市を中央に据え、周囲に多数の農村を抱えるロンネスクとは対照的な形態と言えるかもしれない。

領主様の御息女二人プラス一の我々は言うまでもなく検問などはすべて顔パス……というより二人の領民の人気がかなりすさまじく、市街地に入るころにはちょっとしたパレードになってしまっていた。

むしろ領民諸氏の「アイツなんで一緒にいんの？」みたいな視線が非常に胃に悪く、俺はなぜこの頼みを受けてしまったのかと後悔しきりであった。断れる状況ではなかったのもたしかではあるが。

それはともかく市街地中央にある城門をくぐると、そこには質実剛健を絵に描《か》いたような領主の館があった。奥には練兵場らしきものがあり、夕方にもかかわらず百人を超える兵士が訓練に打ち込んでいる姿が確認できる。

お嬢様二人の里帰りだからだろうか、館の玄関前には十人ほどの出迎えがいた。

「アメリア、メニル、久しいな。そして良く帰って来てくれた。お前たちが来ると民の歓声ですぐにわかるぞ。さあ、まずは中でゆっくりするといい」

その中で一際目立つ男女……おそらく領主様とその御令閨《ごれいけい》だろう……のうち、男性が前に進み出てきてそう言った。

たてがみにも似た真紅の髪を持つ、四十歳前後と思われる美形の偉丈夫（キラキラ付）である。

彼は二人と抱擁を交わすと、こちらに鋭い目を向け、やや値踏みをするような顔つきも見せながら手を伸ばしてきた。

「貴殿がクスノキ殿か。私はレオノール・ニールセン。女王陛下より子爵位を賜り、この地を治めている者だ。なにやら娘が世話になっていると聞く。今夜はその辺りの話をしっかりとお聞かせ願いたいものだ」

「初にお目にかかります、ロンネスクでハンターをしておりますケイイチロウ・クスノキと申します。コーネリアス公より騎士爵位を賜り、2段の位を認められております。ニールセン子爵閣下にお目通り叶《かな》い、光栄至極に存じます。この度は突然の来訪をお詫び申し上げます」

俺が伸ばされた手を握ると、ニールセン子爵はいきなり万力のような力で俺の手を握り返してきた。

あ、これ映画とかで見る、相手の力を試したりする奴ですよね。本当にやる人がいるとは思わなかったが、子爵は結構な脳筋キャラなんだろうか。御息女二人と練兵場の様子と本人の体格を見る限りその可能性は高そうだ。

「……ふむ、顔色一つ変えぬどころか余裕までありそうだ。なるほど2段というのはたしかなようだな！　これは色々と楽しい話が聞けそうだ。すまぬなクスノキ殿、娘を取られる父親の戯れとして許していただきたい！」

破顔一笑、俺の背中をバンバンと叩きながら肩を組んでくる子爵様を見て、御息女二人と御令閨は溜息をついていた。


その日は客室に案内された後、食堂に案内され、食事のテーブルにて子爵家一同を紹介された。子爵には御令閨が五人いて、それぞれ二人ずつ子息女がいるということで、彼らの紹介を聞きながら俺は前世の世界とのあまりの違いに驚いてしまった。

この世界は男女の出生比率の関係とモンスターとの戦いが絶えない関係で女性のほうが多いというのは以前本で読んだが、どうやらそのせいでこの国……というかこの世界では、経済力がある人間が複数の妻を持つのはむしろ義務であるらしい。

「特にそれが爵位をもつ人間なら避けられんのだよ」と子爵は豪快に笑っていたが、ちょっとだけ顔が引きつっていたのを俺は見逃していない。妻一人の前世だってキツかった俺にとって、五人という世界は想像の埒外《らちがい》である。

食事の席では当たり障りのない話が主であったが、俺の7等級モンスター退治の話などをすると、御子息たちが揃って目を輝かせていたのが微笑ましかった。特にアメリア団長と共闘でガルムを倒した話（やや改変アリ）は人気で、二回話す羽目になってしまった。

ちなみに子息息女の中ではアメリア団長が最も年長であり、子息は子爵の後継となる長男もまだ十六歳であるという（もっともこの国では十六歳は大人の扱いではあるが）。

なのでアメリア団長とメニル嬢は弟妹たち全員にとって『憧れの姉上』という存在であるようだ。

なおその場にいた全員が、俺がどういう理由でここに来たのかは大方察しているようであるが、食事の場でははっきりとした話はでなかった。

その辺りは関係者だけで明日正式に話をするとのことなのだが……正直今から胃が……。

どうしてこの世界はこんなにも俺の胃に厳しいのだろう。


翌日、朝食を終えると、俺は応接の間に呼ばれた。

名品と思われる武具がいくつか飾られているほかは質素な……といってもそこは貴族の館としてはという注釈がつくが……部屋で、俺は子爵と対面をしていた。

部屋にいて椅子に座っているのは俺と子爵以外には、なにやら神妙そうな顔をしているアメリア団長とメニル嬢のみである。

さすがに姉妹の母上君（第一夫人でこれまた美人）すらいないのはおかしいと訝《いぶか》しんでいると、

子爵がはあぁと長い息を吐いて口を開いた。

「済まんなクスノキ殿、娘たちの企《たくら》みに付き合わせてしまって。昔から父親の言うことをまったく聞かん娘たちなのだ」

「は、え、いや、はあ……」

いきなりなにを言われたのか理解が追いつかず言葉に詰まってしまう。

ああ、どうやら偽の結婚相手だというのはバレバレだったのか、と気付くまで数秒の時を要した。

「あ、いや、その、いつからお気付きになられていたのですか？」

「都合よく相手が見つかった、などと連絡が来た時点でな。この二人は昔からこの手の話はのらりくらりと躱していたのだ。それが急に見つかったなど、話がうますぎると思ってな」

子爵が姉妹のほうを見る。が、その目はとがめているというより、仕方のない奴だ、というような温かみが籠っている。

一方の姉妹は普段の様子とはうってかわって縮こまっていて、『騎士団長』『王門八極《おうもんはっきょく》』という肩書は微塵も感じられなくなっているのだが。

「大変申し訳ございませんでした。しかし賛同してここまで参上した私の方にむしろ罪があると思われます、どうかお二方にはご寛恕《かんじょ》をお願いいたします」

俺が頭を下げると、子爵は「ふははっ」と大笑いした。

「いやいや、貴殿に罪があるなど、そのような話があるはずがない。大方この二人に泣き落としでもされたのではないか？　子どもの頃はそれで私も何度もたばかられたのでな」

「ちっ、父上、そのようなお話は……っ」

アメリア団長がうろたえで口を尖らせ、メニル嬢は拗《す》ねたような顔をしてよそ見をしているが、仲のいい家族なんだと思わせるやりとりである。

「まあ一応その謝罪は受け取っておこう。もちろん罪に問うようなことはしないから安心してくれ」

子爵はそう言うと、身を少し乗りだしながら目元を引き締めた。

「まあそれはそれとして、貴殿をアメリアの結婚相手の候補にするという話は乗ってもいいかと思っている。聞いているかもしれないが、隣領の子爵家の息子がアメリアを嫁によこせとうるさくてな。断りたいのだが、我が領地は今、その子爵家と仲違《なかたが》いすることができない状況にあって面倒なのだ。しかしすでに相手がいるとなれば諦めざるを得まい。要するに娘たちの企みをそのまま実行しようと思うのだが、いかがだろうか？」

「父上、よろしいのですか？」

驚いたように反応したのはアメリア団長。

「うむ。あのバカ息子にお前を嫁がせるのはさすがにな。なに、アメリアには立派な相手がいるから他を当たってくれというだけだ。問題はない」

「あの、実際には結婚しないわけですからそれで後から問題になったりはしないのでしょうか？」

実は相談を受けていた時から気になっていたことを聞いてみた。

「後から破局になったとでも言っておけばいいのだ。別にそこまで珍しい話でもない。それとも本当に結婚したいとでも言うつもりかな？」

「いえいえ、滅相もございません。ただ気になったものですから」

獅子《しし》の眼光に射すくめられて俺は慌てて首を横に振った。これ、アメリア団長が結婚できないのは本人のせいだけじゃないのではないだろうか。

「というわけで、クスノキ殿とアメリアについては、ここにいる者以外には実際に結婚するものとして扱うことにする。明後日《あさって》にバカ息子……ケルネイン子爵の長子が来る予定になっている。その時に伝えて、お帰りいただけばよかろう」

「ねえお父様、あのバ……ケルネイン子爵の御子息はワタシにも気があるみたいなの。もしアメリア姉の代わりにワタシを寄越せと言ってきたらどうするの？」

メニル嬢が眉をひそめているところからしても、件《くだん》の御子息はかなり嫌われているようだ。

「たしかにな……。その時はメニルもクスノキ殿が一緒に娶《めと》る予定だとでも言っておくか」

「さすがにそれは色々と問題があるのでは……」

「あっ、それいいわねっ。そうしましょっ。面倒な話は一気に片づけるに限るわぁ」

「メニル、お前最初からそのつもりだっただろう？」

アメリア団長が白い目で見ると、メニル嬢はペロッと舌を出しつつ聞こえないふりをする。

それを愉快そうに眺めていた子爵は、立ち上がりながらこう言った。

「では、家族には今から伝えることにしよう。それとクスノキ殿、実はアメリアの相手に関しては、私がその実力を直々に見ると以前から公言していてな。悪いがこの後、練兵場で一勝負してもらうぞ。兵たちの中にもアメリアに憧れているものは多い。そこで実力を見せてもらわないと色々と不都合もあるのでな」

ニヤリと笑う真紅のたてがみを持つ偉丈夫《いじょうぶ》の姿を見て、アメリア団長の勝負好きが父親譲りであることを俺は悟るのだった。

■

子爵の申し出を断るという選択肢は最初からなかったため、俺は促されて子爵と共に練兵場に向かった。

練兵場では百人程の兵士が訓練していたが、下りてくる子爵を見ると訓練をやめ、リーダーの号令一下、子爵の前に整列をした。その統率のとれた動きだけで練度の高さがうかがえるが、なるほどアメリア団長の率いる都市騎士団の高練度ぶりのルーツがこれかと納得である。

厳しい顔をしつつ俺の方をちらちらと見る兵たちを前に、子爵が声を上げる。

「訓練ご苦労。済まぬが少し練兵場を借りるぞ。こちらの御仁《ごじん》はクスノキ殿と言って、アメリアの夫となるかもしれん男だ。これから私と模擬戦を行うが、2段位のハンターの戦いなどそう見られるものではない。諸君らも大いに学ぶところがあるだろう。この場にてしかと見届けてもらいたい」

「はっ!!」

『アメリアの夫』あたりで結構な殺気が立ち上ったのは気のせいではないだろう。なぜなら複数の兵士が今にも襲い掛からんばかりの目で俺を睨んでいるからだ。

子爵が話をしている間に、アメリア団長とメニル嬢、そして子爵家の方々も練兵場に下りてきた。

もしかしたらこれが子爵家にとっては家族への『お披露目』になるのかもしれない。だとしたら随分と脳筋だが……まあなんとなく納得いってしまう父娘《おやこ》ではある。

「私は使い慣れたこの剣を使う。クスノキ殿も持参された剣を使うとよかろう」

子爵が腰の剣をスッと抜きながら言う。その剣が名剣であろうことは言うまでもないが、抜剣の動作があまりに自然な子爵の腕も相当に高そうである。

俺も子爵と距離を取って相対し、オーガの大剣を構える。

「アメリア、号令を掛けよ」

子爵が言うと、アメリア団長が「はっ」と言って一歩前に出る。

俺のほうを見る時に少し済まなそうな顔をしていたが、正直この流れは子爵を見た瞬間予想していたので大丈夫だったと後で伝えよう。

「両者よろしいか？　では、始められよ！」

開始と同時に子爵から闘気ともいうべき気配が立ち上る。

アメリア団長に勝るとも劣らないその圧力は、気が弱い者ならば立ちすくんでしまうだろうレベル。

俺はその圧力をすぅと潜り、歩を詰めて大剣を振るった。試される側の俺としては先に仕掛けるのが礼儀であろう。

「ふんぬっ!!」

第三者から見れば嵐とも見えるであろう俺の剣撃を、子爵は受け、払い、流す。これだけですでにクリステラ嬢……『王門八極《おうもんはっきょく》』に迫る技量である。

「ちあッ！」

極小の、本当に極小の隙を突いて子爵が攻めに転じる。

無論一方的に打ち込まれるつもりはない。そこから休みのない、一瞬を無限に引き延ばす戦いが始まった。

『縮地』を含め近接用のスキルをすべて使い切っての高レベル者同士の剣のやりとりは、練兵場の地をえぐり、鋭い風を巻き起こす。

子爵の剣が幾重もの光の弧を描き、俺の大剣が毫《ごう》も遅れることなく呼応する。刃が交差するたびに放たれる閃光と金属音。永遠に続くかと思われる、暴風のごとき打ち合い。

しかしいかな達人であっても、体力は無限ではない。

数十合目か数百合目か、そこで子爵の息が須臾《しゅゆ》に乱れ——俺の大剣がその首に届き、そこですべての動きが止まった。

「参ったッ！」

子爵が剣を鞘《さや》にしまい、両手を上げた。その顔には口惜《くや》しさと共に、やりきった清々《すがすが》しさが浮かんでいる。

「う……おぉッ！」

兵士たちが歓声ともどよめきともつかない声を上げる。

「クスノキ殿の剣、しかと見せてもらった。貴殿をアメリアの夫となるにふさわしい男と認めよう！」

子爵と握手をし、健闘をたたえ合う。

これが本当に結婚を賭けた勝負であり、なおかつ自分の剣技が才能と努力によるものであったのなら、とても感動的な場面だっただろう。しかしどちらの条件も満たしていないという事実が、俺の人並みの良心をチクチクと苛《さいな》むのが悲しい。

その苦しさを顔に出さないよう必死に耐えていると、

「おおこれは愛《いと》しのアメリア殿ではありませんか。ここでお目にかかれるとは運命を感じるものでございますねえ。やあやあニールセン子爵様、アメリア殿を呼び寄せたということは、いよいよ自分との結婚をお認めになるということですよねえ。大変結構なことですよ、うむうむ結構結構」

城門のほうから、『空気？　それって読むものじゃないよねえ』的ギラギラオーラを周囲に振りまく男が現れた。


「あれがケルネイン子爵の長子ボナハだ」

子爵は俺にそう耳打ちすると、十人ほどの供を引き連れたその男のところに向かった。

ボナハという人物は、この世界としては標準的な体形をした、濃い茶色の髪の下にはこれまた平均的な顔を持つ二十歳前後の男だった。

一見すると穏やかな顔つきだが、目つきに人を侮ったところがある。裕福な家庭に生まれたが世間知らずに育った、という雰囲気の青年である。

「おおボナハ殿ではありませんか。明後日お出《い》でになるとうかがっておりましたが、なにか急な御用事でもおありかな？」

「いやいや、今日は私の想《おも》い人が近くにいるような気がしましてねえ。いてもたってもいられなくなり推参したまでですよ。私の想いの強さでしょうか、果たしてアメリア殿はこちらにおられた。これはもう天の導きでありましょうなあ」

いくら客人とは言っても、ボナハ青年の言葉は子爵を相手にするものとは思われない。彼はあくまでケルネイン子爵の長子というだけで、爵位を持っているわけではないはずだ。貴族の上下関係として子爵と対等に話すことさえあり得ない。

にもかかわらずあの態度がとれるのは、子爵とボナハ青年の間にそれなりの……歪《ゆが》んだ力関係があるということだろう。

子爵はそんな彼の態度を気にしたふうもなく、大げさに両手を広げて答える。

「おおそうでしたか。しかしそれならばこちらとしても大変に都合がよい。何しろたった今、アメリアの夫となるべき人間が決まりましたからな！」

子爵の宣言に、ボナハ青年はにやけ顔を凍り付かせた。

「……今なんと？」

「アメリアにはすでに夫となるべき人間がいるということですな。大変遺憾なことながら、ボナハ殿に嫁入りさせるわけにはいかなくなったということです」

「それは約束が違うのではないかな？」

「いえいえ、私が申し上げたのは、アメリアに決まった相手がいないのであればボナハ殿を推挙いたしましょうということ。相手がいたのであれば無論その話は無しということになります。むしろ約束通りということになるでしょうな」

「ニールセン卿……そのような詭弁《きべん》が通るとお思いなのですかな？」

「詭弁もなにも、約束通りですぞ。よもやボナハ殿は貴族が交わした約を疑うとおっしゃるか？であれば、女王陛下の裁定を仰がねばなりませんがいかがか？」

「うぐ……っ、猪《いのしし》風情が口だけは立つ……！　いやいや、それではこのことは我が父にしかと伝えますがよろしいか？」

「貴殿の父、ケルネイン子爵は法を重んじるお方。正当性のない話を聞くとも思えませんな」

「ニールセン卿が我が父のことをそのように語るのはいささか不快ですなあ。しかしこれ以上話をしても無意味な様子。今日のところは失礼つかまつるといたしましょう」

ボナハ青年はこめかみのあたりを震わせつつもそのまま立ち去るかと思われたが、なぜかそこで迷いなく俺のほうを睨みつけてきた。

「貴殿が我がアメリアに言い寄る男のようだねえ。身に過ぎた欲が、貴殿の身を滅ぼすことのないように祈っているよ」

紹介されてないのになぜわかったのだろうと思ったら、知らないうちにアメリア団長とメニル嬢が俺の両脇に来ていたのであった。

そのままスルーされると思っていたのだが……というかワザとじゃないですよね、お二人さん。

■

その日の夜、子爵家の食卓には昨日より豪華な料理がテーブルに並んでいた。その場にて、俺がアメリア団長の夫となる資格ありと認められたという話が、ニールセン子爵の口から子爵家の人々に対して伝えられた。

重要な点についてあくまでも「資格ありと認めただけ」という形でぼかしてはいたが、あとで真実を伝えた時の予防線になるのかどうかは非常に微妙なところだ。第一夫人だけには伝えておいたほうがいいのではないだろうかと、涙ぐんでいる夫人を見て思ったのはたしかである。

翌日、俺は思うところがあって、アメリア団長を通じて子爵と話をする機会を設けてもらった。

呼ばれた場所は子爵の執務室であった。

「ご多忙の折、無理を言って申し訳ありません、ニールセン子爵閣下」

「閣下はやめてくれ。全力で剣を交えた仲ではないか。もっとも貴殿は全力ではなかったようではあるがな」

子爵は執務机を離れ、俺を来客用の椅子に座らせると、自身も対面に座った。

「いえ、そのようなことは……」

「はっはっ、気を使わなくていい。剣を合わせたオレがそこは一番よくわかっている。オレも強者とはそれなりに剣を交えてきたが、貴殿ほどの使い手は見たことがない」

そう笑う子爵の顔つきは、昨日までと違いかなり柔らかい。言葉遣いもこちらが素ということなのだろう。

「恐縮です。私は以前、アメリア団長とクリステラ卿、二人と手を合わせましたが、ニールセン様の剣は勝るとも劣らないと感じました。領を治める傍らそこまでの鍛錬を続けられていると思うと頭が下がる思いです」

「嬉しいことを言ってくれるな。しかしラダトーム卿……クリステラと手を合わせたのか。どちらが勝ったか聞いてもいいか？」

「そうですね、剣ではクリステラ卿……ですが私は魔法も使えるので、それを含めれば自分が勝った、というところでしょうか」

「貴殿が魔法にも堪能《たんのう》というのはまことなのか。メニルが自分を超える魔導師だと言っていたが、それが本当なら恐ろしく感じるほどだぞ」

「それは多少自覚をしております。故あってあまり目立つ真似はしたくないのですが、そう言っていられないことが多うございまして」

「『厄災』か……。実は貴殿のことは先んじてコーネリアス公爵閣下から聞いているのだ。頭の方も相当切れるとな」

「やはりそうでしたか。頭の切れについてはあまり自信がありませんが」

これについては想定の内だ。いくら愛娘《まなむすめ》が認めた男だからと言って、頭から信用して策に組み入れるはずがない。

「それで、わざわざ話しに来たということは、雑談が目的ではあるまい？」

「ええ。これはニールセン様のご事情に深く踏み込むことになるかもしれませんが……ニールセン子爵家とケルネイン子爵家との関係についてお聞きしたいのです」

「ふむ……」と言って子爵は口元を厳しく引き締めた。

「コーネリアス閣下の言を信じて貴殿には話そう。と言っても、そこまで込み入った話でもないがな」

そう前置きし、子爵はことのいきさつを語り始めた。


ここニールセン子爵領は、農業と農作物の交易を主産業とする領である。

主な取引相手は北にある伯爵領。その領までは街道が整備され、今まで非常にスムーズに交易が行えていたという。

ところが三週間ほど前に、その街道の子爵領側に奇妙な集団が現れるようになり、ニールセン子爵領の隊商を襲うようになった。

無論子爵はすぐさま討伐隊を編成し解決を図ろうとしたが、その奇妙な集団は討伐隊の前にはまったく姿を現すことはなかったという。

仕方なく隊商に護衛をつけるなど対策をしたが、その奇妙な集団は護衛の隙を突くように荷物を燃やすなどして執拗《しつよう》に妨害をする。

ついにはその街道を通って交易をすると赤字になってしまうという状態になった。

そこで次善の策として迂回《うかい》して交易を行うということになったのだが、そこで通らねばならなくなったのが隣領のケルネイン子爵領であった。

他領を通るとなれば通行税がかかることになるのだが、ケルネイン子爵はもともと派閥の違うニールセン子爵領の隊商が出入りすることを嫌い、通行税の率を上げるなどして制限をしようとしてきたという。さすがに国法を超える税率になるに至って抗議をしたが、それでもあの手この手で税を取ろうと画策しているらしい。

そして、その弱味を聞きつけてやってきたのがボナハというわけである。

「なるほど……」

子爵が語る内情を聞きつつ、俺は非常に嫌な臭《にお》いを嗅ぎ取っていた。

子爵が語った内容、それはまさにゲームの『イベント』の設定そのものであったからだ。

「ちなみに、その奇妙な集団とケルネイン子爵の関係は？」

「無論調べた。と言いたいところだが、集団そのものがまるで捕まらんので、今のところケルネイン子爵の周りを探らせているだけだがな。しかし貴殿もそこが気になるか」

「話が出来過ぎていますからね。しかしもしその集団とケルネイン子爵に関係があったとしても、嫌がらせとアメリア様が目的というのも妙ではあります。長期的にニールセン子爵様側の弱体化を狙っているということでしょうか」

「そのようなところであろうな。それがケルネインにとってどれほどの利になるのかはわからんが」

「そうですね……」

裏を探る必要があるか……といっても、俺はそちらのほうはまったくの門外漢である。この身体がいくら優れていても、今できるのはそれこそ脳筋の正面突破だけ。

というか、これが『イベント』なら、脳筋プレイで行けばその内相手がボロを出すというパターンだろう。そう信じてできることをするしかない。

「わかりました。まずはその奇妙な集団とやらをどうにかしましょう。そこを潰せれば一旦は解決する問題でしょうから」

俺がそう言うと、子爵は驚いたような顔をした。

「待ってくれ、貴殿にそこまでしてもらうわけにはゆくまい」

「もちろん、成功すれば報酬をいただきに参りますので、そこはご心配に及びません。報酬がいただけないというのなら別ですが」

「貴殿は……なるほどそう筋を通すというわけか。報酬については無論出すが、奴らを捕捉する当てはあるのか？」

「それについては私の力を信じていただくしかありませんが、やりようはありますのでご安心ください」

「ふむ。普通なら笑って相手にしないような話だが、貴殿なら本当になんとでもできる気がするな。では任せるとしよう……いや、領主として是非頼む」

子爵と握手をすると、俺はすぐさま行動を開始した。

子爵領から北に延びる街道は、前世で言えば自動車が対面通行できる道路ほどの幅の、この世界の基準でいえばかなり広めの道であった。

街道は兵士たちによって封鎖されていたが、同行者がいるおかげで子爵が渡してくれた許可証を出すまでもなく顔パスである。

「済まないケイイチロウ殿、このようなことになるとは思っていなかった」

「ホントよねぇ。まさかこんな変な話になってるなんて聞いてなかったしびっくりだわぁ」

同行者とは、当然のようについてくるアメリア団長とメニル嬢。無論『当然』というのは二人の意見であって、俺の意見でないのは言うまでもない。

さて、俺がこの件に首を突っ込もうと思ったのは、なにもゲームのイベント的だから、という理由だけではない。話に出てきた『奇妙な集団』というものが、どうにも勘に引っかかるからである。これが平時なら特殊な訓練を受けた部隊か……などと考えるところだが、『厄災』の前兆が複数確認された状況下では別の可能性が浮かび上がる。

すなわち、そいつらも『厄災』関係者なのではないか、と。

無論『厄災』関係者が、なぜそのような半端な示威行動に出るのか、なぜケルネイン子爵と連動した動きをするのかという疑問はある。が、さらに言えば、その疑問そのものがまた別の可能性を示唆する。つまり、ケルネイン子爵は『厄災』関係者と内通している、もしくは操っているのではないか、と。

「これは荷馬車の残骸のようだな。そうするとこの辺りが襲撃の現場か」

街道を走って十分くらい経《た》った時であろうか、アメリア団長が街道脇に散乱した木片を指して言った。なるほど地面には焼けたような跡もあり、いかにも襲撃跡といった雰囲気である。

ちょうど街道左右から森が迫っている地形であり、その森の向こうには低い山が連なっている。山賊が現れそうな土地と言えば、そう言えなくもない。

もっともこの世界に来てから、俺は賊の類にはまったく遭遇していない。それはそうだ、少しでも未開の地に足を踏み入れればモンスターに襲われる世界なのだ。

「ケイイチロウさん、それでこれからどうするの？　さすがにこの周囲を全部探索するのは無理があるわよ？」

メニル嬢の俺の呼び方が変わっているが、夫候補にして誤魔化すみたいな話もあったからだろうか。俺の方も結婚相手（偽）とその妹ということで、二人に対する言葉遣いは変えた。

「いくつかのスキルを組み合わせて賊の存在を探知してみる。その間無防備になるから、二人には周囲の警戒を頼みたい」

「うむ、任せよ」

「わかったわ、守ってあげる。それと後でそのスキルのことも教えてねっ」

メニル嬢の好奇心は相変わらずである。

さて、思いついて試した時にはうまくいったから大丈夫だとは思うが……俺は『千里眼』を発動、視点を上空に移動させ、周囲を俯瞰《ふかん》する。

そのまま視点の座標を動かすようにすると、ドローンのカメラ撮影の様に視界が動いていく。

さらに『気配察知』と『魔力視』を発動。すると森の中に棲息《せいそく》する動物やモンスターなどが、赤外線撮影のような輪郭で表示されるようになった。

無論それらはかなりの数に上るため、大きさや魔力量が小さいものは表示から除外しつつ、探索を続けることしばし――

山の中腹あたりに、数体の人型をした輪郭が集まって存在するのを確認した。

視点を寄せて見ると、木々の隙間からテントのようなものが設置してあるのが見え、しかもそのテント近くには、不自然に木が密集したところがある。

テントの周囲には全部で五人の人間がおり、うち三人は普通の人間だが、一人は以前『悪神の眷属』に感じたものと似た粘りつくような魔力――おそらく『闇属性魔法』の魔力――を持っており、もう一人はそれらとはまた違った妙な魔力を持っていた。

なお、普通の人間と思われる者が望遠鏡のようなものでこちらを監視しているのも確認できた。

「どうやら見つけたようだ。五人の人間が山の中腹でこちらを見張ってる。一人はおそらく『闇属性魔法』を使う奴だろう。それとは別にもう一人、特殊な能力を持っていそうな人間がいる」

俺は『千里眼』を解除し姉妹に報告した。

「何故《なぜ》そんなことがわかるのか……と聞くのはきっと無粋なのだろうな。ケイイチロウ殿は私たちの知らない力をまだ多く隠しているようだ」

「ホントにねえ、聞きたいことが多くなりすぎて離れられなくなっちゃう」

アメリア団長はやや呆《あき》れたように、メニル嬢はいつもの調子で反応した。

「俺の能力についてはそのうち話す時がくると思う。進んで広めるつもりはないけど、信用できる人間には隠さないで使うことにしたからね」

ハンター2段という肩書を持ち、しかもかなりの権力者とつながりを持ってしまった身である。『厄災』の姿が見え隠れしている今、能力をひた隠しにして自分の行動を縛ってしまうほうが愚かだろう、とここ数日で思い直したのである。

断じてボロを出しすぎて隠すのを諦めたとか、面倒になったとかではない。

「それじゃワタシたちは信用できる人間に入れてもらえているのねっ！　嬉しいっ」

「う……む。そう言ってもらえているのなら私も嬉しい……な」

メニル嬢が抱き着いてきて、アメリア団長は顔を真っ赤にしつつ身を寄せてくる。

そういえば今もあちらさんには監視されてるんだよな。この二人はかなりの有名人だし、警戒が強まったりはしないだろうか。

そう考えると行動は早いほうがいい。『ラブコメ』的な話から始まったこのイベントは、早く終わらせないと取り返しのつかないことになりそうな気がする。

どことなく浮かれている姉妹の様子を見て、俺はそう確信した。

■

俺たちは一度監視しているであろう連中の視界から外れる所まで移動し、そこから連中のいる山へと続く森の中に入っていった。

森の中には多数のモンスターがいたが、正直過剰戦力ともいえる俺たちにとってはまったく問題にはならない。せいぜい連中に気付かれないように静かに処理することに気を使ったくらいである。

『千里眼』で位置を確認しながら森の中を進むこと一時間ほどで、連中がいる山のふもとまでたどりつく。

そこから山を登ることしばらくして、テントらしきものが見える場所まで来ることができた。

「気配が三つになっているな」

アメリア団長が声を潜めて言う。

たしかに普通の人間だけがテント周辺に残っている。直前までは残りの二人もいたはずで、それが急に消えるというのは不自然だ。秘密があるとすれば……やはり『千里眼』で見えた、木が不自然に密集していた場所だろう。

取《と》り敢《あ》えず一人を解析してみる。

名前：バン　バスク
種族：人間　男
年齢：32歳
職業：兵士
レベル：34
スキル：
　格闘Lv.5　長剣術Lv.4　短剣術Lv.6
　弓術Lv.3　四大属性魔法（火Lv.2　水Lv.3　風Lv.3　地Lv.3）
　算術Lv.2　毒耐性Lv.3　衝撃耐性Lv.2　気配察知Lv.4　暗視Lv.4　隠密Lv.4
称号：なし

ハンターだと3級クラスの人間、ということは練度はそこそこに高い。

職業が『兵士』ということはどこかの国や領地に属する人間だということだろう。

「どうするの？」

「闇魔法を使って無力化してみよう」

メニル嬢に答え、俺は三人が目視できるところまで接近し、『闇属性魔法』＋『精神感応』を発動、兵士たちを順次支配下に置く。

彼らが動かなくなったのを確認して、テントまで接近する。

眼《め》の光を失って棒立ちになっているのは、いずれも迷彩柄のような装束を身にまとった男だった。装備や体つきからして、やはり比較的大きな組織に所属して正式に訓練を受けた人間に見える。

テントの中は生活用品が揃えられていて、ここに長期間滞在していることも見て取れた。

俺は三人に装備を解除させテントに入れさせると、リーダー格の男に他の二人をロープで縛らせた。彼の縛り方は一目見てプロのそれであると知れ、そのような技術を磨いてきた男なのだとわかる。

「間違いなく組織、もしくはどこかの貴族の工作員だな」

「そうねぇ。予想はしていたけど、随分とキナ臭くなってきたわねぇ」

うなずき合う姉妹を見ながら、俺はこの後の行動の優先順位を考えていた。

今必要なのはこのリーダー格兵士への尋問、残り二人の行方の捜索、木が密集した場所の調査だ。

「アメリアさん、メニルさん、済まないが周囲の警戒を優先でお願いしたい。この男に色々聞いてみるが、邪魔が入らないとも限らない」

尋問中にナイフやら毒矢やらが飛んできて口封じされるのはこの手のシーンのお約束である。警戒しておくに越したことはないだろう。

二人が了承してくれたので、俺はリーダー格の男に尋問を始めることにした。

「お前の名前と所属を言え」

「名はバン・バスク、所属は……トリスタン侯爵領……領軍」

テント入口で警戒していたメニル嬢がピクリと反応する。

「現在の任務は？」

「『闇の巫《かんなぎ》』と灰魔族の男の護衛……、それと灰魔族の男の指示に従うこと……だ」

「『闇《やみ》の巫《かんなぎ》』とはなんだ？」

「知らされていない……」

「灰魔族の男とはどのような人間だ？」

「灰魔族は人の精神を操る……種族だ……。『闇《やみ》の巫《かんなぎ》』を操っている……」

なるほど、以前アルテロン教会で捕まえたグリモとかいう男の同類か。

『灰魔族』が『闇属性魔法』に特化した種族だとグリモ捕縛後に聞いた。

「その二人の目的は？」

「知らされていない……」

「今どこにいる？」

「今は洞窟の中……」

「何者かッ！」

テントの布の向こう側からアメリア団長の鋭い叫び声と金属音、そして静寂。

気配察知に一瞬だけ粘りつくような魔力が感知できたが、その気配はすぐに遠方に離れていった。

「済まない、逃がした。ケイイチロウ殿は大事ないか？」

「ありがとう、こちらは問題ない。やはり口封じかな？」

「そのようだ。ナイフを……毒を塗ったナイフを投擲《とうてき》したようだ。叩《たた》き落《お》としたのでこちらは問題ない」

「なによりだ。メニルさんは？」

「こっちも大丈夫よ。追跡しようとしたけどここでは無理ねぇ。逃げに入った灰魔族を追跡するのはほぼ不可能って言われてるし」

灰魔族はグリモの時に感じた通りかなりの曲者《くせもの》ぞろいで、暗躍していることは知られているが、生きて捕縛することがほとんどできないのだという。

「そっちは諦めよう。この場を去ったのなら雇い主のところに戻るだろうし、向こうからなんらかの動きが後であるだろう」

俺は尋問中の兵士に向き直った。

「今言った洞窟に案内しろ」

「わかった……」

今はもう一人の『闇《やみ》の巫《かんなぎ》』とやらを確保しよう。

兵士が案内したのは、やはり不自然に木で隠されていた場所だった。

見ると重なった木々の裏側に、山の斜面に開いた洞窟らしきものがある。　そしてそれは、あの荒野で潜った『ダンジョン』に雰囲気が酷似していた。

「これもダンジョンっぽいわねえ」

「ダンジョンだと……!?　『厄災』の前兆といわれるものか？」

メニル嬢の言葉にアメリア団長が眉を寄せ険しい顔をする。

「多分ね。ということは、ここにも『厄災』の眷属がいるのかしら？」

「その割に奥にモンスターの気配がないな。とりあえず入ってみよう。付いてきてくれ」

俺が先頭になって洞窟に入る。俺たちがいない間に暗殺されても困るので、兵士も付いてこさせた。

洞窟は一本道で、奥までほぼ直線に続いていた。途中から石組みの通路に代わり、洞窟というより建物の中にいるような雰囲気に変化する。

気配察知に感、奥にあの妙な気配がある。一人だけでその場にとどまっているようだ。

警戒しながら奥に進んでいくと、ホールのような空間に出た。

通路と変わらない石組みの部屋だが、数本の円柱が規則的に立ち並び、床の中央には大きな円を基本とした文様……魔法陣のようなものが描かれている。

その魔法陣の中心で、一人の女の子が膝を折ってなにかに祈りを捧《ささ》げていた。

その女の子の背には鳥のような黒い翼が生えている。有翼人と呼ばれる種族である。

名前：セラフィ　トリスタン
種族：有翼人　女
年齢：13歳
職業：闇《やみ》の巫《かんなぎ》
レベル：14
スキル：
　四大属性魔法（火Lv.3　水Lv.3　風Lv.3　地Lv.3）
　算術Lv.3　降魔の法Lv.6
称号：闇に仕えし者
状態：洗脳

姓が『トリスタン』なのは偶然か、それとも兵士が言っていた『トリスタン侯爵』の関係者ということなのか。職業『闇《やみ》の巫《かんなぎ》』は聞いた通りだが、具体的にどのようなものなのかは不明。スキル『降魔の法』、彼女が『闇《やみ》の巫《かんなぎ》』として持っている特殊能力と言うことだろうが、これも不明。称号の『闇に仕えし者』は、職業と関係がありそうだが、もし『厄災』と関係があるなら、ネイミリアが言っていた『闇の皇子《やみみこ》』とつながる可能性もある。

そして状態のステータスが新たに表示されているが、『洗脳』とは少々不穏なものを感じるな。

「彼女が『闇の巫《やみかんなぎ》』らしいが洗脳状態にあるようだ」

「うん？　どうしてそのようなことが……いや、それは聞くまい。それでどうする？」

アメリア団長が女の子……セラフィを見ながら言う。

どうするか、と言われても、実際のところセラフィが今なにをしているのかまったくわからない。わからない以上、祈りをやめさせることが良いことなのか悪いことなのかも判断がつかない。しかし状況から見て、どう考えても良からぬことである可能性のほうが高いだろう。

というか、前世でのメディア作品知識が、これはなにか悪《あ》しきものを召喚しているとか、そんな状況なのだと訴えかけている。

「声をかけてみる」

俺は、依然として祈りを続けて女の子の側に行き、しゃがみこんでその横顔を覗《のぞ》き込んだ。

瞑目《めいもく》している少女の、まだ幼さの残るその顔は非常に整っており、どこか高貴な雰囲気をも漂わせている。金糸のようなロングヘアを額で左右に分け、あらわになった額にはサークレットの宝珠が輝いていた。

例によってキラキラ感があふれているのを除けば、一見して良家の子女と言った雰囲気。だがなぜか着ている服は黒いハイレグのレオタードにマントという、この年齢の少女に着せるには激しく問題のあるものだった。たしか長男がやっていたゲームにはこんな格好の女の子がいっぱい出てきたような……今は思い出に浸ってる時じゃないな。

「済まない、我々はニールセン子爵配下の者だ。貴女は何者であるのか、ここでなにをしているのか教えてもらえないだろうか？」

俺が問いかけてもセラフィは微動だにせず、ぶつぶつと呪文ようなものを唱え続けている。

思い切って肩をゆすってみたが、やはり反応はない。

と、彼女の呪文のトーンが急に上がってきた。おそらく今行っている儀式（？）がクライマックスに近づいているのであろう。

「洗脳を解くしかないようだ」

俺は二人に伝えると、『闇属性魔法』＋『精神感応』を発動した。

『洗脳を解く』と言ったが、やることは結局前にも行った『精神支配での上書き』である。

『俺のモノだ俺に従え』の念を送ること数秒、セラフィは小さな体をビクンと震わせて急に立ち上がった。

が、それと同時に――

「魔法陣が起動してるわっ！　そこから離れてケイイチロウさんっ！」

メニル嬢の叫びに応え、俺はセラフィを抱えて魔法陣の外に出る。

振り返ると床の魔法陣が怪しげな光を放ちながら、わずかずつ大きさを広げている。

「嫌な気配だ、一旦引くぞ！」

アメリア団長の言に従い、俺たちは洞窟の出口へと急いだ。

■

洞窟を出て振り返ると、今いる山の頂《いただき》から、不気味な赤黒い靄《もや》のようなものが広がりながら消えていくのが見えた。

気付くと洞窟は消えており、明らかになんらかの『フラグ』が立ってしまったとしか思えない状況である。

「あれはナニかしら？　街道に変な連中がたむろしてるけど」

メニル嬢が指さす先を見ると、山裾の森の向こうにある街道に、黒い人影のようなものが多数うごめいているのが確認できた。パッと見て三百以上はいるだろうか。縦横に倍くらいの大きさの影が三体見えるのはリーダー格のようだ。

あれほどの集団がいれば、俺やアメリア団長の『気配察知』に引っかからないはずがない。とすればあの集団は間違いなく今現れたということだろう。

それ自体信じられないことではあるが、さらに気になるのはその集団から、先ほど山から放出されたものに似た赤黒い靄が立ち上っているところだ。

「あれが子爵のおっしゃっていた『奇妙な集団』じゃないか？」

「かもしれんな。どうやら父上の領地のほうに移動し始めているようだ」

「あの靄みたいなの、もしかして瘴気《しょうき》ってやつじゃないかしら？　すごくヤな感じがするし」

メニル嬢の言葉に、俺はネイミリアの言葉を思い出す。

「ネイミリアに聞いたんだが、『闇の皇子《やみのみこ》』の軍勢とやらが瘴気《しょうき》をまとっていたと、エルフの里長《さとおさ》が言っていたそうだ」

「なんと。それでは『闇の皇子《やみのみこ》』が復活したというのか？」

「どうかしら……ねえケイイチロウさん、その子に聞いてみたらどう？」

メニル嬢に言われて、俺はセラフィを抱えたままだったのを思い出した。

セラフィを下ろして様子を見るとまだ目が虚ろなままで、『精神支配』の上書き状態にあることがわかる。彼女には申し訳ないがものを訪ねるにはちょうどいい。

「答えてくれ。あそこにいる者たちはなんだ？」

「……『闇の皇子《やみのみこ》』……の……兵……です」

「『闇の皇子《やみのみこ》』の兵？　君は『闇の皇子《やみのみこ》』を復活させたのか？」

「いえ……私は……『闇の皇子《やみのみこ》』の……兵を借りている……だけ……。『闇の皇子《やみのみこ》』の……復活は……すでに始まって……います……」

「なに!?　それは本当なのか？」

「待って、アメリア姉」

詰め寄ろうとするアメリア団長を制止しつつ、メニル嬢はセラフィに向き直った。

「『闇の皇子《やみのみこ》』の復活はいつなのかしら？」

「それは……わかり……ません。明日なのか……一年後なのか……」

「貴女は何者なの？」

「私は……『闇の巫《やみかんなぎ》』……。『闇の皇子《やみみこ》』に……捧げられる者……う、うぅっ」

そこまで答えると、セラフィは急にうずくまって泣きだしてしまった。『精神支配』下にあっても抑えきれない感情が彼女の胸の内にあるのであろうか。

どちらにしろ、これ以上の尋問は彼女の精神的ストレスを考えると難しそうだ。

「今はそこまでにしよう。とにかく、あの『闇の皇子《やみみこ》』の兵は対処する必要がありそうだ。と言っても三人で戦うしかなさそうだけどな」

俺が言うと、姉妹は揃ってうなずいた。

「そうだな。どちらにしろあれをどうにかせねば父上の領にも戻れそうにない。しかし『闇《やみ》の皇子《みこ》』の兵か……うむ、面白い」

「あ〜あ、アメリア姉の悪いクセが出てきちゃった。まあ仕方ないか、さっさとやっちゃいましょっ」

俺はうずくまったままのセラフィを抱え、トリスタン兵三人に付いてくるように指示を出してから、先を行く姉妹の後を追いかけた。

俺たちは山を下り、森を最短で抜け街道まで出ると、赤黒い瘴気《しょうき》を立ち上らせた『闇の皇子《やみみこ》』の兵たちに接近していった。

彼らはいつの間にか隊伍《たいご》を組み、整然とした動きで子爵領方面に行進を始めていた。

赤黒い禍々《まがまが》しい造形の甲冑《かっちゅう》で全身を包んだ、巨軀《きょく》の戦士たちである。

闇《やみ》の皇子《みこ》の兵士（戦士）
スキル：
気配察知　剛力　剛体　不動　闇属性耐性　闇の瘴気《しょうき》
ドロップアイテム：
魔結晶４等級

闇《やみ》の皇子《みこ》の兵士（戦士長）
スキル：
気配察知　剛力　剛体　不動　闇属性耐性　闇の瘴気《しょうき》
ドロップアイテム：
魔結晶６等級

前者は三百体ほどいる個体、後者は三体いる大型の個体だ。

複数体解析したが皆同じステータスだった。

「この兵はすべて4等級、大型の奴は6等級に相当するようだ。瘴気《しょうき》はスキルで発生させているようだな。効果がわからないから注意してくれ」

俺が情報共有すると、アメリア団長とメニル嬢は少し驚いたように目を見開いた。

「4等級と6等級とは……それが本当であれば、小さな都市など目の前の兵だけで壊滅しかねんな」

「さすが『厄災』ってことねっ。これで実際に『闇の皇子《やみのみこ》』が顕現したら、いったいどれだけの兵が出現するのかしら」

「恐ろしい話だが、まずは目の前の連中を片付けなくてはな。ケイイチロウ殿は4、6等級相手だとどれだけやれるのだ？」

「全部を相手にすることもできなくはない……かな」

目の前にいる『闇の皇子《やみのみこ》』の兵は三百体以上、しかし彼らが4等級最上位のオークキング並みの力を持っていたとしても、今の俺の相手になるとは思えなかった。

それがこの世界基準で極めて異常だということは薄々自覚しているが……今更彼女たちを相手に隠しても仕方ない。

俺の答えを聞いてアメリア団長がフッと笑う。

「聞くだけ無駄だったか。それならば援護を頼んでいいか？　さすがに我が父の領を守るのに、私とメニルが先に出ないというのは問題があるのでな」

「ええ〜っ、楽なほうが良くない？　ケイイチロウさんなら多分一瞬で終わると思うけどなっ」

「ケイイチロウ殿の力を探るのも時を選ぶのだな。いくぞ！」

メニル嬢は俺の方をちらっと見てペロリと舌を出すと、アメリア団長の後について、『闇《やみ》の皇子《みこ》』の兵の方に走っていった。なるほど、『王門八極《おうもんはっきょく》』である彼女がこの里帰りにわざわざついてきたのは、そういう理由もあったのか。

俺はセラフィを下ろすと三人のトリスタン兵に護衛を命じて、先行する二人の後を追った。

「『エターナルフレイム』！」

見るとメニル嬢が先んじて大魔法を発動、『闇《やみ》の皇子《みこ》』の兵たちの真ん中に巨大な炎の柱が吹き上がる。

灼熱《しゃくねつ》の巨柱はうねりながら広がり、二十体ほどの兵たちを焼き尽くした。

それと同時にアメリア団長が接敵、ミスリルの剣で群がる赤黒い鎧兵を次々と切り裂いていく。

俺は少し離れたところから、メニル嬢を狙う兵、アメリア団長の邪魔になりそうな兵のみをメタルバレットで狙撃することにした。

レベルの上がった金属性魔法で生成される徹甲弾は直径が三センチほどにもなり、『念動力』で加速したそれは恐るべき威力で巨軀の兵を四散させる。

メニル嬢が『エターナルフレイム』を二発、三発と続けて発動、魔法の威力を恐れて散開する兵たちをアメリア団長が次々と各個撃破していく。

俺の援護もあって、三百体以上はいたであろう『闇《やみ》の皇子《みこ》』の兵はほどなくして百体以下にまで減った。

焦《じ》れたのか、ここで三メートルを優に超えるリーダー格の鎧兵が前に出てきた。一体がアメリア団長に向かって巨大な斧を振りかざして突進する。

が、女騎士の華麗な盾さばきと『縮地』による高速移動によって翻弄され、片足を切断されると同時に首を斬り落とされ黒い霧へと還った。

「『スパイラルアローレイン』！」

メニル嬢は高速回転する灼熱の矢を連続射出、向かってきていた大型の鎧兵にすべて命中させる。数本が鎧を貫通しており、それが致命傷となったのかその鎧兵も霧へと還った。

最後の一体は俺に向かってきていたが、付与魔法で赤く輝く大剣で一刀両断にして仲間の後を追わせてやる。

残りの鎧兵は任せると言われたので、以前ヒュドラの頭を落とした熱線魔法（エルフ名『炎龍《えんりゅう》焦《しょう》天刃《てんじん》』）を横薙《よこな》ぎにして一掃した。

俺が地面に大量に残された魔結晶をインベントリに吸引していると、アメリア団長とメニル嬢が疲れを見せる様子もなくこちらに歩いてきた。

「う〜ん、このメンバーで戦ってると、なんか感覚がおかしくなっちゃうかも」

「そうだな。だがドロップした魔結晶はたしかに4、6等級であったし、奴らもそれに相当する力はあった」

「そうねぇ。普通の兵だとかなり苦戦しそうよね。あの瘴気《しょうき》、魔法の威力を下げる力があるみたいだし」

「下がってあの威力なのか。我が妹ながら恐ろしいな」

「アメリア姉も前より全然強くなってるよね。でもやっぱり一番やばいのはケイイチロウさんの方かな。４等級を一撃とかあのストーンバレット絶対おかしいし、最後のなにあれ、一発で全部真っ二つはさすがにおかしすぎでしょ」

ジトッとした目で下から顔を覗き込んでくるメニル嬢から目を逸《そ》らしつつ、俺はじっとしているセラフィを再び抱え上げた。

「子爵領に戻ろう。『闇《やみ》の皇子《みこ》』の兵がこれだけとは限らないかも知れない」

「たしかにそうだな。急ごう」

「もう、後で絶対教えてもらうからねっ」

まだこのイベントは終わってないよなあ、とゲーム脳な感慨を持ちながら、俺は訳アリ感全開のハイレグレオタード少女を抱えつつ、美人姉妹の後についていくのであった。

間章
INTERLUDE

——トリスタン侯爵領
領主の館　領主執務室

――トリスタン侯爵領　領主の館　領主執務室

「なんだと、セラフィがニールセンの手勢に奪われたというのか？」

「はい侯爵様。逃げ帰ってきた灰魔族の話では、相手は赤毛の女騎士だったそうです」

「ニールセンの長女か。あれは相当の手練《てだ》れと聞いているが……こんな時に戻っているとはな」

「そちらに関しては、どうもケルネイン子爵の長男が半ば脅すような形で求婚していたそうで、対応するために戻ってきていたようです」

「あのボンクラめ、余計なことを……。まあ今は捨ておく。それよりセラフィだ。あの地での儀式は済ませたのだろうな？」

「山から瘴気《しょうき》が上ったとのことなので、そちらは済んでいるかと」

「ふむ、ならばまだ良い。しかしセラフィの身柄がニールセンのもとにあるのはまずいな。洗脳させているから口を割ることはあるまいが……。『闇《やみ》の皇子《みこ》』の兵どもは、今頃ニールセン領にてひと騒ぎ起こしているのであろう？」

「いえ、それが……子爵領にはたどりつかなかったようです」

「なに？　ではどこへ？」

「探らせているのですが、まったく見つからず……。召喚されなかったということではないかと……」

「街道から人を追い払う時には召喚できたのであろう？　儀式さえ成功していれば、それなりの数の兵が現れたはずだ。すでに時は満ちつつあるのだからな」

「いかにも。とすれば何者かに討伐されたということも」

「ニールセンの小娘だけでできるとは思えんが……大規模な召喚は時間差があるのかもしれんな。いずれにせよセラフィは早急に回収せねばならん」

「それでは、すぐに使いの者を送りましょう」

「いや、ここは私自ら赴く。情に甘いニールセンのことだ、父親自ら迎えに来たとなれば返さぬわけにもいくまい」

「ははっ、ではその旨を先触れで……」

「いや、先触れは出さずに乗り込んでやるとしよう。ニールセンに対応する時間を与える必要もない。そうだな、ついでにケルネインも呼べ。あやつらに謝罪させてやれば、ニールセンに対して貸しも作れよう。それと……ロンネスクの近くにある祭壇についてはどうなっている？」

「は。そちらにはすでにシルフィ様が到着しております。近い内に降魔の儀式に入れるかと」

「うむ、いよいよ『厄災』復活の時だな。逃れ得ぬこの濁流のごとき流れにどう対処するか、それで貴族としての価値も決まるというものだ」

「おっしゃる通りでございます」

「濁流を渡り切れぬ者は消え、渡り切る者は栄誉を手にする。その中で人に先んじて濁流を越えたいと思うなら、力ある者をあらかじめ濁流に蹴落とせばよい。そうであろう？　ふふふ……」

第９章

CHAPTER IX

騎士団長の依頼（後編）

「セラフィ様、その、動きづらいので離していただけると助かるのですが……」

「まだこのままでお願いします……」

俺の言葉に、『闇の巫《やみ かんなぎ》』セラフィはふるふると頭を横に振り、俺の腕に抱きつく力をいっそう強くする。

黒い翼を背に持つ有翼族の幼い少女、その身体が微《かす》かに震えているのを感じて、俺は説得を諦めた。

「ずいぶんと頼られたものだが、一体なにをしたのだ？」

「洗脳を解く時に、一旦ケイイチロウさんのモノにしちゃったからねぇ」

「クスノキ殿、セラフィ様が侯爵家の御令嬢であることを忘れないでいただきたいものだな？」

アメリア団長とメニル嬢とニールセン子爵の視線が痛い。

子爵家の応接室で、俺は心の中で無罪を主張した。

街道で『闇の皇子《やみ みこ》』の軍団を討伐した後、俺たちは急ぎ子爵領に帰投した。

幸い子爵領が『闇の皇子《やみ みこ》』の軍団の攻撃を受けているということもなく、そのままなにごともなく領主館に戻ることができた。

俺たちは一連のいきさつをすべて子爵に報告し、セラフィと三人のトリスタン兵の身柄もあわせて子爵に引き渡した。

三人のトリスタン兵はひとまず領主館の兵舎に入れられたようだ。ゲスト扱いにしたうえで、軟禁状態に置くということらしい。

一方でセラフィについては、子爵が顔を知っていてすぐにトリスタン侯爵の娘だと判明した。当然のように彼女については賓客として応対するということになった。

そういったもろもろの対応が済んだ後、彼女にかけた『精神支配』を解いたのだが、やはり以前クリステラ嬢たちにかけた時と同じような後遺症が出てしまった。

「私はクスノキ様のものです……。なんなりとご命令を」とか言うセラフィを見て、子爵一家が一斉に白い目を俺に向けたのは言うまでもない。

正直それだけならまだよかったのだが、なぜか完全に『精神支配』が解けた後も、彼女は俺からなかなか離れようとしなかったのだ。

さすがに夜寝る時にまでついてくるのはメニル嬢に助けてもらって阻止したが、翌日は朝からずっと俺にしがみついたままなのである。

もしかしたら洗脳から解放された時に、妙な『刷り込み』が行われてしまったのだろうか……と思考してみたところで、腕に感じる柔らかい感触がなくなるわけでもない。セラフィは十三歳という年齢に相応《ふさわ》しい背格好ではあるのだが、なぜか身体の一部分が不相応に成長を……いや、やめておこう。

ちなみにさすがに昨日着ていたハイレグレオタードは身につけておらず、子爵の御息女の普段着を有翼人仕様にして着ている。

「さすがに昨日の今日じゃお話を聞くのは無理よねえ」

メニル嬢がセラフィの髪に触れながら言うと、セラフィがか細い声で答える。

「……申し訳ありません。まだ混乱していて、なにをお話しすればいいのかもわからないのです」

「そうよね。大丈夫よ、話せるようになってからでいいから」

メニル嬢が子爵の方を見ると、子爵もうなずいた。

「うむ。セラフィ様を保護したとトリスタン侯爵に連絡は送ったが、迎えが来るのは早くても三日後だろう。それまではゆっくりと休まれるがよい」

「……はい、ありがとうございます。ニールセン子爵様には色々とご迷惑をおかけして、大変申し訳ございません」

セラフィが俺の腕をつかんだまま頭を下げる。

「いくつか尋ねたいこともないではないが、それはトリスタン侯爵閣下にお聞きしよう。貴女が気に病むことはない」

「ありがとうございます……」

「さて、私は公務に戻ることにする。クスノキ殿も昨日は活躍されたと聞いている。今日はゆっくりと休んでくれ」

そう言いながら、子爵は俺に意味ありげな目配せをした。おそらく「セラフィから聞けることは聞いておいてくれ」という意味だろう。

俺がうなずくと、子爵は部屋を出て行った。

結局その日一日は領主館にてセラフィと話をして過ごすことになった。

場所は応接の間で、俺とセラフィはソファに座った状態である。もちろんこの場にはアメリア団長とメニル嬢もいて、同じくソファに座っている。侯爵家の御令嬢を男と二人きりにしたなどということになれば最悪子爵が罰せられることになるのだから当然だ。

どうもセラフィは洗脳中の記憶があまりないらしく、自分があの山の中腹でどのような行動をとっていたのかもよく理解していないようだった。ただなにか恐ろしいことをしていたような、そんな感覚だけはあるらしい。その話をする時のセラフィは非常に不安そうな様子で、俺はすぐに話題を変えざるを得なかった。

「……セラフィ様もやはりご兄弟は多くいらっしゃるのですか？　どうもこちらの国では貴族様は多くお子さまがいらっしゃるとお聞きしているのですが」

「私には双子の妹がいるだけで、他に兄弟はいないのです。たしかに子爵位以上の男性は多く夫人を持つのが普通のようですが、父は母以外とは結婚をしていないのです」

「そうでしたか。妹さんはやはりセラフィ様に似ていらっしゃるのでしょうか」

「見てすぐに双子とわかるくらいには似ていると思います。ただ妹はかなり甘えたがりで、性格はかなり違うと思います」

と言いつつも、セラフィはまだ俺の腕に抱き着いたままなのだが、さすがにそれは指摘してはいけないだろう。というかもとはと言えば俺の魔法のせいであるし。

「そう言えばセラフィ様もトリスタン侯爵閣下も有翼族でいらっしゃいますが、お母上もそうなのですか？」

「はい、母も有翼族です。この女王国の貴族としては珍しいことだと家の者も言っておりました」

「なるほど……」

先日のアルテロン教会関連の騒ぎの時に感じたが、いわゆる人族以外の種族を差別する風潮がこの国、というかこの大陸にはあるらしい。それを考えれば、有翼族でありながら侯爵位にあるというのはかなり異例のことのはずである。であれば、トリスタン侯爵の周りに有形無形の軋轢《あつれき》があるというのは察せられる。

もし彼がなんらかの策謀をめぐらせているとすれば、その軋轢《あつれき》がきっかけになっている可能性は十分あるだろう。もっともこれはただの推測……というより憶測にすぎないが。

「あの……クスノキ様はご家族は？」

そのセラフィの問いに、近くにいたアメリア団長とメニル嬢が反応した。お二方、気にするところが違いますよ？

「私は別の国から来たのですが、その国に家族はおりません。今は家に猫がいるだけですね」

「猫ですか？　私も好きです。可愛いですよね」

「ケイイチロウ殿は女性二人と同居しているのではなかったか？」

いやだからそれは今いらない情報ですよね団長？

その言葉を聞いて、セラフィがハッとした顔になる。

「やはり奥様がいらっしゃるのですね。それではこうしているのは失礼でしょうか？」

「いや、別に結婚しているわけでも恋人であるわけでもなくて、ただ同居しているだけなのです。ですからお気になさることではありません」

「本当ですか？　それならもう少しこのままで……」

セラフィはまた俺の腕を強く抱きしめる。

あ、なんか弁解したことによってセラフィの抱きつきを促した下心ありありの男みたいになってないかこれ？

アメリア団長とメニル嬢の視線に冷たさを感じるのは気のせいではないだろう。

「……ええと、セラフィ様もすぐにお家《うち》にお帰りになれますから、ご安心なさってください」

俺が慌てて脈絡のないことを口走ると、セラフィは首をかすかに横に振った。

「私は父の元には……あまり戻りたくありません。でも妹がいますし、ずっとこちらにいるわけにもまいりませんので……」

「戻りたくない」という言葉に少し驚くが、彼女を『闇《やみ》の巫《かんなぎ》』として活動させていたのが父トリスタン侯爵だったなら、そう言うのも無理はないだろう。

それからしばらく他愛のない世間話を続けたが、しばらくするとさすがに落ち着いたのか、セラフィは腕から離れてくれた。

「……申し訳ありません、ずっと腕をお借りしてしまって。しかしなぜか、クスノキ様にはとても暗く冷たい所から救い出していただいた気がして……離れるとまた同じ場所に戻るのではないかと感じて怖かったのです……」

そう言うと、セラフィは少し恥ずかしそうにうつむいてしまった。

彼女も侯爵家の子女として教育を受けているはずで、はしたないことをしていたという自覚はあったのだろう。

「お気になさいませんよう。セラフィ様にかけられた暗示を解く時に使った私の術が影響を与えていた可能性もあります。とすれば謝るべきはむしろ私のほうかもしれません」

『洗脳』については、『暗示』というソフトな表現で説明していた。十三歳の少女に「貴女はおそらく近親者の手によって洗脳されていました」などと言えるはずもない。

「そのようなことは……。クスノキ様はお優しいのですね」

「いえ、それは本当のことですので」

俺を見上げるセラフィの顔に微かに笑みが浮かんでいる。精神的にも多少は回復してきたということであろう。

「ところでクスノキ様はハンターでいらっしゃるのですよね？」

「ええ、ロンネスクでハンターをしております」

「私が知っているハンターさんたちとは雰囲気が全然違うので、とても不思議に感じます」

「ハンターと面識があるのですか？」

「ええ、父が強いハンターさんを集めておりますので、館で見かけたことが何度かあります」

「ほう、それは興味深いな。ケイイチロウ殿も強いハンターだからな、気になるところではないか？」

反応したのはアメリア団長。こちらに目配せしているのは「今の話を掘り下げて聞け」という合図だろう。

「たしかに強いハンターが集まるというのは気になりますね。どのくらいの数をお集めになっているのでしょうか？」

「私も全員を見たわけではありませんからよくはわかりませんが……。私が見ただけでも五十人くらいはいたと思います」

セラフィが首をかしげながら素直に答える。このような少女に探りを入れるのは正直心が痛い。

「ハンターのランクなどはおわかりになりますか？　私もそこそこ高いランクなもので、侯爵様が考える高いランクがどの程度かは知っておきたいですね」

「父が話していたのは、1級とか2級とおっしゃっていた方が多かったと思います。父は1段以上がいないか聞いたりしていたようですが……」

「なるほど、それはたしかに高ランクですね。どうやら自分は足りていないようで残念です」

「クスノキ様が来て下さるなら私が推薦いたしますが……」

「ああいえ、そのような意味ではないのです。ただ自分の力のなさを落胆しただけですから」

セラフィが真剣な顔をして言うので、さらに良心が痛み始める。余計なことは言うものじゃないな。

「しかしそこまで高ランクのハンターを集めるとなると、なにか強力なモンスターでも出現したのですか？」

「いえ、そういうお話ではなかったようです。ただ、最近はモンスターの異常発生が増えている、とは言っておりましたが……」

「なるほど、たしかにそうですね」

見ると、アメリア団長とメニル嬢は思案顔で黙っている。

ロンネスク周辺で起きているような異常発生が各地で起きているなら、腕利きのハンターを集めることと自体はおかしなことではない。『厄災』が近いという警告も、水面下で王家から各貴族には伝えられていると支部長が言っていた。

しかし通常ならハンターに関しては領内のハンター協会に任せ、領主は領軍に注力するはずだろう。事実ロンネスクにおいてコーネリアス公爵はそうしている。

とすれば、侯爵はなにか別の意図があって……協会を通せない理由があってハンターを集めているということになる。まだ情報が足りないのでなんとも言えないが、どちらにしろ今回の件でトリスタン侯爵という人物は、間違いなくなにかを企んでいるようだ。

これが前世のメディア作品群でのお約束に近いパターンなら、侯爵の目的はいくつかに絞れるのだが……さすがにそれを理由に判断するのは問題だろう。いくらこの世界がゲーム的であるとしてもだ。

「お話ばかりじゃ飽きちゃうから、セラフィちゃんが大丈夫ならちょっと外をお散歩しない？　いいお天気だし」

雰囲気が重くなりそうなのを察したのか、メニル嬢がそう提案した。

「はい、気分もよくなりましたし、少しお外に出て気分転換をしたいです」

メニル嬢につられて立ち上がったセラフィだったが、そこで「あ……っ」と言ってバランスを崩し、俺のほうに倒れ込んできた。

その軽い身体を受け止めると、その体が急に激しく震え出す。

「あ、うぅ……っ」

「セラフィ様!?」

顔を青くした少女が、なにかに耐えるように必死に俺にしがみつく。

彼女の身体を抱きとめつつ、俺は『生命魔法』を発動して症状の改善を試みる。効くかどうかはわからないが、なにもしないよりはマシだろう。

しばらく震えは続いたが、俺が魔法の出力を上げるとその震えはだんだんと収まっていき、十分ほどで完全になくなった。

症状が落ち着いたのを見計らって椅子に座らせてやると、彼女は力なく背もたれに身を預けた。

「……ありがとうございます。もう大丈夫です……」

「ご無理をなさらず。しかし急にどうされました?」

「わかりません。急に力が失われる感じがして……。以前祈りを捧げていた時に同じような感じになった記憶が……。祈り……? 私はなにに祈っていたのでしょう……?」

目を閉じて記憶を思い起こそうとしているセラフィの姿を見ながら、俺はある確信を持った。

言うまでもなくそれは、今まさに新たな『フラグ』が立ったのだという確信であった。

■

翌日は午前から慌ただしかった。

なんと件のトリスタン侯爵本人が大勢の供を引き連れて、いきなりニールセン子爵領を訪れたのだ。その連れの中にはケルネイン子爵やその長子のボナハまでいるということで、子爵の館は蜂の巣をつついたような大騒ぎになっていた。

大急ぎで接待の場が設けられ、ニールセン側は子爵と第一夫人、アメリア団長、メニル嬢そして家宰の男性が、侯爵側はトリスタン侯爵、ケルネイン子爵親子、その護衛数名が会談の行われる部屋に入っていった。

ちらっとだけ見ることができたトリスタン侯爵は、ニールセン子爵ほどではないがかなりの偉丈夫で、黒髪を撫《な》でつけた眼光鋭い四十歳ほどの男だった。

背中にはセラフィと同じ黒い翼が折りたたまれており、彼が貴族としては珍しい有翼人であることを示している。

口元に笑みが浮かんでいたのは、自分が子爵の機先を制したことを確信しての余裕を表しているのだろう。身にまとった強烈なギラギラオーラさえなければ、知勇兼備の大物貴族といったたたずまいの人間であった。

一方でケルネイン子爵は、いかにも凡庸な貴族といった雰囲気の人間で、しきりに侯爵の顔色をうかがっているようだった。茶髪に平凡な顔つきは息子のボナハと同じであり、ギラギラオーラをまとっている点も同じである。

彼らが全員部屋に入ってしまうと、俺の方でできることはもうなかった。

ニールセン子爵の客人でしかない俺が会談の場に呼ばれるということはもちろんなく、別室にいるセラフィの様子を見に行くくらいが唯一のできることである。

「ご気分は大丈夫ですか？」

俺が問いかけると、セラフィは不安げな瞳を向けた。

「はい、昨日悪くなった時以来、特に問題はありません」

「これでようやく帰れますね。お父上もさぞ心配をなさっていたのでしょう。急いで迎えに来られるくらいですから」

「……そうだといいのですが。とにかく、今回のことでクスノキ様には大変お世話になりました。ありがとうございました」

礼をするセラフィの表情には、複雑な内心がありありと見て取れた。『闇《やみ》の巫《かんなぎ》』の件があるとはいっても父親をはっきり拒絶するわけもいかず、さりとて安心ができるわけでもないのだから当然のことだろう。

「今回セラフィ様と知り合えたのもなにかの縁でしょう。もし困りごとがあればロンネスクのハンター協会までご連絡ください。必ずお助けいたしましょう」

なんとも幼稚な約束ではあったが、彼女の今の様子を見ていると言わずにはおれなかった。実際なにかあっても、今のインチキ能力があればできることもあるに違いない。

「ありがとうございます。クスノキ様とは会ってまだ三日しか経っていないのに、優しくしていただくと不思議と安心することができます」

それは多分『精神支配』の後遺症のせいです……とは、少女のはかなげな笑顔の前で言うことはできなかった。

「セラフィ様、こちらへおいで下さい」

子爵家の家宰が呼びに来て、セラフィは俺に再び一礼すると、父親のいる部屋に向かっていった。

会談はつつがなく終わった。いや、おそらく会談の場では胃の痛くなるような腹の探り合いが行われたのであろうが、表面上はなにもなかったかのように、両陣営の面々は粛々と部屋から出てきた。

侯爵一行はそのまますぐにケルネイン子爵領まで戻るとのことで、慌ただしく領主館から引き払う動きを見せた。子爵は形式上引き止めていたが、結局は館の門まで一行を見送ることになったようだった。せっかくなので俺も目立たないようにして見送りの一団に交ざらせてもらった。

「今日は急な来訪に対応してもらい、深く感謝しようニールセン子爵。この度のことは後日改めて礼を送るので、収めてもらいたい」

「は、ありがとうございます。侯爵閣下におかれましては、道中ご無事でいらっしゃいますようお祈り申し上げます」

トリスタン侯爵に子爵が頭を下げる。

その時、遠方から鐘の音が、それも連続で打ち鳴らされる物々しい鐘の音が聞こえてきた。

「これは……モンスターの襲撃があったようです。方角は北、かなりの数ですな」

子爵が言うと、侯爵は目を細め口元に手を当てた。手が口を覆う瞬間、その唇が皮肉げに歪んだのがたしかに見えた。

「ふむ、では子爵はその対応に当たるがよかろう。我らは西に向かうゆえ、このまま出発する。我らがいては邪魔になろうからな。ゆくぞっ」

そう言うと、子爵が止めるのも聞かず侯爵一行は去っていった。ここまでが予定の内と言わんばかりの見事な引き際である。

「父上、私とメニルで先に北の様子を見に向かいます」

アメリア団長が、いまだ侯爵一行を睨んでいる子爵に言った。

「うむ。私もすぐに兵をまとめ出る。それまで早まったことはするなよ」

「はい。私の婚約者殿がいればおそらくなんの問題もないとは思いますが」

意味ありげな目でアメリア団長が俺を見る。さっきの会談の中で多分その話も出たのだろうが、だからと言って婚約者殿とか言わなくていいと思うんだが。

「アメリア姉、ワタシたちの婚約者だからねっ」

メニル嬢まで……。一体どういう話になったのだろうか。いや、これは聞くと藪蛇《やぶへび》になる奴だな。

約束通り偽の婚約者を演じていたほうが傷は少なくて済むと見た。

「済まんがクスノキ殿、頼めるか？」

「承りました。おそらく先日戦った連中が再び湧いただけでしょうから問題ありません」

昨日のセラフィの急な体調不良がこれの『フラグ』だったというのはすぐにピンときた。

北に現れたのは間違いなく『闇《やみ》の皇子《みこ》』の兵だろう。

「それが本当なら大問題なのだがな……。とにかく任せたぞ」

子爵が渋い顔をしつつ、部下に指示を出し始め、自身も装備を整えるため館に入っていった。

俺は婚約者（偽）の二人が装備を整えるのを待って、北の街道に向かった。

■

北の街道の街との境界には、早くも子爵領の守備隊が陣を築いていた。

といっても守備隊の兵数は百にも満たない程度であり、陣というよりただ隊伍を整えて、街道の向こうを睨《にら》むばかりである。

子爵の兵だけあって練度そのものは高そうではあるが、槍と盾を手にする彼らの顔色は優れない。

それもそのはず、街道の向こうからは軍勢と呼ぶにふさわしい異様な集団が、隊列を組んでゆっくりと押し寄せてきているからだ。

赤黒い瘴気《しょうき》を立ち上らせたその軍勢は、言うまでもなく先日戦った『闇《やみ》の皇子《みこ》』の兵で間違いない。瘴気《しょうき》と同じ赤黒い色の鎧をまとった巨軀の兵はおよそ千体、そのリーダー格は十体はいるだろうか、さらに最後尾には、人と馬が一体化したような、ちょうど神話のケンタウロスの騎士版のような巨大なモンスターがいる。

「守備隊の隊長はいるかッ！」

アメリア団長が叫ぶと、守備隊の中から体格のいい兵が走ってきた。

「はっ、北面守備隊隊長のケアンズでありますっ！」

「素早い対応ご苦労！　現在ニールセン子爵が軍をまとめてこちらに向かっている最中である。本体が到着するまでは我らで持ちこたえるしかない」

「はっ！」

「今こちらに向かっているモンスターはすべて4等級以上のモンスターである。貴殿らは4等級にはどう戦うよう訓練をしているのか？」

「4等級」と聞いて兵たちに一瞬だけ動揺が走る。それはそうだ、上位種相当のモンスターが軍勢となって押し寄せてくるなど、一般には悪夢でしかない。

「はっ、必ず三対一で当たるよう訓練をしております」

「うむ、では訓練通りに当たるように。我ら三人、このアメリアと、『王門八極《おうもんはっきょく》』のメニル、そしてハンター2段のクスノキが先行して奴らを間引く。漏れた敵を確実に仕留め、街に入れないようにしてもらいたい」

「三人で……でありますか？」

隊長は一瞬怪訝《けげん》な表情をしたが、これは仕方ないだろう。いくらアメリア団長とメニル嬢が強いとはいえ、一見するとただの美人姉妹だからな。

彼はすぐに姿勢を正して敬礼をした。

「はっ、漏れた敵を確実に仕留め、街への進入を阻止いたします！」

「頼む。それでは我らは参る」

アメリア団長の合図で、俺たちは守備隊の陣を越え、『闇《やみ》の皇子《みこ》』の兵士に向かって走り出した。

「ケイイチロウ殿はあの数相手でも余裕か？」

「多分なんとかできると思う」

「もはや呆れるしかないが……今回は何体かは討ち漏らして守備隊に回して欲しい。『厄災』が現実のものとなった以上、彼らにも経験を積ませないとならん」

「わかった。アメリアさんの言う通りにしよう」

これが実戦である以上、殲滅《せんめつ》できるのにしないというのは問題もあろう。しかしたしかにアメリア団長が言うことももっともではある。

我々のような高レベル者が常にいるとは限らないのだ。今の内に守備隊が彼ら自身の力で4等級以上のモンスターとある程度戦えるようにならなければ、後で苦しむのは彼ら自身である。

「さすがにこの数だと、私の魔力は途中で尽きちゃうかもしれないわねえ。アイツら魔法が効きにくいし。ねえケイイチロウさん、なんとかならない？」

メニル嬢がこちらを見てニヤッと笑う。なにを期待しているのかわからないが……瘴気《しょうき》はおそらく『神聖魔法』で消せそうな気はする。それに魔力の譲渡は、試せばこれもできるのではないだろうか。

「瘴気《しょうき》は多分消せるんじゃないかと思う。あと俺の魔力をメニルさんに渡すのも試してみよう」

「じゃあ遠くから魔法撃ちまくるから、魔力が減ったら補充してもらえる？」

「了解した」

「ではこの辺で止まってみるか？」

アメリア団長の提案で、軍勢から三百メートルほど手前で停止する。

『セイクリッドエリア』

俺が神聖魔法を発動すると、『闇《やみ》の皇子《みこ》』の軍勢から立ち上る瘴気《しょうき》が一気に薄まった。

『フレイムバーストレイン』！」

メニル嬢の杖から多数の火箭《かせん》が射出され、拡散しながら放物線を描いて軍勢の前面に飛んでいった。その炎の矢は着弾と同時に爆発、まとめて鎧兵を吹き飛ばし霧に変えていく。

メニル嬢はその魔法を連続で発動、絨毯《じゅうたん》爆撃にも似た魔法攻撃は軍勢を二割ほど削っただろうか。

「魔法は効きやすくなったんだけど、魔力のほうがそろそろやばいかも。ケイイチロウさんお願いっ」

メニル嬢が肩で息をしながらこちらを見る。

俺は彼女の背に手を当て……そうしたほうがいいと感じたのだ……自分の魔力を彼女の身体に浸透させるイメージ。

手のひらがジワリと暖かくなり、その熱がメニル嬢の背中に吸い込まれていく。

「あ……ん……すごい……っ。ケイイチロウさんが入ってくる……っ」

なにかもだえながら色っぽい声を出しているが……目が笑ってるからあれは演技だな。さすがにメニル嬢との付き合いかたがわかってきた気がする。

「二人でなにをやっているのだ？」

アメリア団長が白い目で見る。いやいや、妹君の戯れだってわかってますよね？

「私に対する補助はないのか？」

あ、そっちですか。う～ん、補助と言われても……

「……ああ、付与魔法ならできるかもしれない」

付与魔法を発動、アメリア団長のミスリル製の剣の刃が赤く輝き、ブォォォンという音を発し始める。

「ほう、これはかなりの力を感じる。どのような効果があるのだ」

「切断力の強化かな。切れすぎるので注意してくれ」

「ほほう、おもしろい。クリステラの『羽切《はねきり》』みたいなものか」

美人女騎士の目がキラキラ輝く。妙齢の女性がこういう時に子どもみたいな表情を見せるのはどうなのだろうか。

などとやっている間に、一斉に突進してきていた『闇《やみ》の皇子《みこ》』の兵が目の前に迫ってきた。

アメリア団長はそれを見て突撃していく。接敵した瞬間、赤熱した剣によって目の前の鎧兵がまとめて一刀両断にされていた。もしかしたら、俺は危険なモノを彼女に与えてしまったかもしれない。

とはいえアメリア団長が獅子奮迅の活躍をしようと、一人ではすべての敵を切り伏せることはできない。俺はメニル嬢に魔力を渡しながら、『メタルバレット』で近づく鎧兵を四散させていった。

「『スパイラルアローレイン』！」

魔力が回復したのかメニル嬢が炎の矢を連続で射出、迫る鎧兵を嵐のような勢いで薙《な》ぎ倒《たお》していく。

「すごい、いくら撃っても魔力が減らないっ！」

魔法を発動するそばから魔力供給を受けているメニル嬢は、固定砲台のように魔法を乱れ打ちし始めた。

前方ではアメリア団長が目の前の鎧兵を次々と両断しながら駆け回っている。6等級のリーダー格すら瞬殺する姿は、まさに戦女神といったところか。

しかしそれでも『闇の皇子《やみのみこ》』の兵の数は多く、十体以上が守備隊のほうに走っていった。

もっともそれは当初の予定通りであるので無視。

問題は6等級のリーダー格と人馬一体型の総大将格のモンスターだが、すでにリーダー格は俺の補助を受けた美人姉妹の敵ではなく、十体いたはずが残り二体になっている。

闇《やみ》の皇子《みこ》の兵士（騎士長）
スキル：
気配察知　剛力　剛体　不動　突撃　闇属性耐性　闇の瘴気《しょうき》
ドロップアイテム：
魔結晶７等級　闇騎士の槍

人馬一体型はやはり騎士扱いらしい。

『突撃』と言うスキルは気になるが、７等級ではおそらく今の姉妹の敵ではないだろう。

気付くとリーダー格二体と二十体ほどの鎧兵が守備隊の方に向かうところであった。が、振りかえると子爵率いる先行部隊が合流していたのでそちらは任せることにする。

少なくとも手練れの子爵は６等級程度なら難なく撃破できるはずだ。

「デカい騎士型は７等級だ！」

一応二人に知らせると、アメリア団長が騎士タイプに向かって走っていく。

「一応援護しましょ。『グランドファイアランス』！」

炎をまとった、電柱ほどの巨大な岩の槍が轟音《ごうおん》と共に三本射出される。

騎士タイプは直前で回避したが、時間差で着弾した一本をよけきれずに体勢を崩す。

そこに赤熱の軌跡が一閃《いっせん》、騎士タイプは首を失い、全身から黒い霧を吹き出して消滅した。

守備隊の方を見ると見事な連携で残敵を掃討しており、リーダー格も子爵に首を落とされていた。

「ケイイチロウ殿、この付与魔法は凄まじいな。鎧どころか武器も盾も、まとめてなんの抵抗もなく斬れるぞ」

戻ってきたアメリア団長は興奮冷めやらぬように、赤く輝く刃を見つめている。

「はぁ、魔法の撃ちすぎで疲れたわぁ。少し休ませてねっ」

一方でメニル嬢はなぜか俺にしなだれかかってくる。

かなりの戦いをしたはずなのだが、この緊張感のなさはなんなのだろうか。俺の能力がインチキなのは今に始まったことではないが、二人もそれに慣れるのが早すぎる気がするな。

ともあれトリスタン侯爵が裏で糸を引いていたであろう危機は、ひとまず退けたようであった。

■

戦闘のあと、俺は『千里眼』を使い街道を北のほうまで偵察し、特に問題ないことを確認して子爵の館まで戻った。

守備隊や子爵が率いていた先行部隊の兵士たちは、子爵令嬢二人の戦女神《いくさめがみ》もかくやという活躍を目にしてかなり興奮していたようだ。

まあそれだけに婚約相手（偽）の俺への視線は厳しくなったのも事実だが……結果として俺の力を子爵領の衆目にさらさずに済んだのは良かったかもしれない。また7等級を討伐して褒賞授与などになったら面倒なことこの上ないし。

ちなみに騎士型からドロップした『闇騎士の槍』を俺がもらう代わりに、魔結晶についてはすべて子爵に渡すことになった。

実は魔結晶は戦闘用の魔道具などにも大量に使うらしく、今回のものはそちらに転用するとのことであった。

『厄災』の前兆の氾濫などのせいで魔結晶が大量に出回り、値崩れなどを起こすのではと密かに心配していたのだが、戦争時は魔結晶の需要が跳ね上がるとのことで、それはどうやら杞憂《きゆう》に終わりそうだ。もっとも、『厄災』との戦争状態になるのはまったく歓迎できないことなのだが……。


翌日の午前、俺は美人姉妹とともに子爵の執務室に呼ばれ、前日の侯爵との会談の詳細などを聞かされた。

子爵の話では、
・セラフィの『闇《やみ》の巫《かんなぎ》』に関わる話は一切出なかった。
・セラフィはあくまでお忍びで遊覧に出かけ、賊に追われあの地に逃げたという話になった。
・ケルネイン子爵及びその長子ボナハとのいざこざについては、当人たちから正式に謝罪があった。
・ボナハについては、アメリア団長、メニル嬢ともに婚約者（俺のことだ）がいるとのことで正式に断った。

ということであった。

『闇《やみ》の巫《かんなぎ》』についてはこちらも確たる物的証拠があるわけでもなく、またケルネイン親子の謝罪という侯爵の『手土産』のせいもあって、子爵側としても譲歩せざるを得なかったようである。

おそらくセラフィという肝心の『物的証拠』を、侯爵自らが策を弄して奪還しにきたというのが今回の会談の真相だろう。

問題は、侯爵がセラフィを使って『闇《やみ》の皇子《みこ》』の兵を召喚して、なにをしたかったのかということなのだが……。

「子爵様、もしくは子爵様の領地そのものが狙われたということでしょうか？」

俺が言うと、子爵は深い溜息をついてうなずいた。

「昨日の襲撃を見る限り、そう考えるのが妥当としか言いようがないな。貴殿や娘二人がいたので大事にはいたらなかったが、あの場に貴殿たちがいなければ、最悪この領を放棄するまでの話になっていただろう」

領地を持つ貴族には領軍を持つ権利と義務が与えられるが、子爵は多くても千五百程度の兵力しか持てないらしい。

子爵クラスの高レベル者が複数いなければ、７等級に率いられた４等級のモンスター千体を相手にするのはほぼ不可能だろう。

「侯爵派であるケルネイン子爵の嫌がらせも、街道から我々の目を逸らさせるため……そう考えれば合点《がてん》がいく。正直なところ、『厄災』復活を間近にして侯爵の野望に火が付いた、という可能性が一番高い」

「トリスタン侯爵が野心家だというのは有名なのですか？」

「うむ。彼の家は先祖代々野心家の家系でな。王家もずっと注視しているようだ。近々なにか動きがあるだろうとは思っていたが、まさか『厄災』そのものを駒として利用するとは想定外だった」

子爵は瞑目し、背もたれに身を預ける。

歴史書をひもとく限り、『厄災』は人智《じんち》を超えた存在であると思われているようだ。それを人が利用するというのは、さすがに想像を越えている……と言いたいところだが、しかし前世のメディア作品群ではそう珍しい設定でもないいんだよな。

「一連の動きに関してはワタシのほうから女王陛下にお伝えするわ。お父様はまず領地の防衛力を上げることに注力してね」

メニル嬢も口調こそいつも通りだが、声のトーンにいつもの軽さはない。

「そうさせてもらおう。案ずるな、私も軽挙妄動をするつもりはない。どちらにしろ侯爵相手ではこちらも動きようがない。アメリア、お前はこのことをコーネリアス公爵閣下に伝えてくれ。今回の件が私個人への攻撃ならばまだよいが、公爵派への攻撃ということになれば警戒すべき範囲が広がってくる」

「承りました父上。必ずお伝えします」

「頼んだぞ。そしてクスノキ殿、この度は本当に助かった。貴殿がいなければ侯爵の思う通りに事態が進行し、この領地も娘たちも無事では済まなかったろう。この礼は十分にさせてもらう。そして願わくば、これからもアメリアとメニルに力を貸してやって欲しい」

子爵は椅子から立ち上がると、深く頭を下げた。

俺も慌てて立ち上がり、合わせて礼をする。礼には礼で返すのが、ジャパニーズビジネスパーソンの本能である。

「お気になさらずとは申しませんが、この度のことはご縁があってしたことです。私としてはただこの場にいたことを幸運に思うのみで、子爵様におかれましては過分にお考えになりませんようお願い申し上げます。御息女に関しましては、私の力が及ぶことであれば協力は惜しみませんのでご安心ください」

なんというか、貴族様に頭を下げられたら元日本人としてはこう返すしかないのである。ここまで深くかかわってしまった以上、義理や人情が生じるのはもはや避けられない。それを本気で避けたいと願うなら、それこそ無人島でスローライフでもするしかないだろう。

「お父様、大丈夫よ。だってケイイチロウさんはワタシ達の婚約者なんだから。ねっ？」

「うむ、そうだな。婚約者をないがしろにするような男ではないからこそ、共に来てもらったのだしな」

赤毛のキラキラ美人姉妹がそんなことを言うと、子爵も「そうであったな」とか言って俺を意味ありげに見ている。

しかしここは突っ込んだら負けである。俺はあくまで偽の結婚話をでっちあげるために来ただけの道化に過ぎない。最後までその役を貫くことがこのイベントを大過なく終える条件であると、俺の勘がささやいていた。

■

その翌日、子爵から報酬を受け取った俺は、アメリア団長と共にロンネスクに戻ることにした。もともと早く戻れとコーネリアス公爵に言われていたこともあるし、長く家を空けるのもアビスの面倒を見てもらっているサーシリア嬢やネイミリアに申し訳ない。もちろん子爵領での一連の騒動をアメリア団長が報告するという重要な任務もある。子爵一家には引き止められたが、その辺りの話をして急ぎ出立《しゅったつ》することになった。

なお、サーシリア嬢とネイミリアの話になった時、子爵に「意外に手が早いのだな」とニヤリと笑われたのは失敗だった。弁解したが、多分誤解は解けていないだろう。

一方メニル嬢は二日ほど様子を見て、それから直接首都ラングランに向かうらしい。彼女はその言動から忘れがちだが、『王門八極《おうもんはっきょく》』という女王直属の武官である。俺の力を見定める任務も帯びていたようだが、今回の一件でさすがに見せすぎた感は否めない。

まあもう見せるものは見せると心を定めたので、ある程度は諦めた。そのうち王家からアプローチがあるのかもしれないが、その時は公爵閣下に相談するしかないだろう。

『厄災』の足音が聞こえる中で有力貴族の陰謀に関わってしまった以上、より長いモノに巻かれておくのは処世術としては間違っていないはずだ。

さて、ロンネスクまではいつもの通り爆走したわけだが、特に何事もなく領内に入ることができた。そして城塞都市が見えてくるまであと数キロというところで、俺たちは見覚えのある『現象』を目にした。

前方右……南側にある山の頂上から赤黒い靄が吹き上がり、それが傘状に広がって消えていったのだ。

「ケイイチロウ殿、あれはもしや『闇《やみ》の皇子《みこ》』の軍勢召喚の時の瘴気《しょうき》では!?」

「可能性は高そうだ。あれが侯爵の手によるものかどうかはわからないが、あの山の向こうはロンネスクだったはず。そこに向かわれたらまずいな」

「ロンネスクが早々に落ちることはなかろうが、街道にも人は多い。急いだほうがよさそうだ」

アメリア団長にうなずき返し、走るスピードを上げる。

侯爵の手によるものなのか確認をしたいが、瘴気《しょうき》が立ち上った山は『千里眼』のドローンモードを使うには遠すぎる。

しかし、もしあれが『闇《やみ》の巫《かんなぎ》』による召喚なのだとしても、昨日子爵領を去ったばかりのセラフィが一日でここまで来るのはさすがに無理がある。

ならば『闇《やみ》の巫《かんなぎ》』が複数いる可能性も考えねばならないだろう。そういえば、セラフィは双子の妹がいると言っていた。

走ること十分ほどで、俺たちはロンネスクの城壁が視認できるところまで来た。やはりロンネスクに向かう街道には人や馬車が多く行き交っており、もしここに『闇の皇子《やみのみこ》』の軍勢が現れたら相当な被害が出るだろう。

と、遠くに見えるロンネスクの西門周辺が、急に慌ただしい動きを見せ始めた。門の中から守備兵が多数現れ、街道を歩く人や馬車を門内に誘導し始めたのだ。

誘導された人々は急ぎ足で城壁の中に入っていくが、一部がパニックを起こしたように動いているところからして、かなりの脅威が迫っていることがうかがえる。

それを証するかのように、先ほど瘴気《しょうき》が立ち上った山の方角、その裾野に広がる森から、赤黒い瘴気《しょうき》を立ち上らせた鎧兵の集団がぞろぞろと街道に姿を現した。

彼らは一旦街道上で隊列を整えると、ロンネスクの西門に向かって行進を始める。

その数は見る間に増えていき、子爵領の防衛戦で相対したのと同程度、千体ほどの集団になった。その中には6等級のリーダー格が十数体、そして7等級の巨大騎士型一体の姿も見える。

『闇の皇子《やみのみこ》』の軍勢は全員が揃うと行軍の速度を速め、急速に城壁に迫り始めた。城門前にはまだ人や馬車の姿があり、都市内への収容が終わっていない。避難の誘導に当たっていた数十人の守備兵が食い止めようと出てくるが、あれでは焼け石に水にもならないだろう。

城壁の上に並ぶ守備兵……おそらく魔導師だろう……による『ファイアランス』の射撃が開始された。何体かの鎧兵が貫かれて消滅するが、瘴気《しょうき》によって威力が減殺されているため思ったよりも効果がない。

こちらも全力で走っているが、今のままだと俺の魔法の射程に入る前に、『闇《やみ》の皇子《みこ》』の軍勢が城門にたどりついてしまう。

一気に距離を詰める方法はないか――困った時の超能力――『瞬間移動』か！

俺は走りながら意識を集中、自分の身体が『闇《やみ》の皇子《みこ》』の軍勢の上空に現れるイメージ。

瞬間……身体が宙に浮くような感覚と共に、俺の視界が一気に開けた。

眼下には赤黒い鎧兵がアリの大群のようにうごめいている。

まさかの『瞬間移動』の成功、俺の身体は今上空にあり、まさに自由落下を始めるところであった。

「『セイクリッドエリア』！『フレイムバーストレイン』！」

俺はすぐさま闇の瘴気《しょうき》を神聖魔法で掻き消すと、メニル嬢が使っていた炸裂弾《さくれつだん》魔法を『並列処理』で多重発動。

百本を超える火箭が次々と地表に着弾、連鎖的に巻き起こる爆発が鎧兵たちをまとめて粉砕し、蹂躙《じゅうりん》する。

リーダー格ですら粉微塵に吹き飛ばすその炸裂魔法は騎士型にも大ダメージを与え、行動不能になっていたその騎士型を、俺は着地際にオーガの大剣（付与魔法付き）で唐竹割りにした。

なお高すぎるレベルと『衝撃耐性』スキルのおかげで、予想通り着地の衝撃はないに等しかった。

こんなこともあろうかと、事前に高所からの落下耐性を試験しておいたのだ。

俺がドロップした『闇騎士の槍』と7等級の魔結晶を拾っていると、アメリア団長がようやく追

いついた。その顔は驚きより、呆れの感情が強く現れている。

「いきなり目の前から消えたと思ったら、空から出現して敵を一瞬で殲滅とは……。もはやなにを言っていいのか、というより自分の目を信じていいのかどうかすらわからなくなるな」

「自分でもあんなことができるとは思わなかった。火事場の馬鹿力って奴だな」

「かじばのばか……？」

「ああ済まない、俺の国の言葉なんだ。人間追い詰められると思わぬ力を出すことができるという意味だよ」

「たしかに危機一髪ではあったが……。貴殿の場合そういう話でもないような気がするのだがな」

溜息をつく美人騎士団長に苦笑いを返しながら、俺はようやく今回のイベントが終わったのだろうという感覚を得ていた。

『闇《やみ》の皇子《みこ》』復活に加えて、『厄災』に乗じて暗躍する野心家の貴族トリスタン侯爵との初邂《はっかい》逅《こう》……ラブコメ風味で始まったはずなのに、終わってみれば随分と重い話になったものだ。

そんなことを考えていると、城門から守備兵や騎士団やハンターたちが現れた。

炸裂魔法で穴だらけになり、魔結晶が大量に散らばる城門前の様子を見て、彼らはしばし呆然《ぼうぜん》としていたのだった。

間章
INTERLUDE
――ある魔法マニアエルフ少女の回想

――ある魔法マニアエルフ少女の回想

私と師匠の出会いは本当に偶然の出来事でした。

私が森でモンスター退治をしていると、いつも立ち寄る湖のほとりに人族の男性が立っていました。

私が『隠密』スキルを発動させて近寄ってみると、背の高い、エルフにはいない黒髪を持つその男性は、湖に向かってエルフの秘術『雷龍咆哮閃《らいりゅうほうこうせん》』と思わしき魔法を放ったのです。

私は思わず『隠密』を解いてしまいました。

その男性は私のことを警戒していたようでしたが、その対応は礼儀正しいもので、私はその人に一層興味を持ちました。しかしその男性は、私といくつか言葉を交わした後、何故か慌てたように立ち去ってしまいました。

私はこっそりと彼を追いました。そして彼がもう一つの秘術――『水龍螺旋衝《すいりゅうらせんしょう》』でワイバーンを討伐するのを見るに及んで、私は彼に師事することを固く心に決めたのです。

後にロンネスクで再会をしたその男性は、誠心誠意お願いをすると私が弟子になることを認めてくれました。

その後私は師匠となったその男性の教えを受けるとともに、モンスターの氾濫を鎮圧したり、廃墟で『穢《けが》れの君《きみ》』の分体を退治したりと様々な経験をすることになりました。その中で私の魔法の実力は次第に上がっていき、遂にはエルフの悲願ともいえる雷魔法を身につけることができたのです。

これまでのことは、師匠には本当に感謝の言葉しかありません。しかしまだ私は満足していません。いまだ力の底が見えない師匠から学ぶことは、まだまだたくさんあるからです。

もちろん、測り知れない力を持ちながらあくまで謙虚であり、困窮する人がいると対価を求めつつも助けの手を伸ばす師匠には、人間としても学ぶところが多くあると感じています。

ただ一つ、師匠の欠点を挙げるとするならば……それは女の人から向けられる感情に対して、あまりにも鈍感なところでしょうか。鈍感というより、わざと気付かないようにしている、そんな感じすらします。いずれにしても、後々、師匠が女性関係で大変な目に遭うのは間違いないでしょう。

もっとも、いざとなったら全員を娶ってしまえばいいだけです。師匠にはその力も、地位も、経済力もあります。

……いえ、今のままだとやはり危険です。弟子として、私が師匠を守らなければ……

それはともかく、今回師匠が騎士団長のアメリアさん……彼女も師匠に好意を持っている女性の一人です……と一週間ほど出かけるということで、私は急に手持ち無沙汰になってしまいました。

狩場に行って魔法の修行をすればいいだけなのですが、師匠と一緒でないと妙に物足りない感じがします。

そんな風に考えていると、ハンター協会の副支部長であるトゥメック大叔父《おおおじ》から、

「一旦里に帰って無事を報告したらどうだ。黙って出てきたのだから、お前の母親もさすがに心配

しているだろう」

と痛いところを突かれてしまいました。

たしかになにも言わず里を出て数か月、さすがに気の長いエルフでも多少は心配しているかもしれません。

そう思うと、久しぶりに母に会ったほうがいいかという気も起こり、私はこの機会にエルフの里に戻ることにしました。

雷魔法を身につけたことを知らせたら皆にどれほど驚かれるだろう、そんな期待も少しだけ胸にしまいながら……

第10章

CHAPTER X

エルフの里

名前：ケイイチロウ　クスノキ
種族：人間　男
年齢：26歳
職業：ハンター　2段
レベル：90（8up）
スキル：
格闘Lv.28　大剣術Lv.29　長剣術Lv.24　斧術Lv.23　短剣術Lv.19　投擲《とうてき》Lv.12
九大属性魔法（火Lv.27　水Lv.27　氷Lv.20　風Lv.35　地Lv.34　金Lv.30　雷Lv.24
光Lv.22　闇Lv.11）
時空間魔法Lv.28　生命魔法Lv.18　神聖魔法Lv.19　付与魔法Lv.10　算術Lv.6　超能力Lv.40
魔力操作Lv.33　魔力圧縮Lv.29　魔力回復Lv.24　魔力譲渡Lv.8（new）　毒耐性Lv.11
眩惑耐性Lv.15　炎耐性Lv.13　闇耐性Lv.12　衝撃耐性Lv.19　魅了耐性Lv.7
多言語理解　解析Lv.2　気配察知Lv.24　縮地Lv.24　暗視Lv.18　隠密Lv.20　俊足Lv.24
剛力Lv.26　剛体Lv.24　魔力視Lv.10　罠察知Lv.4　不動Lv.23　狙撃Lv.24
錬金Lv.24　並列処理Lv.28　瞬発力上昇Lv.23　持久力上昇Lv.28　〇〇〇〇生成Lv.11
称号：

天賦《てんぷ》の才　異界の魂　ワイバーン殺し　ヒュドラ殺し　ガルム殺し　ドラゴンゾンビ殺し
悪神の眷属殺し　闇の騎士殺し(new)　エルフ秘術の使い手　錬金術師
オークスロウター　オーガスロウター　エクソシスト　ジェノサイド(new)
アビスの飼い主　トリガーハッピー　エレメンタルマスター

「ネイミリアが戻ってこない？」

「そうなんです。ケイイチロウさんがここを発《た》ってからすぐにエルフの里に帰ったのですが、それっきりで……」

『闇《やみ》の皇子《みこ》』の軍勢がロンネスクを襲撃した事件の後、俺は協会で事情聴取を受け、夜になってようやく家に帰ることができた。

家に帰ると子猫のアビスが待ち構えていたように胸に飛び込んできたので、一通り撫でまわしてから、猫が大好きな例のペーストをスキルで生成して食べさせたのだが、その後でサーシリア嬢からネイミリアの不在を知らされたのであった。

「どうもネイミリアは勝手に里を出てきたような感じだったから、もしかしたら揉《も》めてるのかも知れないな。明日副支部長に話を聞いてみるよ」

「はい、お願いします。エルフ族は気が長い方が多いので単にゆっくりしているだけなのかもしれませんが、ネイミリアさんは師匠が帰る前には戻るとおっしゃっていたので」

「ふむ。まあもともとは雷魔法を身につけるのが目的だったから、それを達成した以上戻らない可能性もなくはないんだよな」

「そうなんですか？　そうだとすると色々と困りますね……」

サーシリア嬢が夕食を食べる手を止めて眉を寄せる。

協会のやり手美人職員であるサーシリア嬢としては、おそらくネイミリアという高レベル魔導師の確保も仕事の内に入っているはずである。であればネイミリアが戻らないのは困るだろう。まあ個人的にも仲が良くなっていたようだから、寂しいというのももちろんあるに違いない。

「ネイミリアが戻らなければサーシリアさんもこの家にいる必要がなくなるのかな？」

すっかり一緒に住むのが自然な感じになっているが、もともと俺とネイミリアが二人暮らしするにあたって、お目付け役としてサーシリア嬢はここにいるのである。ネイミリアがいなければサーシリア嬢が俺と一緒の家に暮らす必要はないはずだ。

「うぅ……だから困るんです。ケイイチロウさんと一緒にいる理由がなくなるのも、ネイミリアちゃんに会えなくなるのも、どっちも困ります……」

サーシリア嬢が赤くなって小声でそんなことを言う。彼女としては俺と一緒にいることで他の男の影を追い払うみたいな話もあったから、そういう意味でも困ることはたしかだろう。

「最悪俺がエルフの里に行って事情を聞いてくるよ。俺としても、ネイミリアにいきなりいなくなられるのは寂しいからね」

「そうしていただけると助かります。それと……ケイイチロウさんは私がいなくなるのは寂しくない、ですか……？」

「え？　それは寂しいよ。なんかもう三人でいるのが自然な感じに……」

そこまで言ってはっと気付いた。「君と一緒にいるのが自然なんだ」なんてセリフ、下手したら口説き文句じゃないか。言ったら気持ち悪がられるどころか、明日には受付嬢たちの内輪話のネタになるまである。まさかそんな恐ろしい罠を仕掛けてくるとは、やり手受付嬢恐るべし……しかしこちらも若手女子社員の生態はそれなりに知っているのである。

「えっなんですか？」

「いやいやなんでもないよ。サーシリアさんがいなくなったら寂しいってだけ。とにかく明日副支部長に聞いてみるから、それから考えよう」

「あっ、寂しいんですね。よかった……」

安心したような顔をしているサーシリア嬢を横目に見ながら、俺は料理に逃げることでそれ以上の追及をかわしたのであった。

翌日朝、ハンター協会を訪れた俺は、トゥメック副支部長の元に向かった。もちろんアポイントメントはサーシリア嬢を通して取得済みである。

「ネイミリア？　たしかにエルフの里に一度顔を出すように言ったのは私だが、まだ戻らんというのも妙な話だ」

眼鏡をクイッと持ち上げる金髪イケメンエルフ。なにをしても絵になる男である。

「黙って里を出てきた関係で、足止めされている可能性はありますか？」

「ふむ、なくはないが……。ニルアの里は外に出ることを禁じてるわけでもないし、魔法の力が上がっている以上、もっと修行してこいと言われる可能性のほうが高いとは思う。ああ、逆に魔法を教えろと言われて出られなくなっている可能性もあるな」

「なるほど、彼女が身につけた雷魔法を教えろと言われることは考えられますね。里でトラブルが起きたということはあり得ますか？」

「里で犯罪に巻き込まれたとか、そういうことはなかろう。そもそも平和な里なのでね。ただ『厄災』関係でモンスターに関してトラブルが起きた可能性はあるかもしれん」

「たしかに……。やはり一度私が見に行ってみます。エルフの里は人族の私が行くことに問題はありませんか？」

そう聞くと、副支部長は意味ありげに目を眇《すが》めた。

「ニルアの里は外部の者を拒むことはない。といってももともとほとんど外部の者は来ないのだがね。ただ……」

「ただ？」

「君ほどの魔法の使い手でなおかつ剣技に優れた戦士が訪れるとなると、少し問題が起きるかもしれん。とはいっても、まあ悪いことが起きるというわけではない。いやしかし……」

理論派で迂遠《うえん》な表現を好まない副支部長が言葉を濁すのは非常に珍しい。そこまで言いづらい『なにか』が、エルフの村にはあるのだろうか？

「……ふむ。ニルアの里について、君に先入観を持たせるようなことはしないほうがいいかも知れんな。協会の副支部長としては貴重な戦力であるネイミリアがロンネスクにいないのも困る。様子を見に行ってきてくれると助かる。里の場所はわかるかね？」

「ええ、スキルで感知できますので。里に持っていくと喜ばれるものなどご存じでしょうか」

「甘味を好む者が多いはずだ。それと君は昨日の一件で近日中に公爵閣下に呼ばれることがあるだろう。里までは君の足なら一日で着く。移動日を含めて五日以内には戻ってきてくれたまえ」

「わかりました。お時間をいただきありがとうございます」

俺は副支部長の元を辞すと、サーシリア嬢にまた家を空けることを伝え、土産を買ってエルフの里へ向かった。

■

エルフの里の場所は、ネイミリアと初めて出会った『逢魔《おうま》の森』の湖の周囲を『千里眼』で探索したらすぐに見つかった。

里の建物などは森に紛れて見えないようにカモフラージュされてはいたが、『魔力視』『気配察知』スキルの合わせ技で見つからないものはない。正直これだけでかなりのインチキ能力である。

この世界に転移して森から出る時には何日もかかったが、今の俺にとって『逢魔《おうま》の森』は無人の野を行くのとなんら変わりがない。モンスターを蹴散らしながら疾駆すると、その日の夕方には

『ニルアの里』の入口付近に到着した。

「そこな旅の人、この里になに用か？」

里に近づくと警備のエルフに声を掛けられた。門の左右に立つ二人のエルフはどちらも短弓と短剣を携えた成人の女性で、やはり驚くほどの美形である。

緑と茶を基調とした服は迷彩を意識しているのであろう。が、少しばかり胸元と太もも付近の露出が高くないでしょうかお嬢さま方。

「私はロンネスクでハンターをしております、ケイイチロウ・クスノキと申します。こちらへは里の女性、ネイミリアさんに用があって参りました」

「クスノキ……？　もしやネイミリアの御師殿という？」

「御師殿」は死ぬほどくすぐったいのでやめていただきたいが……しかしもしかしたらネイミリアは俺のことを話しまくっているのか？

エルフの里ということで実はかなりの観光気分で来てみたのだが、先行きが不安になる事案である。

「ええ、そのクスノキで間違いないかと。できればネイミリアさんの元まで案内をいただけると助かるのですが」

「あいわかった。ついて参られよ」

手招きするエルフ美人の後について、俺はニルアの里に入っていった。

ニルアの里は、スキルで見た限り三百人ほどの集落であるようだ。

木々を利用して木造の家が建てられており、いかにも自然と共生する種族の里、と言った趣である。

ただ家の扉などは見事な象嵌《ぞうがん》や彫刻が施された金属製のプレートで装飾されており、未開の民族という雰囲気はない。むしろ文明レベルはロンネスクに比べても高いのではないかと感じさせる部分もあるほどだ。

人族が珍しいのか、こちらの様子をうかがう人もぽつぽつといる。言うまでもなく全員驚くほどの美形である。

ただ気になるのはどうも女性が多い、というより女性しか見かけないような……男性は狩りにでも行っているのだろうか？

「こちらがネイミリアの家になり申す」

案内の女性エルフが一軒の家の前で足を止める。礼を言うと、彼女はそのまま元の場所に戻っていった。そういえば彼女の言葉は、子どもの頃祖父に見せられた時代劇を思い出させるものであったが、あれがエルフの外行きの言葉なのだろうか。魔法の名前のセンスといい、なかなかに面白い種族である。

ネイミリアの家は、里の平均的な二階建ての家屋だった。というかニルアの里の家はどれもほぼ同じ大きさである。

「ごめんください、クスノキと申します」

ノックをして呼びかけて見ると、奥から気配が近寄ってきて扉を開けた。

「はぁい……あら、人族のお客様とは珍しいわ。いえ、クスノキさんとおっしゃいましたか？　ではネイミリアの？」

「あ、え……ええ、そうです。一応ネイミリアさんの魔法の先生のようなことをしておりまして……」

俺が言葉に詰まったのには理由がある。

扉を開けてキラキラオーラと共に姿を見せたのは、暴力的なほど肉感的な肢体を、どう見てもサイズが合っていない服で隠しただけの、息がつまるほど妖艶なエルフの成人女性であったのだ。

「そうですか、ネイミリアは随分と無理を言ってクスノキさんに弟子入りしたのですね」

目の前でお茶を用意してくれているエルフの女性……ネイナルさんはそう言って、困ったような、申し訳なさそうな、そんな顔をした。

ネイミリアの母親である彼女は、見た目は二十代半ばに見える妙齢の女性であった。娘と同じ銀色の髪を持ち、ロングヘアを後ろで一つに束ねている。エルフの例にもれず美人なのは言うまでもないが、長いまつげを持つやや垂れた目は物憂げな雰囲気を醸し出し、口元には隠し切れない色香が漂っている。

血気盛んな若者が相対したら勘違いしてしまいそうな雰囲気が充満しているネイナルさんだが、会話をするかぎり極めて常識的な女性であった。

「しかし魔法に対しては非常に真摯に向き合っていますし、正直彼女が弟子になってくれて、私が助かった部分も大いにあります。礼節を大切にする様子も好感が持てますし、とてもすばらしいお嬢さんだと思いますよ」

そんなことを言っていると、長女の担任との面談を思い出してしまった。今の自分はまさに担任側だが、まさか異世界で教員の気持ちを理解することになろうとは思いもしなかった。

「ありがとうございます。私もあの娘が雷魔法を習得したと聞いてとても驚きましたわ。もともと魔法の才があった娘ですが、クスノキさんに師事してその才能が一気に花開いたようです。本当にありがとうございます」

「いいえ、ひとえに彼女の努力の結果ですよ。私はその手伝いをしただけ……いや、きっかけを作ったに過ぎません。彼女が優秀なのは、すべて御母上《おははうえ》の薫陶《くんとう》の賜物《たまもの》であると思います」

「まあ」

両手を頬に当てて照れるネイナルさんは、一児の母とは到底思えない。見た目もそうだが、時折見せる仕草はネイミリアとそっくりで、姉妹と言っても通用する……というか姉妹にしか見えない。

「ところで、私がこちらにお邪魔したのは、ネイミリアさんが戻ると言っていた日にお戻りにならなかったからなのです。なにかご事情がおありでしょうか？」

ようやく本題に入ると、ネイナルさんは居住まいを正してこう言った。

「ええ、実は先日、里の近くの森がダンジョン化しまして、ネイミリアは里の戦士団と共にそのダンジョンに調査に行っているのですわ」

森のダンジョン化……森の一区画が突然閉鎖空間になり、特定の場所からしか進入できない状況になることをいう。

それ以外の場所からその区画内に入ろうとすると、ある程度進んだところで元の場所に戻されてしまう。そしてその特定の場所、すなわちダンジョンの入口から進入すると、その先は元の区画より遥《はる》かに広い森となっており、通常の森とは比べものにならないほどモンスターが大量に出現する。

そしておそらくそのダンジョン化した森の最奥部には、ダンジョン化の元凶となる強力なモンスターが待ち構えている。

ネイナルさんの話をまとめるとそのような感じになるようだ。

放っておくと『大氾濫』などが起きるのも『悪神の眷属』のダンジョンと同じらしく、ダンジョン化が確認されたら直ちに対処することが必要だという。

もっとも森のダンジョン化など少なくともここ百年は観測されていないということで、おそらく『厄災』復活の影響だろうということであった。

「そのダンジョンは私でも入ることは可能ですか？」

俺が聞くと、ネイナルさんはちょっと首をかしげ、少し考えるようにしてから口を開いた。

「ええ、問題ないと思います。ダンジョン化した森は別に私たちの土地というわけでもありませんし、誰が入ろうとも文句を言える人間はおりませんわ。一応里長には聞いてみますが、駄目とは言わないでしょう。むしろクスノキさんがネイミリアの言う通りの方でしたら、是非ともダンジョンに入って調査をしていただきたいくらいですし」

「ネイミリアさんは私をどのような人間だとおっしゃっているのですか？」

「知勇兼備、剣魔両道の優れたハンターだと言っていましたわ。7等級のモンスターを一撃で討伐する凄腕だと」

「それはいささか飾りが過ぎるような気がしますが……。しかしわかりました。それでは里長のところへ案内をお願いできますか？　すぐにでもダンジョンに入ってみましょう」

俺が立ち上がろうとすると、ネイナルさんはそれを制した。

「いえ、里長はもう寝ていると思います。どちらにしろ今日はもう遅いですし、明日早朝に向かいましょう」

「そうですか……それは仕方ありませんね。それでは一泊できる宿などを紹介していただけると助かります」

「ふふっ、この里に宿などありませんわ。客人は家の主人がもてなすことになっておりますの。今日はこの家に泊まっていらしてください」

なるほど、旅人が訪れることなどほとんどなさそうなこの里に宿などあるはずもない。

「夫の部屋だったところが空いていますので、そちらを用意しますわ。夕食も大したものはありませんが用意しますから、今夜はゆっくりとしてくださいね」

「恐れ入ります。しかしご主人のお部屋を使ってよろしいのですか？」

「ええ。夫はネイミリアが小さい頃に亡くなっておりますので問題ありませんわ」

いやだから、それは問題しかない話じゃないですか……。俺は心の中で頭を抱えるのであった。

■

翌朝、早い時間に食事を済ませると、俺はネイナルさんに従って里長の家に向かった。

無論昨夜はすぐに寝て別段なにかあったということはない。念のため。

ちなみにネイナルさんの料理は非常に美味しく、勧められるままにかなりの量を食べてしまった。若い身体になって一番嬉しいのはなんといっても飯を腹いっぱい食っても胃が文句を言わないことである。

案内された里長の家は一般の家の倍くらいある立派なものであったが、ネイナルさんはノックもせずに扉を開けて、さっさと里長の家に入ってしまった。俺も後に続いたが、自分が生まれた田舎を思い出す近隣住民との距離感である。

「里長、いますかあ？」

ネイナルさんが声を上げると、奥の部屋から「ネイナルか。こちらにいるぞ」と女性の声が聞こえてきた。

ニルアの里の里長は、美しい絨毯がしかれた、オリエンタルな雰囲気の漂う部屋に一人座って本を読んでいた。なおエルフの家は土足禁止である。

里長と言うので勝手に老齢の女性をイメージしていたのだが、目の前にいる女性は三十前にしか見えないインテリ系美女であった。やや緑がかった銀髪を後ろでまとめ、切れ長の目に理知的な瞳をたたえた、俺の感覚からすると超絶有能キャリア社員みたいな雰囲気の女性である。

『豊穣《ほうじょう》の女神』を体現したようなネイナルさんとは比べるとかなりスレンダーな体型だが、やはり出るところは出ている……などと観察したいわけではないのだが、エルフ女性の服は部分部分の布面積が小さいので嫌でも目に入ってしまう。

ともかくも、前世ではこういう雰囲気の女性が本社から出向してきて泣きたくなるほどダメ出しされた記憶があり、正直あまりお近づきになりたくないのだが……彼女がキラキラオーラをまとっている以上それは叶わぬようである。

「そちらは？」

里長は俺の姿を認めると、目をきらりと光らせながらネイナルさんに聞いた。

「こちらはネイミリアがお世話になっている、ハンターのクスノキさんです。今回ネイミリアを迎えに来てくださったようなのですが、ネイミリアがダンジョンに入ってしまったので、ついでにダンジョンの調査を手伝ってくださるそうです」

「お初にお目にかかります。そして急な来訪の無礼をお許しください。私はロンネスクでハンターをしておりますケイイチロウ・クスノキと申します。ネイナルさんがおっしゃるとおり、ダンジョンの進入許可をいただきたくまかり越しました」

俺が一礼すると、里長は少しだけ目の光をやわらげた。

「これは丁寧な挨拶痛み入る。私がここニルアの里の長、ユスリン・ニルアだ。ネイミリアの世話というと、貴方《あなた》がネイミリアに雷魔法を教えた師匠ということか？」

「はい、一応そういうことになります」

「なるほど、たしかに底知れぬ魔力を感じる……。それにおよそ人族とは思えぬ魔力の圧をお持ちだ。なるほどネイミリアが傾倒するのもうなずける」

「人より多少使えるのは事実ですが、まだ修行中の身でありますので、人の師などというのもおこがましいのですが……」

「ふふ、その謙虚さもネイミリアの言う通りの御仁のようだ。さて、それでダンジョンに入りたいとのことだが、それはネイナルの言うように、調査をお手伝いいただけるという認識で良いのか？」

里長の目が少し探るような光を帯びる。

「はい。実際のところはネイミリアさんを迎えに来たついでではあるのですが、上役から早く帰れと言われておりまして、私が手伝うことで解決が早くなるならと思った次第です」

「ふふふっ、自由を旨とするハンターが上役とは面白い。そう言えばロンネスクではトゥメックが副支部長などをやっているそうだな。上役とは奴のことか？」

「ご賢察にございます。これでも一応、ロンネスクではそれなりに評価をされておりますので、長く留守にするなと言われております」

「それはそうだろう。私ですら貴方とネイミリアは手元に置いておきたいと感じる。あの心配性男ではなおのことだな」

里長はそこで相好《そうごう》を崩した。キャリア社員的な雰囲気が消え、無邪気さが表に出る。その笑顔は成熟した女性の意外な一面といった感じで、たいへんに魅力的であった。

「里長、それで許可の方は？」

ネイナルさんが促す。

「ああそうだったな。もちろん許可しよう。と言ってもダンジョンは誰のものでもない。本来私の許可など取る必要もない」

「よかった。里長が駄目と言ったらお菓子はあげないところでした」

「なに？」

ネイナルさんの言葉に、里長の目の色が変わった。

「クスノキさんから里へいっぱいロンネスクのお菓子をいただいているんですよ。この後持ってきますね」

「おお、それはかたじけないなクスノキ殿！　うむうむ、さすがネイミリアが認めた男。そのような気遣いまでできるとはなんとすばらしい！　ニルアの里には甘味が少なくてな。トゥメックの奴も一向に土産を寄越さないし、一度買い出しにでも行こうかと思っていたのだ。そういうことなら、昨夜起こしてくれても構わなかったのだが――」

キャリア社員風エルフ美女の正体は、実はスイーツ大好き美女でした。

なんというか……日本式御心づけはエルフにも有効だと証明されてなによりである。

里長の許可も無事出たので、ネイナルさんにお礼を言って、俺はそのまま森のダンジョンに向かうことにした。

ダンジョンまではなんと里長自らが案内してくれた。

「クスノキ殿、そちらへ行ったぞ」

「お任せください里長」

ダンジョンの入口までは歩いて二十分ほどだそうだが、もちろん道中ではモンスターが襲ってくる。ほとんどは里長のユスリン女史が弓矢と魔法で瞬殺するのだが、数が多いと俺のほうにも襲いかかってくる。まあ『メタルバレット』でこちらも瞬殺するので問題はない。

「クスノキ殿が使う『ストーンバレット』は私の知っているものとは威力がまるで違うな」

「ええ、飛ばしているのは石ではなく金属なのです」

「金属？　クスノキ殿は金属を生成することができるのか？　それはどのような魔法なのだ」

「『金属性魔法』だそうです。いつの間にか身についていまして」

「ふうむ。ネイミリアが身につけてきた『雷属性』といい、どうやらクスノキ殿は想像以上に面白い御仁のようだな」

里長の探るような目つきは、やはり業務のアラを探す本社出向キャリア社員のそれを思い起こさせる。

「これについては私もよく理解をしていないところなのですが……。それより里長もお強いですね。驚きました」

「これでも昔はそれなりに名が知られる戦士ではあったからな。『弓魔《きゅうま》』などというたいそうな二つ名をもらったことがある」

「『弓魔』……素敵な名ですね。羨ましいですよ」

「ふふ、そのようなものが羨ましいとは面白いな。クスノキ殿ならすでになんらかの二つ名がついているとは思うがな」

「そうなんでしょうか」

俺の二つ名については耳に届いてこないのでついてないと思うのだが……まあ今はいいか。

「ところで里長やネイミリアだけでなく、ネイナルさんや他の里の皆さんもお強いように見受けられますが、やはりエルフは魔法が得意な方が多いのでしょうか？」

「この『逢魔《おうま》の森』で生きていく以上戦えなくては話にならんからな。成人のエルフならハンターでいえば最低3級の強さはある」

「ああ、たしかにその通りですね。ちなみに里長はどのくらいお強いのですか？」

「2段相当とは言われたことはあるな。私はハンターをしたことがないので正確にはわからないが」

言われてみればエルフが強いのは当たり前のことであった。前世の記憶では自然と平和を愛する種族というイメージだが、この世界のエルフはどうやら武闘派であるようだ。しかもネイミリアの話だとかなりの肉好きであるらしいし……いろいろと夢が壊れる話である。

そんなことを考えていると、ユスリン女史が立ち止まって振り返った。

「ここがダンジョンの入口になる」

なんの変哲もない森の中、ユスリン女史は大きな二本の木の間を指さした。なるほど『魔力視』

スキルを使って見てみると、その場所以外は妙に霞《かすみ》がかかって見える。

「すでにネイミリアを始め戦士団が入っているが、モンスターはその後も湧いて出ているだろう。気を付けて行ってほしい」

「ありがとうございます。里長も帰りはお気を付けて」

「ああ、そうしよう。ではな」

そう言ってユスリン女史が踵《きびす》を返《かえ》そうとする。

俺は多少ためらいつつも、彼女の背中に向かって声をかけた。

「……里長、少しお待ちを」

「なにか？」

「実は今回の件なのですが、私の考えではこの後——」

実は昨日からずっと、前世のメディア作品群の記憶が俺にささやくことがあったのだ。

俺はそのささやきに従い、里長にこれから起こるであろう事態について一通り伝えることにした。

■

里長と別れた後、俺は森のダンジョンに進入した。

森のダンジョンは、ダンジョンと言っても、要するに隔離された上で空間が拡張された森そのものである。

『千里眼』＋『魔力視』で見ると、四方が謎の境界によって区切られた広大な森であることがわかる。

そのあちこちにはおびただしい数のモンスターがいて侵入者を待ち構えているようだ。

奥の方まで捜索すると、エルフの戦士団と思《おぼ》しき集団が動いているのが見え、さらにその奥にはこのダンジョンのボスらしき反応もある。

俺はとりあえず戦士団を追って森のダンジョンを進むことにした。

アグリースパイダーレギオン（成体）
スキル：
剛力　剛体　粘着糸
ドロップアイテム：
魔結晶４等級　アグリースパイダーレギオンの糸

ソードボア（成体）
スキル：

剛力　剛体　不動　突撃
ドロップアイテム：
魔結晶４等級　ソードボアの突起　ソードボアの肉

出てくるモンスターは『逢魔《おうま》の森』に出るものの上位種であるようだ。前者は大型のクモ、後者は剣のような牙を持つ大型のイノシシである。

メタルバレットで瞬殺、ドロップアイテムは念動力でインベントリに回収しながら、かなりのハイペースで森を進んでいく。戦士団がすでに通った後であるし慎重さは必要ないだろう。

二時間ほど走っただろうか、進行方向の少し先で、大勢の人間とモンスターが戦っている気配が感じられた。近づいて見てみると、二十人程のエルフの戦士……といっても全員細身のイケメンと美人だが……が魔法や弓、短剣などで四～五匹の大型のサソリ型モンスターと戦っていた。

一際強力な魔法を放ち、今まさにそのモンスター一匹を四散させたのは、遠目でもキラキラオーラがまぶしいネイミリアである。

スコーピオンタイラント（成体）
スキル：

剛力　剛体　突撃
毒刺突　気配察知
ドロップアイテム：
魔結晶5等級　スコーピオンタイラントの外殻　強毒腺

5等級はなかなかに強力なモンスターだ。

援護が必要か……と思っていたら、ネイミリアが二体目を撃破。残りの三匹も戦士団が苦戦することなく討伐していた。やっぱりエルフは武闘派集団であるらしい。

速度を落として近づく俺に真っ先に気付いたのはネイミリアだった。

「あっ、師匠っ！」

ぱあっと嬉しそうな顔になってぱたぱたと近づいてくる様子は、子犬を連想させてとても微笑ましい。

「どうしたんですか、こんな所に。あっ、もしかして私を迎えにいらっしゃったんですか？　そうだとしたら済みませんっ！」

顔色を二転三転させて謝るネイミリアを落ち着かせて、俺はここに来たいきさつを手短に話した。

「本当は師匠がお帰りになる前にロンネスクに戻るつもりだったのですが、ご心配をおかけして申し訳ありませんでした」

「ネイミリアになにもなければそれでいいんだ。アメリアさんの実家のほうでもちょっと事件があってね。俺も少し敏感になっていたかもしれない」

「えっ、それってどんな事件なんですか？」

「それは里に戻ったら話すよ。それより俺を皆さんに紹介してくれないかな」

離れたところで、エルフの戦士団の皆さんが怪訝そうな顔でこちらを眺めている。ダンジョン調査中にいきなり人族の男が現れたらそういう態度にもなるだろう。

「そうですね。こちらへどうぞ」

ネイミリアに引っ張られて戦士団の前までいくと、ネイミリアの口から俺のことが紹介された。

初めは訝しそうな目でみていた戦士団一行だったが、俺がネイミリアに雷魔法を教えた師だとわかると急に態度が軟化した。

「そうか、君がネイミリアの言っていた師匠なのか。まさかこんな若い人族とは思わなかったから、妙な目で見て済まなかったな。俺はソリス、この戦士団の団長を務めている」

握手の手を伸ばしてきたのは、エルフには珍しいスポーツマンタイプの色黒イケメンだった。

長剣と盾を持っているところからして前衛型の戦士のようだ。二十一人いる戦士団でも前衛型は三人しかいない。

「クスノキです。里長に許可をいただいて、調査の手伝いにきました。それなりに戦えますので、邪魔にはならないかと思います」

「ネイミリアの話だと7等級すら一撃だというじゃないか。邪魔なんてとんでもない」

そう言いながらも、ソリス氏の視線にちょっとだけ値踏みするようなところがあるのは気のせいではないだろう。命のやり取りをする戦士である以上、自分の目で見るまで信じられないというのはむしろ正しい姿勢だ。

「ご期待に沿えるよう尽力します」

ネイミリアはそのやりとりを見て無邪気そうにニコニコしている。こういう人情の機微も師匠としてはその内教えたりしないとならないのだろうか。

「よろしく頼む。さて、一休みしたらこのまま一気にボスまで行くぞ。そろそろ時間的にも限界に近い。ダンジョンでこれ以上夜を明かすのは避けたいからな」

ソリス氏は振り返りながらそう指示を出した。

『千里眼』で見る限り、ボスまでそう距離はない。ただ近づいてはっきりわかったのだが、そのボスモンスターはどうやら三体いるようなのだ。

「ソリスさん、ボスは三体いるようです。ご注意を」

「なに……？　そのようなことがなぜわかるんだ？」

「師匠ならわかります。師匠ですから」

訝しむソリス氏に、なぜか鼻を高くして答えるネイミリア。さすがに会ったばかりの人に「師匠ですから」だと納得してもらえませんからね。

「そういうスキルを持っているとお考え下さい」

「おう……。わかった、まあ警戒しておくに越したことはないからな。たしかにボスが一匹だけとは限らんな」

そう言ってソリス氏は団員に注意を与え、小休止の後出発の指示を出した。

モンスターを倒しながらしばし進んでいくと急に森が開け、そしてその先に大きな岩山が姿を現した。その岩山には巨大な横穴が口を開けており、この奥にボスモンスターがいるのだと声高に主張していた。

「あの中か、たしかに複数の気配を感じるな」

ソリス氏が横穴にゆっくりと近づくよう指示を出し、戦士たちがそれに従って隊列を組んで進んでいく。

俺とネイミリアも戦士団の横をついていく。

穴の中にいるボスの魔力は、やはり一般のモンスターとは違う感触がある。今までの流れからいって間違いなく『厄災』の関係者だろう。

横穴まであと百メートルほど。そこで穴の奥にいる魔力に強烈な揺らぎが発生した。

「注意を！」

俺が叫ぶと、戦士団が構える。

穴の奥から飛び出してきたのは……直径三メートルはあろうかという巨大な火球であった。

「ブレスか！」

『念動力』を全開にして火球の軌道を上に逸らす。その火球が上空で爆《は》ぜるのを確認する間もなく、穴から三体の大型モンスターが飛び出し空へ舞い上がった。

蝙蝠《こうもり》の羽が生えた首長竜ともいうべき姿、全身を覆うのは黒い棘《とげ》状の鱗《うろこ》、額には捻《ね》じれた角、そして口に並ぶ禍々《まがまが》しい牙。

「ドラゴンだっ！　対空戦用意っ！」

ソリス氏が怒鳴り、戦士団は弓と魔法をすぐさま準備する。

邪龍の子（成体）
スキル：
剛力　剛体　ブレス（炎・水）
気配察知　風属性耐性
ドロップアイテム：
魔結晶８等級　邪龍の鱗（小）　邪龍の角（小）
邪龍の爪（小）　邪龍の牙（小）　邪龍の肉（小）

予想通り『厄災』の一つ『邪龍』に関わるモンスターであった。

しかし『邪龍の子』とは……これを討伐したら邪龍が怒り狂って暴れ始めましたとかいう流れに

ならないといいんだが。ま、歴史的に見ても暴れることは確定しているみたいだから、そこまで気にする必要はないか。

三匹の『邪龍の子』は上空にとどまりながら、次々とブレスを吐き出し始めた。戦士団も水魔法で相殺を試みるが、さすがに間に合わない。俺は火球ブレスをすべて念動力で逸らす。

「ブレスが俺たちを避けている!?　一体どうなってるんだ!?」

盾を構えていたソリス氏が叫ぶ。

俺は一番近い一匹の羽にメタルバレットを連射、羽がズタボロになったその『邪龍の子』は地面に落ちる。

「ブレスは俺がスキルで逸らしています！　落ちた奴に止《とど》めを！」

俺が言うとソリス氏は目を丸くして俺を見たが、ハッとなってすぐさま戦士団に命令を下し、落ちた一匹に集中攻撃をかける。

付与魔法付の矢と魔法の槍の集中攻撃を受けて、さしもの『邪龍の子』もかなりのダメージを負ったようだ。そこにネイミリアの『聖焔槍《せいえんそう》』が連続で炸裂し、巨大ドラゴンは断末魔の叫びを上げながら黒い霧に還っていった。

俺は皆の意識がそちらに集まっている隙に、熱線魔法（エルフ名『炎龍焦天刃《えんりゅうしょうてんじん》』）を発動。一匹を正面から真っ二つにした。

そしてもう一匹も……というところで、最後の一匹は大きく羽ばたき、長い首を巡らせて逃走を図った。向かう先はダンジョン出口方面。もちろんその先にはニルアの里がある。

俺はすかさず熱線魔法を照射、しかし『邪龍の子』は明らかに不自然な動きでその必殺の一撃を回避し逃げ去っていった。

思った通り、どうやらここで強制イベントが発生してしまったらしい。

「ソリスさん、どうやら一匹が里に向かったようです。私は先行して里の援護に向かいます。ボスが消えればこのダンジョンもじきに消滅すると思いますので、皆さんも速やかに出口に向かってください」

俺がそう伝えると、ソリス氏は「わかった、こっちも急ぎ向かう」と言って、魔結晶の回収を指示し、戦士団に集合をかけた。

「私も行きます、師匠！」

「ああ、急ごう」

俺はネイミリアを伴って、全力で里へ向かって走り出した。


ダンジョンの出口を抜けニルアの里へと近づくと、焦げ臭いにおいが里のほうから漂ってくるのがわかった。木々の隙間から火の手が上がっている様子がうかがえる。

俺たちが里に走り入ると、遥か上空から地上に向かって火球を連射する『邪龍の子』が確認できた。ブレスによって里は家々がいくつも破壊され、木々と共に燃え上がっている。

その炎の地獄の中で、多くのエルフが傷つき倒れ、力尽きている――ということはなく、家が燃えているだけで、あたりには人っ子一人いない。

周囲を見回っていたネイミリアが首をかしげながら俺のほうに近づいてきた。

「師匠っ、里の人が誰もいません！」

「里長に避難しておくようにお願いしたからね」

実はネイナルさんに「森のダンジョンができた」と聞いた瞬間、「あ、これエルフの里が敵に襲撃されるイベントだ」と直感したのである。

そんな直感を元にして里長を説得するのは正直どうかと思ったのだが、ダンジョンに入る前に一応話してみたところ、なぜかすんなりと対応してくれるという話になったのだ。

「えっ？」

頭に「？」マークが浮かぶエルフ少女を尻目に、俺は『邪龍の子』を見上げた。相変わらずブレスを吐いているが、魔法の射程にギリギリ入らないところにいるあたり学習能力があるようだ。

しかし残念、こちらにはインチキ能力があるんだよなあ。

俺は『瞬間移動』を発動、『邪龍の子』の正面に移動。

『雷属性魔法』出力大、『念動力』収束。

「ライトニング」

俺の手から放たれた怒れる龍がごとき雷光は『邪龍の子』を一舐《ひとな》めし、一撃のもとにその巨体を粉砕した。

「『ブレッシングウォータースプラッシュ』」

直後に自由落下を始めた俺は、眼下の燃え盛る里に向かって、『生命魔法』と『神聖魔法』をブレンドした大規模『水属性魔法』を発動。滝のような雨を降らせ一気に鎮火を図る。

レベルと『衝撃耐性』にものをいわせて着地するころには、里の火の手はかなり衰えていた。

そして目の前には、濡《ぬ》れネズミになったネイミリアが……

「もうっ、師匠メチャクチャですっ！　今消えたのはなんなのですかっ！　それにさっきのが本当の『雷龍咆哮閃《らいりゅうほうこうせん》』ですよねっ！　それにこんな規模の水魔法、どう考えてもおかしいですっ！　それと前もって里長にお願いしたってどういうことですかっ!?」

俺はインベントリからタオルを出して髪を拭いてやり、『火属性魔法』と『風属性魔法』を複合させたドライヤー魔法で服を乾かしてやりながら、ネイミリアを必死になだめるのであった。


その後避難してきた里の人たちが戻ってくると、里長の指示で早くも家の残骸の片付けなどが始まった。

不思議なのは、そんな彼らには悲壮感や絶望感がまったく感じられないことだ。むしろ魔法を使ってきびきびと片付けをする様子は、この手の作業にかなり手馴《てな》れているように見える。

ネイミリアと無事を喜びあっているネイナルさんに話を聞くと、モンスターの襲撃で家が破壊されることは（エルフの時間感覚では）珍しくはないらしく、復興も慣れたものであると言うことだった。さすがに『逢魔《おうま》の森』で暮らすエルフは逞《たくま》しいものだ、と感嘆することしきりである。

だが、それとは別に、周囲の人々の様子には違和感を持つことに気付いた。それは、この里に入ってからずっと感じてきたことではあったが……

「ネイナルさん、男性が随分と少ないように思えますが、狩りなどに出かけられているんですか？」

そう、やはり里に男性の姿があまり見えないのだ。思い出して見ると戦士団ですら半数以上が女性だった。

ネイナルさんはネイミリアを豊満な胸に抱きしめながら、ニコッと笑って答えた。

「エルフはもともと男の子の出生率が低いんですよ。それに狩りなどで前衛を務めて倒れる者も多く、どうしても男の数が少なくなってしまうんです」

「そうでしたか。危険と隣り合わせだと、そういうことも起こりうるんですね」

「おまけにエルフは長命な代わりに子どもがなかなか生まれなくてな。外の血を入れねば、種族としての存在も危ういところがあるのだ」

言葉を継いだのは里長のユスリン女史。やはり有能キャリア社員風の風貌と、エルフ独特の布面積の少ない服がミスマッチすぎる。

「クスノキ殿……いやここは親愛の念を込めてケイイチロウ殿と呼ぼうか。貴方のおかげで人に被害が出ずに済んだ。礼を言わせてほしい」

「いえ、それは初対面の私の言葉などを信じてくださった里長の判断の結果だと思います。まさかここまで完璧な対応をしてくださるとは」

「ふふっ、まあそう謙遜しなくとも良い。私はこう見えて無駄に長生きしているのでね。人を見る目は誰よりもあると自負しているよ」

「えっ!?　長生きは見た目通りじゃ……あっ！」

恐ろしいことを言いかけたネイミリアは、ユスリン女史に睨まれてネイナルさんの胸に逃げこんだ。

「ところで、先ほどドラゴンを屠《ほふ》った魔法は『雷龍咆哮閃《らいりゅうほうこうせん》』で間違いないね？　ネイミリアから聞いていたが、貴方はなぜエルフの秘術を自在に扱える？」

「エルフの秘術というのは自分にはわからないのですが、あれは『雷属性魔法』と……」

そこまで話をして気付いた。ネイミリアがエルフの秘術だと言っている魔法はいくつかあるが、そのすべてが超能力を併用したものだったはずだ。もしやそれが秘術の秘密だったりはしないだろうか。

「ふむ、なにか秘密があるようだな。空中に移動した技も含めて、いろいろと話を聞きたいものだ」

ユスリン女史の目つきが獲物を狙う肉食獣それに変わる。俺が目を逸らしていると、村に戻ってきて復興作業の手伝いをしていたソリス氏が近づいてきた。

「おおクスノキさん。アンタにはデカい借りができちまったようだな。後で酒を注がせてもらうぜ。それと里長、ちょっと不思議なことがあるんですが」

「ソリスか。どうした？」

「ええ、家は結構燃えちまってるんですが、里の木が全然燃えてないんですよ。燃えてないというか、燃えたけどすぐ再生したみたいな感じになってるんです。ありがたいことですが、ちょっと変なんで」

「ふむ？」

そこで再び肉食獣の目を俺に向けるキャリア社員風エルフ。前世のトラウマが刺激されるからその目は本当にやめてほしい。

「ええとですね、火を消そうとして『水属性魔法』を使ったのですが、木が燃えてなくなると問題がありそうだったので、試しに『生命魔法』と『神聖魔法』を混ぜてみたんです。上手くいったみたいで良かったですね」

「試しに」とは言ったがもちろん事前に実験済みである。『ブレッシングウォータースプラッシュ』などと名付けてみたが、要は植物の生命力を強化・回復させる農業系トンデモインチキ魔法である。

「ほう、ケイイチロウ殿は『神聖魔法』まで使えるのか。それは聞きたいことが増えたようだな。私の家はまだ半分ほどは使えそうだし、今夜はそこでたっぷり話を聞かせてもらおうか。ふふ、夜ふかしなど久しぶりだな、楽しみだ」

舌なめずりすら始めそうなユスリン女史にたじろいでいると、ネイナルさんが助け舟を出してくれた。

「里長、ケイイチロウさんはネイミリアと私の客人です。幸い私の家は燃えていませんし、こちらに泊まってもらいますから。お話をするなら私の家にいらしてくださいね」

あれ、ネイナルさんも俺の呼び方が変わっているような……いや、多分ユスリン女史に合わせただけだな。

「ほう、ネイナルのその目つきは久しぶりに見るな。いいだろう、夜は邪魔させてもらおう。土産の甘味も無事なのはありがたいしな」

笑い合うネイナルさんとユスリン女史の間には、なにか妙な雰囲気……殺気？　いやこれは連帯感か？　なぜか相反する感情が同時に感じられる。

いつの間にか俺の腕に抱き着いていたネイミリアが、頬を膨らませながらそのやり取りを見ていた。

■

その夜は、ネイナルさんの家で色々と話をした。

ユスリン女史やネイナルさんにどこまで情報を開示するかは悩んだが、ネイミリアを預かっている以上義理は尽くす必要はあると考えた。

エルフの能力を考えれば、『厄災』に対抗するために彼らの力を借りることもあるかもしれない。それにこの里はすでに『厄災』の眷属に襲われたのだ。彼らは『厄災』の現状について知る資格も必要もあるだろう。

そんなわけで、自分の一部能力以外は、『厄災』の眷属達の話に至るまですべてを話すことにした。

話の場にはユスリン女史、ネイミリア、ネイナルさん以外にも各部門のリーダーをしているエルフが集められた。なぜか集まったのは全員女性で、しかも部屋がそれほど広くないため、俺は布面積の少ない美女に囲まれ、かつてないほどの胃の痛みを感じながら話をすることになった。

実は戦士団長のソリス氏も来ようとしていたのだが……ユスリン女史に睨まれて、なぜか「済まん！」と俺に謝って退散してしまった。

話をしている間はずっとネイミリアが隣にいて俺の腕をつかんでいたが、それが唯一の救いである。いや、美少女がくっついているのが救いというのもそれはそれで問題ではあるのだが。

「ふむ、今回のドラゴンが『邪龍の子』とは思わなかったが、それだけ『厄災』の眷属が現れているとなるとどうやら信じざるを得ないようだな」

ユスリン女史が隣でうなずく。その拍子に柔らかいものが当たるのだが、これは部屋の広さの関係上仕方がないので耐えることにする。

「そうですね。実は『厄災』については先日ロンネスクでも『闇《やみ》の皇子《みこ》』の軍勢が現れました。里長は見たことがあると聞きましたが？」

「ん？　ああ、幼い頃にな。あれは酷い戦いだったと、ぼんやりとだが覚えているよ」

「しかし今のお話だと、その全部をケイイチロウさんは退けているんですね。すごくお強いのですね、とても頼もしいです」

ネイナルさんがうっとりとしたような表情で言う。ちなみに彼女は間にネイミリアを挟んでいるので大丈夫である。ナニがとは言わないが大丈夫である。

「私以外にも強い方が一緒でしたからね。私一人の力ではありません」

「そのように謙虚なところも私たちエルフにとっては好印象なんですよ」

「はあ……、恐縮です」

ネイナルさんの言葉に他の美女たちもうなずいている。日本的な謙譲の態度を理解していただけ

るのはありがたいものである。

「しかしエルフの秘術に特殊なスキルが必要かもしれんとはな。道理で四賢者以外誰も実現できなかったわけだ」

　話題を変えつつユスリン女史が溜息をつく。

『四賢者』とは古代にいた四人のエルフの大魔導師のことらしい。それぞれ活躍した時代は違うが、今ではエルフの秘術とされる『雷龍咆哮閃《らいりゅうほうこうせん》』『炎龍焦天刃《えんりゅうしょうてんじん》』『水龍螺旋衝《すいりゅうらせんしょう》』『聖龍浄滅光《せいりゅうじょうめつこう》』『風《ふう》龍獄旋風《りゅうごくせんぷう》』『地龍絶魔鎧《ちりゅうぜつまがい》』といった大魔法を駆使し、数々の『厄災』を退けたそうだ。

　おそらく彼らも『超能力』か、それに類する能力を持っていたのだろうと思う。ただ各自がすべての秘術を使えたわけではないようなので、魔法については一部に特化した人たちであったのかもしれない。いずれにせよ絶大な魔力をも有していたはずで、彼らが当代きっての大魔導師であることに違いはない。

「なので私がエルフの秘術を教えることはできないのです。代わりにネイミリアにも教えた魔力圧縮や光属性などはお教えできますので、そちらでご勘弁ください」

「うむ、戦士団から聞いたネイミリアの活躍を聞く限り、それだけでも我らの力は大幅に上がりそうだな。よろしく頼む」

　ユスリン女史がこちらに寄りかかるようにしてうなずく。あるものが過剰に当たるので本当に勘弁していただきたい。向こうが当ててくるのはセーフなのに、こちらが動いた途端アウトになることを知っているだけに、俺は石像のように固まらざるをえないのだ。

その後夜遅くまで話は続いたのだが、ネイミリアが「師匠はそろそろお休みの時間なので、ここまでにしてください」と言ってくれてお開きとなった。

ユスリン女史はじめエルフ美女軍団はそれぞれ立ち去る時に俺のほうを意味ありげに見ていたのだが、なにか失礼なことをしてしまったのだろうか。文化の違いはどうしても避け難《にく》いので、はっきりと言っていただけるとありがたいのだが……


翌日は皆が復興に勤《いそ》しむ中、戦士団や一部のリーダーを対象に魔法講座を行うことになった。

副支部長との約束を考えると時間は今日一日しかないので朝から厳しい特訓を行う。

まずは光属性魔法からである。ネイミリアが光属性を学んで開発した『聖焔槍《せいえんそう》』はアンデッド以外にも効果が高いため、これを覚えるだけでもかなり違うはずだ。

ただやはり、天才であるネイミリアのようにすぐに習得とはいかず、この日のうちに取得できたのは三分の一ほどの人たちであった。しかしそれだけの人数が覚えれば、後は自分達だけで教え合えるだろう。覚えた人たちにはネイミリアが『聖焔槍《せいえんそう》』を伝えていたので、これでかなりの戦力アップが期待できる。

後半は『魔力圧縮』を教えたが、こちらはコツを教えるとほとんどの人が精度の差はあれ習得することができた。これが今まで伝えられてこなかったのが不思議だが、コロンブスの卵的な技術だったのかもしれない。もっとも、楽に習得できたのはエルフの魔法適性が高いというのもあるだろう。

いずれにしろ、エルフの様子を見る限りこの二つのスキルは遅かれ早かれ誰かが気付くレベルのものだとわかった。この際ロンネスクの騎士団などにもこの技術は伝えてしまおう。

なお、魔法の鍛錬故に各自魔力を激しく消耗するわけだが、そこでこの間身につけた『魔力譲渡』スキルが役に立った。魔力量を気にせず鍛錬できたことも今回大きかったように思う。『魔力譲渡』をする度に男女問わず妙な声を出すのは少し困ったが……。

「すごい、四大属性魔法が五大属性魔法に変わってるわ。ネイミリアのように雷属性も覚えれば六大属性になるんですよね、ケイイチロウさん」

鍛錬が終わり解散となった後、ネイナルさんが頬を上気させてこちらへやってきた。

ちなみに彼女はネイミリアほどではないが魔法の才に優れ、光属性も真っ先に習得していた。

「ええそうですね。どうやら九大属性まであるようです。私が確認した限りは、ですが」

「そんなに！　確認したということは、ケイイチロウさんはすべてお使いになれるということですよね？」

「そうなりますね。残りは氷と金、あと闇ですね」

「金属性というのは昨日言っていたものか。氷属性は知り合いの吸血鬼が使えるのだが、それと同じものか？」

耳聡《みみざと》くやってきたのはユスリン女史だ。そういえば氷魔法を使う吸血鬼には俺にも心当たりがある。

「里長はもしかして協会のアシネー支部長をご存じなのですか？」

「うむ、腐れ縁だな。トゥメックがパーティを組んでいたことがあってな、この里にも何度か来たことがある。吸血鬼は稀《まれ》に水属性のかわりに氷属性を身につけて生まれることがあるのだそうだ」

「それは興味深いですね」

「しかしまさかあの『魔氷』アシネーが協会の支部長とはな。まあもともとそちら向きの人間ではあったか」

ユスリン女史が皮肉げに笑う。『魔氷』とは支部長の二つ名だろうか。遥か昔に失われた俺の心が疼《うず》く。やっぱり少し羨ましい。

しかしまさか支部長と副支部長がパーティを組んでいたとは。それでファーストネームで呼んだりしていたのか。

俺がそんなことを考えていると、ネイナルさんが俺の腕を取った。

「そろそろ夕食の時間ですね。ケイイチロウさんのために腕によりをかけて作りますから、今日もいっぱい食べてくださいね」

「済みません御馳走《ごちそう》になります。ああそうだ、材料は自前のものがありますので今日はそちらを使ってください」

「あら、お土産以外に手荷物をお持ちでしたか？」

しまった、腕に伝わる『ある感触』に気を取られて余計なことを言ってしまった。ジトッとした目で見上げるネイミリアの視線が刺さる。刺さるどころか貫通している気がする。

「師匠ってやっぱりそういう人なんですね」

「いや今のは油断してたんだ。他意はないんだ、他意は」

「おや、ケイイチロウ殿はもしかして『空間魔法』まで持っているのか。金属性の件もあるし、これは今夜も話を聞かないとならないようだな？」

ユスリン女史とネイナルさんに両脇を押さえられ、ネイミリアの冷たい視線に追い立てられながら、俺はネイナル家に連行されるのであった。


こうして初のエルフの里探訪は期限を迎え、俺とネイミリアはロンネスクに戻ることになった。

里の復興が手伝えないのは心苦しくはあるが、ユスリン女史もネイナルさんも大丈夫ですと強く言っていたので多分問題はないのだろう。

また訪れるようかなり強く言われたので、その時に大量のスイーツを土産にすることで許してもらうことにしよう。

そう言えば、ニルアの里について副支部長が出発前に言葉を濁していたのだが、里は別になにか変わったところはなかったように思う。彼は一体なにを心配していたのだろうか？　謎であるが、なにもないのが一番だとそれなりに長い人生で学んでいるので、あえて追及はするまい。

ともあれ今回の一件で、戦士としても有力なエルフたちと友誼《ゆうぎ》を結べたのは『厄災』に対抗するという意味でも非常に有意義であったと言える。

少し気になるのは、里からロンネスクまでの道中、ネイミリアがずっと不機嫌だったことだ。

ロンネスクに着いたころにはおさまっていたので、反抗期ということはないだろうが……もしそうなら俺の胃がまた荒波に乗り出すことになるので、それだけはどうか違っていてほしい。本当に。

間章
INTERLUDE

——サヴォイア女王国
首都ラングラン・サヴォイア
ラングラン・サヴォイア城
女王執務室

——サヴォイア女王国　首都ラングラン・サヴォイア
ラングラン・サヴォイア城　女王執務室

「……陛下、なにをしておいでですかな？」

「ん？　見ての通りだ。各貴族に年頃の子弟の肖像画を送らせたのだ。なかなか粒ぞろいだな」

「『厄災』が迫っているという時になにをさせていらっしゃるのですか……」

「『厄災』が近いからこそ慶事が必要ということもあろう。安心せよ、これは余の私費で行っているゆえ、国庫に負担はかけておらぬ。それにどの貴族も乗り気で送ってきおったぞ」

「それはそうでしょうが……。そのような行いが過ぎますと陛下の御名に瑕《きず》がつきますぞ。ご自重くだされ」

「城にいるといつも同じ顔ばかり見ていて面白くないのだ。少しは目こぼしをせよ。で、なんぞ面白い話でもあったのか？」

「面白くはございませぬな。二日前に北の凍土にて魔王城の姿が確認されたとの報告ですので」

「思ったより早いな。ではそろそろ北の奴らが動き出すということか」

「そうですな。北に『王門八極《おうもんはっきょく》』を二名派遣しておりますが、継続でよろしいでしょうかな」

「うむ。国軍のほうは？」

「北に派遣する軍はすでに編成を済ませております。陛下の命令あらばいつでも」

「まだ良い。あまり早く動きすぎると士気がもたぬであろうし、『勇者』もまだ十分に育っておらぬからな。それに魔王は策を弄すると聞く。他の『厄災』の動きを見てから動くであろうよ」

「御意」

「他には？」

「各領地の『厄災』の兆候の発生状況ですな。こちらにまとめましたので御覧くだされ」

「ふむ……。まだモンスターの異常発生が主のようだが、いくつかダンジョンの発生も見られるようになってきたか。確認できた眷属は……『穢《けが》れの君《きみ》』『闇《やみ》の皇子《みこ》』『悪神』『邪龍』……ロンネスク、叔父上からの報告が多いのは偶然か？」

「わかりませぬ。ただコーネリアス公爵閣下の配下に眷属を見分けることができる者がいるようで、そのせいかもしれませんな。他領で出現していてもそれを判別する手段がございませぬゆえ」

「叔父上のところは有能な人材が多くないか？　ここに報告されている眷属はすべて討伐されている上に、被害が他領に比べて圧倒的に少ないではないか」

「実はそのことなのですが……メニル、クリステラ両名の報告が上がってきております」

「おお、以前話があった叔父上秘蔵のハンターの情報か。見せてみよ」

「こちらです」

「ふむ、クスノキと言うのか、聞かぬ姓だな。……ふむ……ほう……ん？　……んんっ!?　……なんだこれは、信頼できる情報なのか？」

「『王門八極《おうもんはっきょく》』二名が口を揃えておりますれば、誤りはないかと」

「『王門八極《おうもんはっきょく》』二人を相手にもせず、『厄災』の眷属すら敵ではなく、『空間魔法』持ちで未確認の魔法を使い『闇属性魔法』まで操る。しかもトリスタンの策まで退けるなど八面六臂《はちめんろっぴ》の活躍……。お前はどう思う、このクスノキという男」

「公爵閣下からは彼が討伐した8等級の魔結晶まで届いておりますので、その力は疑いようもないかと。公爵、ニールセン子爵連名での恩賞願いも提出されております」

「実力は間違いない、か。……しかし、このような人物が『厄災』の前兆とともに急に姿を現したのは偶然か？」

「……っ!?　なるほど、たしかにそれは……陛下のご慧眼《けいがん》には恐れ入るばかりです。その人物には引き続き監視が必要のようですな」

「まあ、叔父上もその辺りの不自然さは気付いているではあろうが……。まだ『勇者』が現れていないならそちらの可能性もあったのだがな。後に現れたとなると、色々と疑わざるをえまい」

「公爵閣下も注視はしておられるでしょうな。して、いかがいたしましょう。こちらからも『影桜』を派遣いたしますか？」

「腕利きを差し向けよ。半端な者では見破られようからな。必要があれば、恩賞願いが出ている以上、一度ラングランに呼ぶことも検討せねばな」

「御意。すぐに手配いたします」

「うむ。……ところで、このクスノキというのは見目《みめ》はどうなのだ、いい男なのか？」

「陛下……」

第11章
CHAPTER XI
魔王軍四天王

エルフの里から戻って二日目の午前、俺はゴージャス吸血鬼美女のアシネー支部長とともにロンネスク領主コーネリアス公爵の館を訪れていた。

執事である老紳士に案内された応接の間は、芸術品が整然と並べられた非常に豪華な部屋であった。そこに飾られた絵画や陶器などはどことなく日本の『わびさび』を感じさせるものが多く、この部屋の主人が見た目の華美さよりも内面の深みを重視する人物であることを感じさせる。

俺が異世界芸術品に目を奪われていると部屋の扉が開き、エリートビジネスパーソン風キラキラ大貴族であるコーネリアス公爵が、執事と護衛二人、メイド一人を引きつれて部屋に入ってきた。

「よく来てくれたクスノキ卿。ほう、卿はそのような品にも興味がおありかな？」

俺が展示台の前で向き直り礼をしていると、公爵はそう言って目を細めた。褒賞の儀の時に比べるとかなり砕けた口調である。

「興味というほど理解があるわけではありませんが、私の故郷の芸術品に通ずるものがあるような気がいたしまして、少し見入っておりました」

「ほほう、どのようなところが通じると？」

「言葉にするのは難しいのですが……静かさや素朴さ、寂しさの中に美を見出《みいだ》す、そのような態度が作品に表れているところでしょうか」

『わびさび』なんて実際言葉にできるものではないんだが……しかし世界が違っても、そういった美意識は通じるものがあるに違いない。

その証拠に、俺のそのたどたどしい言葉を聞いて公爵は嬉しそうに笑った。

「くくっ、ふははっ、卿はなかなか面白いな。それを理解できるものは貴族でもそう多くはないのだよ。地味とか質素とか言うばかりでな。もっと早くこういった場を設けるべきだったな。そうだろうケンドリクス卿よ」

「ええ、彼にそのような素養があったとは、わたくしも存じませんでしたわ」

「ふふ、まあ二人とも掛けるがいい」

クッションの効いた高価そうな椅子に腰掛けるとメイドさんがお茶を用意してくれる。

その用意が終わるのを待ち、公爵が口を開いた。

「さて、本来なら貴族同士ゆえ長々しい挨拶から入るところだが、そういったものは我らの間では無用としたい。今日話をしたいのは、クスノキ卿、貴殿の今後の在り方についてだ」

「私の在り方というと、ハンターを辞して仕官するといったお話でしょうか？」

「卿がそうしたいならこちらとしてもありがたいが、卿はその気はないであろう？」

公爵はニヤリと笑う。おそらく俺のことは十分以上に調べてこの場に臨んでいるのだろう。

「可能ならばハンターは続けたく思います。その上で、公爵閣下のお役に立てることがあるならば、全霊をもって尽力申し上げる所存です」

「くくっ、そう堅くならずともよい。卿が周りの者を助けるため、その力を尽くしていることはよくわかっているつもりだ。ニールセン子爵領でのことにしても、この間の城門前での戦いにしてもな」

「恐縮です」

「ただ、ニールセン子爵令嬢二人との婚約の件は少し気になることではあるがな。騎士爵とはいえ卿は貴族に名を連ねる身。貴族同士の婚約ならば上を通してもらわぬと困ることもある」

「申し訳ございません。迂闊《うかつ》でございました」

ああ、たしかにこれは失敗である。貴族間の報連相はまだ自分には身についていない習慣だ。

偽装婚約だったから、という言い訳もないではないが……しかし子爵はトリスタン侯爵の前で正式に言ってしまったみたいだからなあ。

「あら、それはわたくしも初めて聞くお話ですわ。どういうことかしら、ケイイチロウ様？」

横を見ると、吸血鬼美女が血も凍るような眼差《まなざ》しで俺を睨んでいた。なんか部屋の気温が数度下がったような……まさか『氷属性魔法』とか使ってないですよね支部長？

「い、いえ、少し理由のあるお話でして、婚約といってもですね……」

俺がしどろもどろになっていると、公爵は俺と支部長を少し興味深そうに眺めながら言った。

「くくっ、まあそう怒るなケンドリクス卿。その婚約は偽装なのだそうだ。ちょっとした面倒を避けるためのな。そうであろう、クスノキ卿？」

「そ、その通りでございます」

「偽装？　それならまあいいのですけれど。ケイイチロウ様はすでにあちこちから狙われる身なのですから、そういったことは自覚なさったほうがよろしいと思いますわ」

支部長が顔を近づけて怖いことを言う。

「その通りだぞクスノキ卿、あちこちから狙われているのは自覚しておくといい」

そう言いながら公爵が支部長に向かって意味ありげに笑いかけると、支部長はよそ見をして椅子に座り直した。

「さて、話を元に戻そう。私としては卿にはハンターを続けてもらいたい。無論卿自らが言ったようにロンネスクのために力を尽くしてもらえれば言うことはない。ただ、すでに8等級すら複数討伐をしている卿が今のままでいることは非常に難しかろう。当然王家も卿には目をつけているはずだ。それほど卿の能力と実績は突出している」

「は」

「実はすでに、卿に功績に関しては、ニールセン子爵と連名で恩賞願いを王家に提出した。受理されれば、卿が男爵位を賜ることも可能性としてなくはない。しかるに、卿は領主に封じられることを願うか？」

「いえ、領主など私にはとても務まるものではございません。無論もとより望んでおりません」

「よかろう。その旨も王家には伝えておく。ただ、王家としても卿になにも与えぬというわけにはいかぬ。なんらかの勲章、もしくは名誉爵位などが与えられるだろう。当然その際には首都ラングランに赴いてもらうことになる」

「承知しました」

「そこでついでと言ってはなんではあるが……ケンドリクス卿」

そこで公爵が支部長に発言権を渡す。

「はい。首都に赴《おもむ》いた際、ケイイチロウ様にはハンター3段位の認定を受けていただきたいのですわ。３段位以上は協会本部でしか認定できないことになっておりますの」

「３段位……わかりました、自分がそれに相当すると認められるのであれば謹んでお受けします」

ハンターになって数か月で３段位とは驚きであるが、自分の持つインチキ能力を考えれば仕方ないのかもしれない。無論断るという選択肢はなしである。力を隠さない方向にシフトした以上、さっさと高い地位についてしまったほうが余計なトラブルを避けられるはずだ。「あちこちから狙われている」という言にはそういう意味もあったのだろう。

俺が承諾の意を表すと、公爵は満足げにうなずいた。

「うむ。王家からの招聘《しょうへい》は早くてもひと月は先になろう。それまでは今まで通り生活をしてもらいたい。卿は『厄災』となにやら縁があるように見受けられる。くれぐれも無理のないようにしてくれ。それとこれはあくまで領主としての依頼なのだが――」

その後俺は公爵からいくつかの依頼を受け、領主の館を後にした。

帰り道で、まだ少し不機嫌だった支部長に偽装婚約の件を黙っていたことを謝った。いや、筋から言えば謝る必要はない気もするが、こういう時に行うべきは謝罪一択である。職場でも家庭でも、女性に逆らうなどということは決してしてはいけないのだ。

「そういったことも報告は欠かさないでくださいませ。ケイイチロウ様はもう一介のハンターではいられないのですから。それとこれからは、わたくしのことはアシネーと呼んでいただきたいのです。よろしいですわね？」

えっそれ関係ないですよね？　などとは口が裂けても言ってはならないのである。

■

それから二週間は、公爵の依頼をこなしつつ、久々のハンター業に精を出した。

ハンター業に関してはネイミリアとともに他のハンターがあまり行かない遠距離・高難度の狩場を回ったが、いくつかの場ではやはり異常発生が起きており、いい鍛錬になった。

おかげで7等級の魔結晶がいくつか集まってしまい、ますます面倒が増える感もないではない。もっともそれによってネイミリアもついにハンター1段に認定されたので、悪いことばかりでもなかった。

公爵の依頼は、基本的に領軍や騎士団の練度を上げる補助をしてほしいというものであった。

模擬戦はすでに行っている通りだが、今回は一部の中レベル者（ハンター1・2級クラスのエリート兵、ベテラン兵）を高レベルまで引き上げてほしいということで、彼らを高難度の狩場に連れていって指導をするという任務である。

これに関しては期間も限られていたので、異常発生が見られる狩場に連れて行ってスパルタで鍛錬を行った。俺の無尽蔵の魔力によって、傷つけば『生命魔法』、魔力が切れれば『魔力譲渡』を行い、とにかく高い等級のモンスターと戦わせまくった。

公爵の領軍、そしてアメリア団長麾下《きか》の都市騎士団ともに音《ね》を上げる者はおらず、特訓のあとは全員高レベルと言えるところまで至ったのはさすがである。

ちなみに都市騎士団所属の好青年、騎士コーエンもそれに含まれていた。彼は将来的に副団長を務める予定だとはアメリア団長の言である。
なお、魔導師兵にはネイミリアが『光属性魔法』と『魔力圧縮』スキル、そして『聖焔槍《せいえんそう》』を伝授していたので、そちらの戦力アップもかなり期待できるだろう。

ちなみに自分のステータスはこのようになっている。

名前：ケイイチロウ　クスノキ
種族：人間　男
年齢：26歳
職業：ハンター　2段
レベル：107（17up）
スキル：
格闘Lv.33　大剣術Lv.34　長剣術Lv.29　斧術Lv.30　短剣術Lv.23　投擲《とうてき》Lv.15
九大属性魔法（火Lv.34　水Lv.32　氷Lv.30　風Lv.40　地Lv.41　金Lv.38
雷Lv.30　光Lv.28　闇Lv.14）
時空間魔法Lv.34　生命魔法Lv.28　神聖魔法Lv.27　付与魔法Lv.23　算術Lv.6

超能力Lv.47　魔力操作Lv.42　魔力圧縮Lv.35　魔力回復Lv.35　魔力譲渡Lv.22
毒耐性Lv.13　眩惑耐性Lv.17　炎耐性Lv.15　風耐性Lv.4(new)　地耐性Lv.4(new)
水耐性Lv.3(new)　闇耐性Lv.13　衝撃耐性Lv.30　魅了耐性Lv.14
多言語理解　解析Lv.2　気配察知Lv.29　縮地Lv.32　暗視Lv.22　隠密Lv.26
俊足Lv.30　剛力Lv.33　剛体Lv.31　魔力視Lv.21　罠察知Lv.5　不動Lv.31
狙撃Lv.31　錬金Lv.33　並列処理Lv.41　瞬発力上昇Lv.31　持久力上昇Lv.37
○○○生成Lv.14
称号：
天賦《てんぷ》の才　異界の魂　ワイバーン殺し　ヒュドラ殺し　ガルム殺し　ドラゴンゾンビ殺し
悪神の眷属殺し　闇の騎士殺し　邪龍の子殺し(new)　レジェンダリーオーガ殺し(new)
キマイラ殺し(new)　サイクロプス殺し(new)　オリハルコンゴーレム殺し(new)
エルフ秘術の使い手　エルフの護《まも》り手(new)　錬金術師
オークスロウター　オーガスロウター　エクソシスト　ジェノサイド
ドラゴンスレイヤー(new)　アビスの飼い主　トリガーハッピー　エレメンタルマスター

正直もう数字がメチャクチャなので、このステータスを見る意味があるとも思えないのだが、一応見どころとしてはレベルが１００を超えたことだろうか。『厄災』の本体がどれだけ強いのかわからないので、99で上限でなかったのはありがたいはずだ。耐性が増えているのは色々なモンスターと戦ってようやくという感じである。

称号の『○○殺し』は鍛錬中に7等級モンスターを倒したもの。レジェンダリーオーガはオーガの最上位だが、『レジェンダリーオーガの大剣』という、『オーガエンペラーの大剣』の上位版をドロップしてくれたので武器を更新できた。

それにしても『ドラゴンスレイヤー』は、かなり男心を満足させてくれる称号だ。これが俺の二つ名になってくれるとカッコいいな……などとは決して考えていない。

しかし『解析』だけはずっとレベルが2のままで止まったままなのは不思議だ。これが上限なのか、それとも他に上がるための条件があるのか……まあ現状の情報で十分と言えば十分ではある。

そしてエルフの里から帰ってきて三週間目に入り、俺は新たな公爵の依頼に着手することになった。

「クスノキさん、今日からヨロシクねっ！」

「クスノキ様、よろしくお願いいたします」

「クスノキ卿、この度は大変お世話になります」

目の前にいるのはアルテロン教会の聖女、金髪碧眼《へきがん》の少女リナシャと黒髪ボブカットの魔人族少女ソリーン、そして竜人族で神官騎士のカレンナルの三人である。

その後ろには白を基調とした軽鎧を着た神官騎士十名が控えている。

場所はロンネスクの城門外。そう、今回の公爵の依頼は、教会の対アンデッド戦闘員の実地訓練である。公爵の依頼とは言ったが、実際のところ依頼主は新しく赴任した大司教様であり、公爵は俺に口利きをしたという体《てい》である。

「こちらこそよろしくお願いします。それでは全員、各自の個人装備を再度確認してください。現地で必要な物資は食糧等含めて私が運搬しますのでご安心を」

俺がそう言うと、神官騎士たちが確認を始める。

ソリーンとカレンナルも同様だが、リナシャだけ確認せずに俺に近寄ってくる。

「ねえクスノキさん、現地まではどうやって行くの？　馬車でって言われてるけど、結構遠い場所よね？」

「馬車に乗ったら後は俺がスキルで運ぶことになってる。乗り心地はまあ、普通に馬車に乗るよりはだいぶマシだよ」

ちなみにリナシャ、ソリーン、カレンナルに関しては何度か家に遊びに来ている関係で言葉遣いを変えた。変えたというかそうしてくれと頼まれた。

「ええ、そんなスキルってあるの？　クスノキさんってなんでもできるんだね」

「なんでもはできないけど、人よりはできることは多いかもね。ほら、装備の確認はしてくれよ」

ソリーンがリナシャを非難するような目で見ていたので、俺はリナシャに注意をして確認をさせた。真面目なソリーンはこういう適当さは許さないとか。

「ソリーンは確認終わったかい？」

一応ソリーンにも声をかけておく。中間管理職マニュアルによると、こういうこまめな声掛けが不公平感を消すらしい。ただやりすぎが逆効果になるのは言うまでもない。

「あ、はい。大丈夫です。ありがとうございます」

普段は無表情気味のソリーンが少しだけ嬉しそうな顔をする。うむ、やはりマニュアルは重要だな。カレンナルにも同じく声を掛けておく。

「師匠、馬車の用意ができました」

馬車の受け取りをしていたネイミリアがやってくる。

ちなみに用意されたのは頑丈そうな大型の箱型馬車三台だが、それを曳《ひ》いてきた馬は外されて街のほうに戻されている。つまり今あるのは馬のついていないただの車である。

「では各自馬車に乗ってください。乗ったら扉は閉め、到着まで開けないよう注意してください。馬車から落ちた場合命の保証はありません」

俺がそう言うと、神官騎士たちは首をかしげながら馬無し馬車に乗り込んだ。リナシャたち三人も同様である。

「では出発します。しばしのご辛抱を」

馬車の扉が閉まったのを確認して、俺は念動力で馬車を少しばかり浮かせる。

念動力は『抵抗する意志』があるものに対しては効きづらいのだが、こういう使い方をすれば大勢の人間を運べることに気付いたのだ。

ただまあ、これだけの質量を浮かせられるのはさすがにどうかと思わないでもない。今なら人間重機にもなれそうだ。

「じゃあネイミリア、行こうか」

「はいっ」

俺とネイミリアはいつもの通り走り出し、馬車三台がそれを追うように空中を滑り始めた。

■

訓練の場に選んだのは、ロンネスクから走って二時間ほどの場所にある古戦場跡。

三百年ほど前に行われた『穢《けが》れの君《きみ》』の軍勢との決戦が行われた場所で、未《いま》だ至る所から立ち上る瘴気《しょうき》が陽光を遮り、緑も生えぬ広大な平野である。

もちろんこのフィールドに出現するのはほとんどがアンデッドであり、一般人はもとより腕のいいハンターですら近づかない無人の地である。

俺はその古戦場跡の入口で馬車を地に下ろし乗客に降車を促した。下りてきたのは元気なネイミリアと、ぐったりした聖女主従三人と神官騎士たち。

前世で言えば新幹線より揺れのない快適な移動だったはずだが、時速百キロに近いスピードはさすがに応えたようである。なお自分の足で走って時速百キロはおかしいだろうという感覚はすでに俺にはないので悪しからず。

ちなみにさすがにネイミリアも途中で音を上げたので馬車に乗ってもらった。

「クスノキ殿……は、どのような……身体能力をお持ち……なのですか？」

強靭《きょうじん》な肉体を持つはずの竜人族のカレンナルが青い顔をして口を押さえている。

「レベルやスキルレベルがかなり高いのと、風魔法を併用してるからね。ここまでは無理にしても、今回の訓練で皆も多少は走れるようになってもらう予定だよ」

神官騎士の誰かが「ひ……っ」とか言ってるようだが、『厄災』が迫っている以上手加減は無用と公爵のお墨付きである。

「さて、小休止したら拠点の設営を始めます。体調を整えておいてください」

俺はそう言うと、インベントリからテントの設営資材や寝具などを次々と取り出し地面に並べる。

ネイミリアも手伝ってくれるが、すでにこれまでの訓練で何度も行っている作業なので慣れたものである。

「クスノキ様は『空間魔法』までお使いになるのですか？」

いち早く回復したのか、ソリーンが近づいてきて言った。

「ああ。遠征などには便利なんだよ。色々入れてあるから必要なものがあったら言ってくれ」

「はい、その時はお願いします。これが『空間魔法』……凄いですね。初めて見ました……」

ソリーンが珍しく目を輝かせてインベントリの黒い穴を見つめている。

「さて、それではテントの設営を始めましょう。設営終了後すぐに訓練に入りますので気を抜かないようにお願いします」

ぐったりしていた神官騎士であったが、さすがに選ばれた人間だけあってすぐに回復し、テントの設営を始めた。

鍛錬については、領軍や騎士団と同じように行った。

俺の『生命魔法』と『魔力譲渡』を使い、とにかく出現するアンデッドモンスターと休みなく戦わせる。

十名の神官戦士たちは男女半々であったが、女性は全員『神聖魔法』が使える人間であったので、『光属性魔法』を覚えさせ、俺が作った魔法『ホーリーレイソード』を身につけてもらった。

『ホーリーランス』に比べて消費魔力は多少上がるが、聖女でない神官騎士でも5等級の『リッチ』を一撃で撃破できる強力な魔法である。

近接戦闘メインの男性陣は『聖水』をふりかけた武器での攻撃がメインだが、彼らにも『光属性魔法』を覚えてもらい、付与魔法の手ほどきを行っておいた。まだ使えるものはいないが、光属性を付与した武器はアンデッドに特効があるため、身につけられればこれも強力な戦力となるに違いない。

なおソリーンは魔導師型なので魔法系の能力を伸ばし、カレンナルは近接型なので戦士系の能力を伸ばした。どちらも『光魔法』を覚えたので、戦闘力は見違えるほど上がった。

意外だったのはリナシャで、彼女の装備はメイスと盾という近接系のものであった。

直情径行な言動からはそう見えないが、リナシャも聖女としての才能はたしかで、付与魔法も難なく覚え、『神聖魔法』『光魔法』を付与したメイスはかなり危険な威力を発揮するようになった。

「クスノキ様、魔力をお願いします」

訓練中、ソリーンがやってきて俺に背中を向ける。彼女には普通の属性魔法も強化するように指導しているため魔力の消耗が激しい。

背中に手を当て魔力を注ぎ込む。

「あ……、ん……っ」

ソリーンの唇からなんとも言えない背徳的な吐息が漏れる。『魔力譲渡』はもう何百回と行っているが、こればかりはどうにも困る。特にキラキラ美少女が相手だと罪悪感が加速することこの上ない。

「はぁ……、ありがとうございました。では行ってまいります」

ソリーンが青白い頬を紅潮させ、潤んだ瞳を俺に向けてからモンスターに向かっていく。

『魔力譲渡』、これ本当に使いまくって大丈夫なんだろうか。まさか『精神支配』みたいな後遺症があるわけじゃないよな……とちょっと心配になる。

「……ああ、またか」

その時、俺はある『気配』を背中に感じた。

エルフの里から帰ってから時々感じるようになった『気配』。『気配』というより『視線』に近いものかもしれない。

レベルの高まった俺の『気配察知』ですらギリギリ感じ取れるかどうか……というレベルの『気配』である。おそらく俺を監視しているという感じなのだろうが、正直思い当たる先はいくつもあってなんともいえない。

害意がなさそうなところ、『隠密』のスキルレベルの高さから考えて『王門八極《おうもんはっきょく》』に近い手練れ……と考えると、王家の密偵という線が最も可能性が高そうだ。

そういえば、公爵も「王家が目をつけている」と言っていた。『千里眼』『魔力視』『気配察知』で見た限り魔力の質は普通の人間のもので、『厄災』関係者ではなさそうである。

「師匠、どうされました？」

俺が『千里眼』を解除すると、ネイミリアが不思議そうに尋ねてきた。

「いや、少し周囲の様子を確認していただけだよ。どうやら俺を監視している人間がいるらしい」

「えっ、それって……」

「普通にしててくれ。特に害はないようだから、しばらくは放っておこう」

周囲に目を走らせようとしたネイミリアを止めて、俺は言った。

「大丈夫なんですか？」

「多分王家の関係者だと思う。追い返してもどうせまた来るし、気付かない振りをしていたほうがいいと思う」

「そういうものなんですか。わかりました、師匠がそう言うなら従います」

「そうしてくれ。さて、そろそろ今日は終わりにしようか。どうやらボスが出てきたようだし」

見ると、リナシャたち三人や神官騎士たちの前に、巨大なトカゲ型ゾンビ数体が現れていた。

解析すると、『アースドラゴンゾンビ』という6等級のアンデッドのようだ。

彼らが神聖魔法と近接攻撃でそれらを容易く撃破するのを見て、この実地訓練も上手くいきそうだと俺はホッと胸を撫でおろした。

■

その夜、『気配察知』に大きな反応を感じ、俺はテントの中で飛び起きた。

ネイミリアも異変を感じたのか寝袋から身体を出す。

他の三人、聖女二人とカレンナルはまだ寝ている。なぜこのキラキラ娘たちと同じテントで寝ているのかは……単に押し切られただけで俺の意志でないことは言っておきたい。

それはさておき……

「師匠、これって狩場の奥のほうでなにかが起きてるんですよね。異常発生でしょうか」

「そんな感じだな。ただ妙なことに、モンスターの気配がどうも一か所に集まっているみたいなんだよね」

俺はネイミリアと共に外に出て、『千里眼』を発動。『魔力視』で闇の中を探ってみる。

たしかに昼よりはるかに多くのモンスターが湧き出していて、それが古戦場の奥のほうに集まっている。

不思議なのは、集まっていくモンスターの気配がある一点の場所で次々と消えてしまうことだ。

誰かがそこにいてモンスターを次々と倒しているのだろうか。

「クスノキ教官、どうしましたか？」

夜番の神官騎士が俺に気付いて寄ってきた。

「少し狩場の奥で異常が発生しているようです。様子を見てくるので、全員を起こしてなにかあったら対応できるようにしておいてください」

「異常ですか？　わかりました。お気を付けて」

神官騎士が去ると、テントから聖女二人とカレンナルも出てきた。

「どうしたの、クスノキさん？」

「どうも奥の方で異常が起きているみたいだ。俺が見てくるから、戦える準備をしてここで警戒をしていてくれ」

リナシャに答えると、ソリーンが少し慌てたように身を寄せてきた。

「私も参ります。もし前のように『穢《けが》れの君《きみ》』が出たのなら、聖女の力が必要になるはずです」

「そうね。クスノキさんがいくら強くても、アレだけは聖女の力で封じないとダメだから。私もいくからねっ！」

「いやまあ、たしかにそうだけど……」

夜の狩場に聖女を連れて行くなんて聞いたら新任の大司教様が卒倒しそうだが……しかし二人の言うことももっともではある。

「もちろん私もお供いたします」

カレンナル嬢もグッと身を乗り出す。聖女が行くなら彼女が同行しないということはあり得ない。

「わかった、じゃあすぐに準備してくれ。ネイミリアもね」

「はいっ」

妙に嬉しそうにテントに入って行く四人を見ながら、俺は久しぶりに『イベント』が始まったのだろうと感じていた。

順番から行くと、多分『穢《けが》れの君《きみ》』ではなく『奈落の獣』か『魔王』の関係者だろう。

正直『奈落の獣』はウチの黒猫アビスが関係者っぽいから、『魔王』でほぼ確定だなと思いつつ、俺もテントに戻って準備をするのだった。


夜の古戦場跡は、昼のそれに比べて一段と雰囲気のある空間だった。

前世なら幽霊やらお化けやら、実在の怪しい存在を勝手に恐れておののいていたかもしれない。

しかしこの世界では、幽霊もお化けも『モンスター』という形で存在し、しかもそれを駆逐する力を俺たちは持っている。モンスターと戦うことへの心構えは必要だが、無用な恐怖がないのは非常にありがたいものである。

本来なら避け得ない『闇』という状況すらも俺の『光属性魔法』によって完全に解決され、頭上高くに浮かぶ強烈な光源は周囲を昼間のように照らし出していた。

その光を恐れるどころか目の敵《かたき》にするようにアンデッドモンスターが襲い掛かってくる。

しかしパワーアップした聖女二人を含む俺たち五人パーティの敵ではなく、5等級の『リッチ』や『ジャイアントグール』、6等級の『エルダーリッチ』や剣の達人風の骸骨『スケルトンアデプト』ですらもほとんど接敵と同時に消滅するばかりである。

「昼間よりも敵が強力になっていますね」

「そうねっ、夜の狩場は危険だっていうけど、これはちょっと強くなりすぎな気がするっ」

『ホーリーレイソード』で『リッチ』を薙ぎ払いながら聖女ソリーンが言うと、メイスで全身鎧の『スケルトンナイト』を粉砕しながらリナシャが答える。

「今までの私たちだったら対応できなかったかもしれません。クスノキ様には感謝しなければ」

「この『光属性魔法』が強すぎよね。『神聖魔法』と合わせると威力が桁違いに上がるもの」

「『光属性魔法』だけ付与してもまるで違います。聖水を必要とせず、威力も上です」

二人が戦う横では、ソリーンを守るようにカレンナルが刀身輝く刀で『ジャイアントグール』を両断している。彼女は光属性の付与魔法を早くに習得していた。さすがに聖女の護衛に選ばれるだけあり全体的な能力が高い。

というかこの三人の成長速度は他の神官騎士とは比較にならないほど早いのだ。ネイミリアもそうだが、これがキラキラキャラの特性なのかもしれない。

そんな獅子奮迅の戦いをしている三人の後ろで、俺とネイミリアは後方からの援護に徹していた。遠距離で魔法を放とうとしている『リッチ』などを優先的に狙撃する。もちろん『魔力譲渡』によるバックアップも欠かさない。

「そろそろ問題の地点に近づいてる。注意してくれ」

例のモンスターが集まって消滅する地点であるが、そこに近づくにつれモンスターが妙な動きをすることが多くなった。

俺たちの存在を無視し、狩場の奥にひたすら移動していくモンスターがいるのだ。それも問題の地点に近づくに従って、その数が増えていく。

そして進むこと数分、問題の地点にいたのは——

「チッ……、魔素の集まりが悪くなったと思えば邪魔する奴らがいたんだ。ウザそうな奴ら……、でもこれを見られたら、そのまま帰すわけにもいかないんだよね……」

やたらとダルそうな話し方をする、しかし見た目は明らかに「アタシは魔王様の部下だし……」といった感じの女悪魔だった。


女悪魔といったが、そう判断したのは、頭には捻じれた角が、背中には蝙蝠《こうもり》のような羽が生えていたからだ。おそらく後ろに回れば尻尾もありそうである。

褐色の肌に、左右で縛られた濃い紫の髪、釣り気味の目には縦長の瞳孔を持つ赤銅色《しゃくどういろ》の瞳が輝いている。顔立ち自体は非常に整っているが、どちらかというと人ならざる者という感が強い。

豊満なボディを黒いボンデージファッション風の防具で押さえつけているその出で立ちは、いかにも『悪の女幹部』みたいなイメージである。

だがしかし俺にとって問題となるのはそこではなかった。俺を困惑させるのは彼女のまとうオーラ。「アタシ今は敵だけど、実は仲間になるかもね……」と強く主張するキラキラオーラであった。

名前：バルバネラ
種族：凍土の民　女
年齢：19歳
職業：召喚師
レベル：72
スキル：
格闘Lv.12　鞭術《むち》Lv.14　投擲《とうてき》Lv.6
四大属性魔法（火Lv.21　水Lv.21　風Lv.23　地Lv.21）
付与魔法Lv.8　算術Lv.4　魔力操作Lv.18　魔力回復Lv.19
状態異常耐性Lv.6　魔法耐性Lv.7　魔素収集Lv.23　召喚Lv.27
気配察知Lv.10　縮地Lv.5　暗視Lv.14　隠密Lv.12　俊足Lv.8
剛力Lv.13　剛体Lv.12　不動Lv.8　瞬発力上昇Lv.6　持久力上昇Lv.5
称号：
魔王軍　四天王

キラキラオーラ持ちとはいえ今はどう見ても味方とは思えないので、遠慮なくステータスを見てしまった。

予想通り『魔王』の関係者なのには笑うしかないが、ステータス自体はなかなかに笑えないレベルである。職業が『召喚師』であり、『魔素収集』『召喚』というスキルがあるので、『魔素』とやらを集めてモンスターかなにかを召喚するという、そんなキャラクター……人物なのだろう。

事実、今彼女の頭上の空間には怪しげな黒い穴が開いており、そこに黒い霧が吸い込まれていっている。

そしてその黒い霧の元はなにかというと、それはこの場に集まってきているモンスターたちだった。集まってきたアンデッドモンスターがバルバネラの近くまで来ると、形を失い黒い霧に変わっていくのだ。とすれば、『魔素』があの黒い霧を指しているのは間違いないだろう。

「師匠、あの人は一体何者なんでしょうか。かなり強い感じがします……」

ネイミリアが杖を構えながら言う。『魔王軍四天王』の強者感を感じ取ったのか、緊張の色が濃い。

「どうも『魔王』の配下らしい。ステータス的には俺以外だとちょっと相手をするのは大変かもしれない」

「『魔王』の配下には『四天王』と呼ばれる強者がいるという伝承があります。その一人でしょうか？」

ささやくように言うのはカレンナル。やはり刀を油断なく構えている。

しかしなるほど、『四天王』という存在も有名なのか。バルバネラのステータスを見る限り、彼女は見た目に反して『凍土の民』という普通の人間のようだ。とすれば『魔王』が復活するたびに『四天王』が新たに任命される、そんな感じなのかもしれない。

「クスノキさん、どうするの？」

「俺が話をしてみよう」

やはり盾とメイスを構えるリナシャに答え、俺は一歩前に出た。

「我々はロンネスクの者だ。この地へはモンスターの討伐に来ている。この場に異変があって調査に来たところ貴方がいた。貴方が何者なのか、お答え願えるだろうか」

「……うっさい、消えろ」

バルバネラがしなやかな動きで右手をこちらに向ける。

放たれた魔法は極太の『ファイアランス』五本。それぞれが俺たち一人一人を正確に狙っているあたり、魔法の腕はスキルレベル通り非常に高いようだ。

俺がそれを『ウォーターレイ』ですべて相殺すると、バルバネラが片眉を歪めた。

「もう一度言う。我々は無用の争いを好まない。貴方は何者なのかお答え願いたい」

「……ウザ。さっさと消えろ」

バルバネラが『スパイラルアローレイン』を発動。無数の螺旋を描く炎の矢が高速で飛翔《ひしょう》する。

俺は同じく『ウォーターレイ』を『並列処理』で同時発動。すべての矢を迎撃する。

「チッ……」と舌打ちするバルバネラの唇から鋭い牙がのぞいた。

「……アンタ、ふざけてるね。余裕を見せてるワケ？　この魔王軍四天王バルバネラを相手にその態度……」

　はい自己紹介いただきました。

「やはり魔王軍四天王……!?」

　ソリーンが漏らした言葉を聞いて、バルバネラはハッと気付いたような顔をした。

「……つい喋《しゃべ》っちまったか。まあいい、もとから逃がすつもりはないし。悪いけどね……」

　バルバネラの頭上にある穴が徐々に広がり始めた。

「魔法はそっちも得意みたいだから、こっちも得意な技でいかせてもらう……」

　なるほど、『召喚師』らしく強力なモンスターを召喚するつもりらしい。

　阻止するか……と一瞬考えたが、どう見ても『強制イベント』なので無駄なことはせず見守ることにした。

　直径十メートルほどまで広がった穴から、ヌルリと巨大な三つの犬の首が現れた。そいつは周囲に睨みをきかすと、一気に穴の中から飛び出てくる。全高だけで五メートルはあろうかという、三つ首の地獄の番犬。

ケルベロス（成体）
スキル：
剛力　剛体　ブレス（炎）　気配察知

瞬発力上昇　隠密　咆哮　再生　回復
ドロップアイテム：
魔結晶8等級　ケルベロスの牙　ケルベロスの首輪　ケルベロスの毛皮

「ケルベロス……!?」

カレンナルのかすれた声をリナシャが耳聡く拾う。

「知ってるの、カレンナル？」

「はい……。私の故郷を壊滅寸前まで追い込んだモンスターと聞いています。三つ首の巨大な犬……間違いないでしょう」

その言葉を聞いて、バルバネラがクスリと笑った。

「……ふふん、やっぱ知ってるか。ま、有名なモンスターだからね。ち・な・み・に、一匹だけじゃないから」

その言葉に呼応するように、穴から更に二匹のケルベロスが飛び出し、地響きとともに着地した。

三匹で九つになる猛犬の頭は、低い唸《うな》り声をあげてこちらを威嚇する。

「ここは濃い魔素が大量にあるからね……。召喚を試すにはちょうどいい場所なんだよ……」

バルバネラの頭上の黒い穴が急速にしぼみ、ふさがっていく。とりあえずこれ以上は出てこないようだ。

しかしケルベロスか……昔やったゲームだと仲間になったりもしたのだが、感情の無い目を見る限り目の前の奴は無理そうだ。

「クスノキ様、さすがにアンデッドではないとなると、私たちでは……」

ソリーンが震える声で言う。俺は平静に見えるよう装って……実際慌ててはいなかったが……「大丈夫」と言っておく。

さて、ケルベロスと戦うのはいいのだが、バルバネラには確認をしておくことがある。

「済まない、一つ確認なんだが、このモンスターは君の大切なパートナーとかなのか？倒してしまってから「実は彼女の大切な仲間でした」とかいって、不可逆な対立フラグが立つと困るからな。もっともバルバネラにとっては意味不明の質問だったはずで、やはり彼女は眉をひそめて怪訝そうな顔をした。

「……ヘンなことを聞くね。これは召喚……呼びだして使役してるだけ。別にアタシとはなんの関係もない……」

「わかった、ありがとう」

「……ホントにヘンな奴。まあいいや、さっさと消えて」

どこから取り出したのか、バルバネラが鞭を一打ちすると、三匹のケルベロスは一斉に地を蹴った。

俺は同時に縮地で接近、三体に次々と蹴りを食らわせて吹き飛ばす。

体勢を立て直したケルベロスの敵意はすべて俺を向いている。これでネイミリアたちの方に攻撃をすることはないだろう。

三体のケルベロスは、俺を囲むようにして回り始めると、三つの頭部の口から次々と火の玉を吐き出してくる。俺はそれを『並列処理』の『ウォーターレイ』で相殺しつつ、一体の正面に『縮地』で移動、大剣で三つの頭を瞬時に斬り落とす。

「……一瞬でっ!?　油断するんじゃないよ……！」

バルバネラの声に緊張がこもる。ようやくこちらの力に気付いたようだ。

俺のほうも今の戦いでケルベロスの力はわかった。これ以上時間をかけても意味はない。むしろバルバネラの戦意をくじくためにも圧倒的な力の差を見せることが必要だろう。

俺は二体並んだケルベロスに向けて、左手を突き出した。

「『ヘルズサイクロン』」

『ヘルズサイクロン』は災害級の大規模『風属性魔法』である。

そのまま放てば俺たちを巻き込んで周囲一体を更地にするのだが、それを念動力で収束、範囲を狭めてやれば――

ギャンッ！

きれいな円筒形を形作る、まさに昇り龍のごとき旋風に為《な》すすべなく巻き上げられ、憐《あわ》れ二体のケルベロスは悲鳴と共に全身を細切れにされながら消滅した。

ドロップアイテムが空からぼとぼとと落ちてくるのを固まりながら見つめる聖女二人と神官騎士。

「これは『風龍獄旋風《ふうりゅうごくせんぷう》』！　さすが師匠です！」

こんな時でもお約束を忘れないネイミリアに感心しつつ、俺はバルバネラに向き直った。

「は!?　え!?　なに!?　なにが起こった……の!?　ケルベロスがこんなあっさり……!?　三匹いたのに……!?」

これ以上ないほどにうろたえているダウナー系女悪魔。

8等級のモンスター三匹といえば下手すると城塞都市をまるごと落とせるレベルの戦力だし、こうなるのは仕方ない。というか、そんな戦力を召喚できる彼女は、本来ならかなり有能な人物のはずである。

バルバネラの今にも四天王キャラが崩壊しそうな姿を見て、俺は結構な罪悪感を覚えてしまった。ホントに悪いね、インチキ野郎で。

放心状態にある彼女に近づき、レジェンダリーオーガの大剣を首に当てる。

「さて、済みませんが少し話をお聞かせ願います」

「……ひ……っ！」

バルバネラはその場にへたり込み、恐怖に引きつった顔で俺を見上げた。

■

サヴォイア女王国より遥か北に、永久凍土と呼ばれる氷に閉ざされた土地がある。

その土地には数百年に一度『魔王城』が現れ、その城の玉座にて『魔王』が誕生するという。

永久凍土には、古に『魔王』に帰順した民『凍土の民』が住まう国があり、その国民は『魔王』誕生の際には『魔王』の兵となることが定められている。

そして『魔王』の兵の中でも力ある者が『四天王』に選ばれ、『魔王』から特別な力を与えられる。

そして今代の『魔王』誕生からすでにひと月ほど経とうとしている――


バルバネラはおおよそそんな情報を話してくれた。

「それで、貴方はどうして遠くからこんなところまで来たのですか？」

俺は正座をしている女悪魔になるべく優しく話しかけた。そうしないとならないほどバルバネラは縮こまっているのだ。

「……アタシの能力はモンスターの召喚。召喚するには魔素がいる。その魔素は北では集まらないんだ。だからここに来た。魔素さえあれば、アタシはいくらでも強くなれるから……」

「どうやってこんな遠くまで？」

「この羽は飾りじゃないんだよ……。魔王様のお力で、アタシは遠くまで飛べるんだ……」

「なるほど……」

しかし新しい情報が一度に入ってくるのも困りものである。『凍土の民』のことは本にも書いてなかったし、あのアシネー支部長ですら話してはくれなかった。いや、もしかしたら故意に伏せられている情報なのかもしれないな。

「ところで貴方は『凍土の民』とのことですが、その『凍土の民』とはどのような方たちなのです

か？」

「……さあね。一応教えられてるのは、遠い昔に迫害されて北に逃れたってことだけ。南の連中に恨みがあるから、魔王様が誕生したら共に戦って恨みを晴らせってことらしいよ」

そう言ったバルバネラは少し投げやりな感じに見えた。先ほどの四天王としての自信に満ちていた態度とはちぐはぐなところを感じる。

もしかしたらそのちぐはぐさが、彼女がキラキラオーラをまとっていること……つまり彼女が改心する可能性があること……と関係しているのかもしれない。

「……もしかして『凍土の民』は、全員が魔王に従うことをよしとしていないのではないですか？遥か古《いにしえ》の恨みに縛られるのを、全員が納得しているわけではないのでは――」

俺はそこまで言いかけて、空を見上げた。

何者かが空から接近してくる。俺の『気配察知』でようやく感じられるほど『隠密』に長《た》けた高レベル者。おそらく四天王の二人目といったところだろう。

「空から新手だ。警戒してくれ」

俺が言うと、ネイミリア以下が空を見上げて構える。

そいつは見えるところまで近づいてくると、滞空したままこちらを見下ろし、そしていきなり魔法を放ってきた。

空中からは螺旋の炎槍が多数迫り、同時に地上一帯に高熱が膨れ上がる。

おそらく『スパイラルアローレイン』と、火柱を発生させる『エターナルフレイム』との並列発動。

『並列処理』スキル持ちの魔導師型四天王といったところか。

俺は氷魔法『フローズンワールド』で発生する高熱を相殺、炎の槍は『ウォーターレイ』で迎撃する。

「……っ！」

その隙にバルバネラが飛び上がり、あっという間に新手の四天王の所まで飛んで行った。

そのまま二人して飛び去るかと思われたのだが……

「おいぃ、バルバネラよぉ、随分と情けねえじゃねえか、人族に捕まっちまうなんてよぉ」

新手の四天王は男悪魔だった。遠めにはっきりとわかるギラギラオーラ持ちの、街のチンピラみたいな見た目の男だ。

「……うるさいよ。かなりの手練れなんだ、『勇者』かもしれないよ……」

「ぷぷぷっ、自分が負けたからってなんでも『勇者』扱いはいただけねえなぁ」

「アンタの魔法だって簡単に消されたじゃないか……」

「おめ、ふざけんなよぉ？　あれが全力のハズねえだろうが。ったく『腰抜け』の連中はこれだからよぉ」

「ここは引きなよ。魔王様だってまだ待機を命じてるんだ……」

「てめえだって戦って負けたんだろうが。帰って長老にしばいてもらうんだなぁ。ああ、てめえより妹をしばいたほうが効くんか、なぁ？」

「……くっ、勝手なこと言うな。アタシは行くよ」

「ああ行っちまいな。オレはこいつらを片付けっからよぉ。なんだ、可愛い娘っ子がいるじゃねえか。こりゃちょっとお楽しみもありかぁ。どうせみんな殺しちまうんだしなぁ」

「……ゲスが。好きにしな」

そんなやりとりをして、バルバネラは俺のほうをちらりと見てから飛び去っていった。

まあなんだ、いろいろヒントがある会話をしてもらうのはありがたい。

「さあて、じゃあそこのクソ男から殺《や》っちまうかぁ。ちぃと魔法に自信があるみたいだが、上には上がいることを知っておいたほうがいいぜぇ？」

なんかホントに完全なチンピラなんだよな。これで本当に四天王なんだろうか。

少し近寄ってきたので、解析の射程に入ったようだ。

名前：ゲイズロウ
種族：凍土の民《たみ》　男
年齢：23歳
職業：魔導師
レベル：76
スキル：

格闘Lv.11　杖術《じょうじゅつ》Lv.14　投擲《とうてき》Lv.7
四大属性魔法（火Lv.33　水Lv.21　風Lv.21　地Lv.23）
算術Lv.2　魔力操作Lv.27　魔力回復Lv.28
状態異常耐性Lv.3　魔法耐性Lv.13　並列処理Lv.4　四属性同時発動Lv.5
気配察知Lv.8　暗視Lv.8　隠密Lv.15　俊足Lv.2
剛力Lv.7　剛体Lv.8　不動Lv.2　瞬発力上昇Lv.4　持久力上昇Lv.2
称号：
魔王軍　四天王

なるほど魔法特化型のステータスだ。

と言っても、『並列処理』と『四属性同時発動』が気になる他はそれほどでもないような……。だめだ、俺基準になっているな。一般的には十分以上に脅威となる存在だろう。特に炎属性のレベル30超えはかなり恐ろしいはずだ。

「皆離れてくれ。彼は俺一人で対応したほうが良さそうだ」

「はい師匠」「負けないでねっ」「はい、お気を付けて」「わかりました、お任せします」

四人が下がると、チンピラ風四天王……ゲイズロウはニヤニヤと笑いながら舌なめずりをした。

こういうリアクションをする人物を実際にいるとは驚きであるが、しかし彼の眼には看過できない濁った光が宿っていた。

「そっちの四人は後で可愛がってやっから大人しく待っててなぁ」

「自分はロンネスクのハンターのクスノキだ。貴方も魔王軍四天王ということでよろしいか？」

俺が小悪党的セリフを無視して話しかけると、気分を害したように牙を剝《む》き出した。

「てめえにゃ用はねえんだよなぁ。燃え尽きて灰になっちまいなぁ」

ゲイズロウは空中から、先ほどとは比較にならないほどの速度で炎魔法を連射し始める。

躊躇《ちゅうちょ》なくこちらを殺しにくるその攻撃魔法は、なるほどたしかに四天王を名乗るにふさわしい質と量を誇っていた。

誇ってはいたのだが……

「……っ!?　んだてめぇはよぉっ！」

ゲイズロウが目を見開く。自慢の炎魔法すべてが苦もなく相殺されればさすがにうろたえるのも仕方ないだろう。

「クソがぁ！　だがオレの力はこんなもんじゃねえぞっ！」

俺の周囲を二十本ほどの炎の柱が囲み、さらに空中から無数の炎の矢が降ってくる。同時に足元から吹き上がってくるのは炎の槍。動きを制限しての多方面からの飽和攻撃、四天王にふさわしい恐ろしいほどの魔力量である。

だが俺の魔力量は、それを圧倒的に上回る。

全方位に放たれる『ウォーターレイ』と、炎すら凍らせるほどの範囲凍結魔法『フローズンワールド』が、ゲイズロウの炎魔法をすべて粉砕する。

「ありえねぇッ！　テメエふざけんなァッ！」

ゲイズロウが左手を横に向けた。そちらにいるのはネイミリアたち。なるほど言動に違わぬゲスな男のようだ。

「おらァッ！　守ってみろよぉッ！」

ゲイズロウが魔法を発動する、その一瞬前。

「なぁ!?」

俺はゲイズロウの目の前にいた。『瞬間移動』、そして右拳。

顔面を打ちぬかれたゲイズロウは一直線に地面に飛んで行き、グシャッという感じで大地に叩きつけられた。

「悪いね、さすがにそれは見逃せない」

俺が近くに着地すると、それでもゲイズロウはゆらりという感じで立ち上がった。

「……なんだァ、てめェは……？　マジで『勇者』……なのかよぉ……？」

その瞳には依然として昏《くら》い炎が灯《とも》っている。いや、むしろ先ほどより強い感情がこもっているようにも見える。戦う力もまだ残っているだろう。

しかしここにきても、俺はこのゲイズロウをどうするかまだ迷いがあった。

普通に考えたら倒してしまったほうがいいはずだ。だが、死の近いこの世界に来ても、俺はまだ人を殺《あや》めたことはないのである。

無論、ここでゲイズロウを逃がしたら、それ以上の命が失われるであろうことは想像に難くない。バルバネラと違い、ゲイズロウの目にはもうどうにもならない獣のような凶暴性が宿っている。ここで倒さねばならない相手なのは間違いない。さすがに魔王軍四天王が相手であれば殺人罪に問われることはないであろうし、結局は自分のエゴの問題である。

ただまあ、平和な日本に長く生きてきて、それなりの倫理観を備えている以上、殺人への禁忌感はいかんともしようがなかった。

「……ふざけんなぁ、ホントに『勇者』だってのなら、オレの手柄にしてやらァ……ッ！」

ゲイズロウは再び飛び上がると、両手を頭上に掲げた。その両の手の間に、四つの異なる色の光が現れ、それが混じり合って一つの極彩色の光球を形作る。その光球には、今にも暴走しそうな魔力が幾重にもうねっている。

『四属性同時発動』による強力な破壊魔法――おそらくそんなところだろう。

「オレの最高奥義を食らいなぁっ！　『カオススフィア』あああぁぁぁっ!!」

ゲイズロウが両手を前に突き出す。光球が、強烈な輝きを放ち唸りを上げる。

「なるほど、ああやるのか」

俺は九属性を同時発動。それを超能力で無理矢理凝縮、融合させる。

そこにはなにもかもを呑み込む虚無の空間、光学処理で可視化されたブラックホールのようななにかがあった。

脳内で電子音、『九属性同時発動』スキルを得たに違いない。

「死ぃぃぃねぇぇぇやあぁぁっ!!!」

ゲイズロウが極彩色の光球……『カオススフィア』を放った。

同時に俺も、手元にある『虚無の球』を射出。

空中で両方の球が接触し、爆発が起こるかと思われたが……

「はぁ!?」

『虚無の球』は極彩色の光球を一瞬で吸い込み、そのままの速度で呆《ほう》けているゲイズロウに命中、
ゲイズロウの身体をも一瞬で吸い込んだ。

そしてそのまま虚空に消えていき、はるか上空で、まるで第二の太陽の如き輝きを放ちながら爆発、消滅した。

「ああ、ついにやってしまったか……」

まあ、さっきの魔法を放った時点でこうなることは薄々わかってはいたが……さすがに絶対的な禁忌を犯したことへの胸糞《むなくそ》の悪さはどうにもならない。

とはいえ、俺も覚悟がなかったわけでもない。歳《とし》を取ると心もそれなりに鈍磨する。これもじきに慣れてしまうのだろう。

「さすが師匠で……す？　師匠、どうしましたか!?　もしかして魔力の使い過ぎでは!?」

「クスノキさん大丈夫!?」

嬉しそうに駆け寄ってきたネイミリアが、俺の様子を見て慌てたように見上げてきた。

「クスノキ様、どこか怪我《けが》でもされたのですか!?」

リナシャとソリーンも駆け寄ってきて身体を支えてくれる。多分顔色もそれなりに悪くはなっていたのだろう。

「ああ、違うよ。俺は大丈夫。ちょっと思う所があってね。心配してくれてありがとう。とりあえずこれで事態は解決したみたいだし、テントに戻ろうか」

「帰りは私たちがお守りしますので、無理をなさらず」

カレンナルの言葉に礼を言って、俺はもう一度空を見上げた。

あの先を飛んでいるはずのバルバネラ。

「……もしかして『凍土の民』は、全員が魔王に従うことをよしとしていないのではないですか？　遥か古の恨みに縛られるのを、全員が納得しているわけではないのでは――」

俺のこの問いに、彼女は飛び上がり際に答えていたのだ。

「その通りだよ」

と。

間章

INTERLUDE

――首都ラングラン・サヴォイア
ハンター協会本部　本部長執務室
とある男女の会話

——首都ラングラン・サヴォイア　ハンター協会本部　本部長執務室
とある男女の会話

「ロンネスクから3段位審査の願いが出された？　どれ、見せてみろ」

「こちらになります」

「ふぅむ、人族男、二十六歳。昇段理由は7等級、8等級の単独討伐。得意分野は剣術、魔法。人格、知性ともに問題なし、か。クスノキなど聞いたこともないが……こんな奴がいきなり出てくるか？」

「ケンドリクス支部長、そしてコーネリアス公爵閣下の署名付きです。ロンネスクから流れてきたハンターに聞いたところ、登録から三〜四か月で2段まで上がった男だそうです。目の前で7等級を魔法の一撃で仕留めたのを見たとか」

「おう、裏を取るのが早いな。どうにも信じられんが……」

「それを確かめるための審査では？」

「たしかにな。しかし3段位審査など久しぶりすぎてな。誰に審査させるか、まずはそこからだな」

「私以外に適任がいるのですか？」

「ああ？　まあそうなんだがな。だがいいのか、副本部長の仕事と同時はいくらお前でもキツいだろうが」

「いいえ別に。それにその男は私自身で試したいところもあるので」

「ほう？　３段位の先輩としてってのはわからんでもないが……」

「いえ、そうではありません。ロンネスクのハンターによると、クスノキには別名があるそうです」

「なんと呼ばれてんだ？」

「『美女落とし』。ロンネスクで有名な美女を全員落とした上に、教会の聖女にまで手を出しているとか」

「ぶはっ、そりゃ面白え。お前が気になるはずだな」

「その中にはケンドリクス支部長も含まれているそうですよ」

「はぁ!?　『魔氷』アシネーが落とされたっていうのかよ!?　そりゃなんつうか……本当なら色々ヤバいな。俺も興味が湧いてきたぜ」

「私が担当しますので、本部長は手をお出しにならぬよう」

「ちぇっ、そういうことは早く言えよな。まあいいや、ここんとこ『厄災』がらみでロクな話がなかったからな。そいつが本当に３段に相当するならそれはそれでありがてえし、久しぶりに楽しみができたってことにしとくか」

第11.5章

CHAPTER XI.V

アシネー支部長の依頼

「ケイイチロウさん、アシネー支部長が明日支部長室に顔を出してほしいとのことです」

魔王軍四天王を退けた三日後。

家で黒猫アビスと戯れていると、ハンター協会から帰ってきたサーシリア嬢がそんな業務連絡を伝えてきた。

「支部長が？　了解、明日は騎士団との訓練の日だからそれが終わった後に行くよ」

「そう伝えておきますね。あ、それとできればケイイチロウさん一人で、ということだそうです」

そう言った時の美人受付嬢の顔には少し探るようなところがある。が、俺としてはなんの心当たりもないので反応のしようもない。

「それなら一人で行くよ。まあ業務連絡は俺だけで聞くことも多いしね。ネイミリアはそういうの苦手みたいだし」

エルフの魔法少女ネイミリアは今自室で魔法の勉強中である。

彼女は魔法についてはこの上なく才能がある娘さんなのだが、大人のやりとりになると圧倒的ポンコツ感を披露するのだ。ひだのあるやり取りが好きなアシネー支部長との会話は聞いていても多分半分も理解できないだろうから、その場にいても苦痛だろう。

「それでもケイイチロウさんには必要な子ですよ。ケイイチロウさんが苦手なところをしっかり補ってくれてるみたいですから」

「う〜ん、まあたしかにそう……かな？」

「そうですよ。エルフの里でだって、ネイミリアちゃんがいなかったら多分大変なことになっていましたよ。そこは自覚してくださいね」

「ああ……やっぱりそうなんだ。わかったよ、ネイミリアは大切にする」

先日エルフの里に行った時、たしかにエルフの人たち、特に女性陣は俺に対して常になにか肚《はら》にいちもつをかかえたまま接していたような気はしていた。

おそらく俺がエルフの習俗的タブーに触れるような言動をしてしまっていたのだろう考えていたのだが、やはりそれをネイミリアが陰でフォローしてくれていたということか。なんとも師匠としては頭の上がらないことである。

「本当にわかってるんですか……っていうか絶対わかってないと思いますけどそれはいいです。とにかく支部長にも気を付けてくださいね」

サーシリア嬢は少しだけ唇を尖らせてそう言うと、自室に着替えに向かった。

「支部長にも気を付けて……かあ」

俺はアビスを両手で持ち上げながらひとりごちる。

たしかに超絶美人吸血鬼であるアシネー支部長もまた、俺にはいろいろと含むところがある素振りは見せている。もちろん異常な力を持っているハンター、すなわち俺を注視するのは協会の支部長としては当然のことだ。

ただそれとは別に、常時俺をからかってくるのはなあ……。毎度胃にダメージが入るから、それだけはやめてもらいたいのだが。

翌日騎士団との訓練を終えて、俺はハンター協会の支部長室を訪れていた。もはや俺が支部長室に行くのは当たり前のようになっていて、協会の職員も俺にはなんの注意も払わない。いや、なんか含み笑いみたいのをしている女子職員はいるけど。

「ようこそケイイチロウ様。いらっしゃっていただいて嬉しいですわ」

支部長室では超絶美女吸血鬼が艶然と微笑みながら俺を迎えてくれた。輝く銀髪と真紅の瞳、胸元と太ももの横が大胆にひらいたスーツ姿も目のやり場に困るアシネー支部長である。

「お呼びということでうかがいました。なにかご依頼でしょうか？」

「そんなに急がないでくださいな。こちらでゆっくりとお話をいたしますわ」

促されていつもの応接セットに腰を下ろすが、支部長が俺の横にぴったりとくっついて座るまでがお約束である。からかわれているのはわかるので今さら驚くことはないが、しかしここまでされると別の意味もあるのではと勘繰りたくもなる。

「今日も騎士団の訓練の手伝いをされていたそうですわね。アメリア団長とも立ち会ったりいたしますの？」

「ええそうですね。騎士団の方々と一通り戦った後での、団長と一対一での立ち合いまでが訓練ですので」

「その割にはあまり疲れた様子もなさそうなのが、さすがケイイチロウ様というところかしら。団長が相手でも余裕がございますのね」

「余裕ということはありませんが、お互いどこまで力を出すかは決まっている感じですからね。全力で戦っているわけではありません」

「ふふっ、ケイイチロウ様だけがそう思っているような気がいたしますけど。わたくしも一度ケイイチロウ様と本気の立ち合いをしたいものですわ」

そんなお世辞を言いながら、俺の胸に指を這《は》わせる銀髪美女。さっそく胃の筋肉が痙攣《けいれん》を始めてくる。

「ところでそろそろ仕事のお話も……」

「あら、そうでしたわね。ここは仕事場ですから、ケイイチロウ様との触れ合いはここまでにいたしましょう」

と言いつつ身体をさらに密着させてくるのはなぜなのか。

それはともかく、支部長は一枚の書類をどこからとなく取り出して俺に見せた。

「ここロンネスクの南にカントレアという都市があるのですが、実はそちらのハンター協会の支部長から少し相談を受けているのです」

「カントレア……聞いたことがありますね」

俺がここロンネスクに入る時に少しだけ話をした商人がいたのだが、彼が『カントレア』という都市名を口にしていたのだ。あれから本当に色々なことがあったものだと今更ながらに驚く。

「ええ。交易の要衝にあってなかなかに栄えている都市ですわ。もちろんそちらにも多数のハンターがいて活動をしているのですが、どうも一部のハンターが怪しい動きをしているということなのです」

「もしかしてそれを調べてほしいという依頼ですか？」

「そうなりますわ。支部長によると、どうやらハンターでなければ調べるのが難しい事案なのだそうです。しかしカントレア支部には、調査を依頼できるほど信用のおけるハンターがいないとのことで、わたくしに相談をしたそうですわ」

「なるほど。しかし内部の調査を他の支部に任せるというのはいささか不思議に思えるのですが？」

一般的に組織というものは、身内の不祥事に関してはまずは内部で解決を図ろうとするものだ。少なくとも前世の会社や組織を見る限り、例外はほぼないといっていい。それを考えれば、協会支部間で助けを求めるというのはよほどの事情があるはずである。

アシネー支部長も俺の言いたいことは察してくれたらしく、うふふっと声を出して微笑んだ。

「ケイイチロウ様のおっしゃりたいことはわかりますわ。実はカントレアの支部長とは旧知の仲でして、支部間の対抗意識のようなものは非常に少ないのです。さらに言えば、カントレアの支部長もなかなかに鋭い方ですから、今回の件が非常に面倒だと直感しているのかもしれません」

「それで我々に助けを求めたと？」

「ええ。ロンネスクとカントレアは人の行き来も多いですし、ケイイチロウ様の情報も相当に伝わっているようです。向こうからもわたくしが最も信頼しているハンターを送ってほしいと、ほぼ名指しでお願いされましたので」

「信頼している」を強調するように俺の腕を強くつかんでくる支部長。お世辞であってもそう言われると悪い気がしないのが人間というものである。

「……わかりました。なにができるかはわかりませんが、カントレアに行って話を聞いてきましょう。どう動けばいいかお教えください」

俺が諾意を示すと、超絶美女吸血鬼は切れ長の目を細め、ついで俺の肩に頭をのせながら答えた。

「出発は明後日、行くのはケイイチロウ様お一人でお願いしますわ。それと今回の依頼はわたくしもケイイチロウ様に同行いたします。もしかしたらロンネスク支部にも影響がある事案かもしれませんから。ふふ、よろしくお願いいたしますわね」

家に戻って支部長の依頼について話をすると、サーシリア嬢は「やっぱり……」と少し悔しそうな顔をし、ネイミリアは同行できないことに非常に難色を示した。ただネイミリアに関しては、依頼内容である『内密の調査』にもっとも向いていない人材なのだ。支部長もそれを考えて俺一人を指名したはずで、それを考えると同行させることはできなかった。出発までの間エルフ少女はずっと頬を膨らませていたが、最後は諦めて俺を送り出してくれた。

協会で珍しく露出の少ないスーツ（といっても胸元は大きく開いているのだが）を着用したアシネー支部長と合流する。支部長の荷物は俺の『インベントリ』にしまって、そのままロンネスクの城門を出る。

「ふふふっ、ケイイチロウ様と二人きりで行動するのは初めてですわね」

「たしかにそうですね。しかし協会の支部長が特定のハンターと行動するというのはなにか言われたりするのではありませんか？」

「それは問題ありませんわ。わたくしとケイイチロウ様の仲……いえ、わたくしがケイイチロウ様を重用していることはすでに知られているところですので」

「なるほど？」

う〜む、「重用」といわれるほど支部長に直接使われてる記憶はないのだが。ただ俺自身公爵閣下や騎士団とは多少つながりの多い身であるから、外から見たら支部長ともつながって見えてもおかしくはないか。

「それよりケイイチロウ様、カントレアまでは走って向かわれるのですよね？」

「ええそのつもりです。支部長も問題はないと思いますが」

この世界の高レベル者は、普通に時速五十キロ以上で長時間走ることができるという、人をやめている存在である。俺に至っては時速百キロも可能だ。支部長ももとハンター1段位とのことなので余裕で走れるはずなのだが……。

「わたくしはブランクが長いので、そこまで走れる自信はありませんわ。できればケイイチロウ様のたくましい腕で運んでいただきたいのですけれど」

「えぇ……」

ニッコリと微笑む顔を見る限り、どうやら最初からそれを狙っていたような雰囲気がある。これもからかいのひとつだとしたら随分と手が込んでいるが、そういうことならこちらも対応のしようがある。

「……わかりました。多少不便をおかけしますがご容赦ください」

俺はできるだけ涼しい顔をして、アシネー支部長のゴージャスボディを両腕で抱え上げた。いわゆるお姫様抱っこという奴だ。支部長は一瞬驚いた顔をしたが、すぐに腕を俺の首に回してきたのでやはり計算ずくだとわかる。

「……ふふふっ、ケイイチロウ様がこんなに大胆だとは思いませんでした。でもとても安心できますわ。カントレアまでよろしくお願いします」

俺は両腕やら首回りやら胸のあたりに伝わる異様に柔らかい感触を必死にシャットアウトしながら、一路街道を南に向かって爆走するのであった。

■

カントレアは規模としてはロンネスクの三分の一くらいの中堅の都市であった。

一応は城塞都市の形をとっているが、その城壁は高さ五メートルほどで、おそらく戦争を想定してのものではなく、モンスターの侵入を防ぐ目的のものと思われた。

城門での検問は俺もアシネー支部長も騎士爵なのでほぼ顔パスだ。

「すぐに協会に向かいたいのですけれど、よろしいかしら」

今は昼過ぎだが、途中で携帯していた弁当を食べたので腹具合は問題ない。俺たちは中央通りを抜けて、ハンター協会カントレア支部の建物へと入っていった。

支部の規模はロンネスクの半分くらいか。昼過ぎという時間帯もあってハンターは二パーティ九人しかいない。

彼らは急に現れた超絶美女吸血鬼に驚いたような顔をしていたが、俺のほうにはほとんど注意を向けてこなかった。ただ気になるのは、そのハンターたちの中に、明らかに強い視線……というよりも好色そうな視線をアシネー支部長に投げかけてくる男がいたことだ。

その茶色い短髪を角刈りにした体格のいいハンターは、いかにもチンピラっぽい足取りでこちらに近づいてきた。

「お姉さん、とても美しくていらっしゃいますが、どなたかに用事があるんですかい？」

「あらありがとうございます。ええ、こちらの支部長に用事がございますの」

「支部長？　だったらさっき外に出ていくのを見かけましたね。しばらくは戻らないと思いますから、俺と一緒にお茶でもいかがですかね」

どうやらそのハンター氏は、アシネー支部長にナンパなるものを仕掛けているようだ。俺としては「一緒にお茶」なんていう誘い文句がこの世界にあるのを知って驚いていたりする。

「それは嬉しいお誘いですけれど、あいにくとお付き合いする相手は決まっておりますの」

「へえ、もしかしてそっちのお連れさんですかい？」

そこでハンター氏が初めて俺の方に目を向けてきた。相手を値踏みするような目つき、しかし俺の注意をひいたのはそこではなく、彼がうっすらとギラギラオーラをまとっているところだった。

「ええ、こちらの方がいらっしゃるのでお茶の相手は間に合っているのですわ。申し訳ありませんけどお断りいたしますわ」

「いやあお姉さん、そっちの彼より俺に乗り換えたほうがいいと思いますけどねえ。なにしろこう見えても自分は1段位ハンターなもんでね。一緒にお茶に行くメリットはあると思いますよ」

なおも食い下がるハンター氏。

支部長が楽しそうに笑うのを見て、彼は一瞬だけうまくいくと思ったようだが、次の言葉で表情を凍り付かせた。

「それならなおさら意味がありませんわね。こちらの方は2段位、そして時をおかずに3段位まで上ることが確定しておりますの。では、ごめんあそばせ」

そう言って、支部長はカウンターの受付嬢に話をして、奥の部屋へと入っていった。もちろん俺も後をついていく。

ナンパに失敗したハンター氏の、まとわりつくような視線を浴びながら。


「ケイイチロウ様、さきほどは申し訳ありません。咄嗟《とっさ》にケイイチロウ様を盾に断るような真似をしてしまいました」

支部長室の手前の応接室に案内された俺たちは、そこで支部長の帰りを待つことになった。

アシネー支部長が頭を下げてきたのは、二人並んでソファに座った時だった。

「いえいえ、ああいった場面では男を盾にするのは当たり前のことですから。女性が自分から断ると逆恨みをしてくる人間もいますからね」

「ありがとうございます。あの程度の輩《やから》なら返り討ちにはできるのですが……ケイイチロウ様が自分の相手だと少し自慢したい気持ちもあったのですわ」

「アシネー支部長の相手といわれるだけでも光栄ですよ。しかし先ほどのハンターは少し気になりましたね」

「あら、それはどういう意味かしら」

「まだはっきりとはわかりませんが、彼には多少の裏がありそうです。もしかしたら今回の件に関わっている可能性も……」

などと話をしているうちに、廊下を誰かがぱたぱたと歩いてきて、ノックもなしに応接室の扉を開いて入ってきた。

「ああ、アシネー、来てくれてありがとう。やはり頼れるものは元パーティメンバーだね」

その人物……おそらくここカントレア支部の支部長と思われる人物は、小柄な獣人族の男性だった。

見た目は四十過ぎぐらいだろうか。濃い茶色の蓬髪《ほうはつ》の間から犬のような耳が突き出している。シャツとスラックスにサスペンダー、そして丸眼鏡という出で立ちが妙に似合っている。

「まったく貴方は、相変わらず落ち着きがないようですわね。少しは支部長らしく落ち着いたらどうなのかしら、ねえマグルフェン」

「面目ない。これでも合わない仕事を頑張ってるんだから許してくれ。それより本当によく来てくれた。とにかく僕の手に余りそうな話でね」

マグルフェン氏は苦笑いをしつつ、対面のソファに腰を下ろした。

「まあ貴方が手に余る、と直感したのなら間違いはないでしょうけど。しかし支部長として信頼できるハンターは囲っておくものでしてよ」

「耳に痛いね。というかもちろん何人かはいるんだよ、信頼できる人間はさ。でも彼らでは多分対応できない、そういうにおいがするんだよね。だからアシネーに相談したのさ」

「そういうことなら仕方ありませんわね。ああ、すみませんケイイチロウ様、こちらがマグルフェン・オイク、ここカントレアの支部長になりますわ」

紹介を受けて、俺はようやくマグルフェン支部長に一礼をすることができた。

「初めましてオイク支部長。私はケイイチロウ・クスノキと申します。この度は依頼をいただけるということで参りました。よろしくお願いいたします」

「これはこれはご丁寧にどうも。僕はマグルフェン・オイク。呼ぶ時はマグルフェンで呼んでくれ。とにかく今日は来てくれてありがとう。ケイイチロウさんのことは色々と話を聞いているよ。ぜひとも力を貸してほしい」

「はい。可能な限り対処いたします」

名刺交換をしたいところだが、あいにくこの世界にまだ名刺文化はない。握手をして挨拶を終える。

「しかし聞いていたけどハンターとは思えないくらい落ち着いた人物だね。さすが2段位は違うということか」

「ふふふ、ケイイチロウ様はじきに3段位になりますわ。すべてにおいてとても優秀な方ですから、どのような事態にも対処できますの」

「それはありがたい。僕の直感もケイイチロウさんなら大丈夫だと告げているよ。さて、早速なんだが本題に入ってもいいかな」

「もちろんですわ。どのようなお話か、楽しみにしてまいりましたの」

いかにも昔の知り合い同士の会話だが、真面目な話になると微妙に緊張感が走る。

マグルフェン氏は姿勢を正し、咳《せき》ばらいを一つしてから説明を始めた。

「実は最近、協会周りで妙な動きがあってね。一つは、今まで周辺の狩場では出なかったドロップ品が買い取りに出されるようになったこと。しかも貴重なものがいくつか含まれているんだけど、出所が不明なんだ」

「出所不明の希少ドロップ品……狩場の異常によって新しいモンスターが出現するようになっただけではありませんの？」

「もちろんそれは考えたさ。買い取りに出してきたハンターもそう答えていたしね。でも実際にその狩場に調査に行くと、そもそもその異常自体が発生していなかったんだ。もちろんそのドロップ品を出すモンスターも確認できなかった」

「それは妙ですわね。すると新たな狩場が見つかって秘密にされているか、それとも別の狩場と混同されているか……」

「まあ色々考えられるけどね。その調査が一つだね。それももう一つ、そのドロップ品は少なくとも5等級以上のモンスターじゃないと出ないものなんだけど、買い取りに出してきたハンターはいずれも4級以下の人間だったんだ」

「それも不思議といえば不思議ですけれど、単にそのハンターの昇級が間に合っていないだけなのではなくて？」

「はっきりいって、元から実力がないハンターばかりなんだ。一人二人ならまだいいんだけど、そういう級とドロップ品の不一致がある人間が二十人以上いてね。どうも背後に組織的ななにかを感じるんだよ」

「そこまで聞くとなにかキナ臭い感じがいたしますわね。しかし表立って問題があるわけでもないのでしょう？」

「もちろん。でも僕の勘が、これは思ったよりも背後に大きいなにかがあると言っているのさ。なにかあってからじゃ遅いし、恥を忍んでアシネーに頼んだってわけだよ」

マグルフェン氏は耳を少し横に垂らして困り顔をした。

その態度を見て、アシネー支部長はふうと息を吐き、俺のほうに目を向けた。

「ケイイチロウ様もお話はおわかりになりまして？」

「ええ、話としてはわかりました。たしかに背後になにかあるのは間違いなさそうですね」

「あら、ケイイチロウ様がそうおっしゃるならその通りなのでしょうね」

アシネー支部長が目を細めて笑うと、マグルフェン氏は耳をピンと立て、少し驚いたような顔をした。

「へえ、アシネーはクスノキさんを随分と深く信頼しているんだね。アシネーがそんな顔をするのは初めて見た気がするよ」

「余計なお世話ですわ。わたくしがケイイチロウ様を信頼しているのはその通りですけれど」

「まあまあ。それよりこの依頼、受けてもらえるのかな？」

その質問に、アシネー支部長は俺のほうをちらと見た。

「ケイイチロウ様、お受けしてもよろしくて？」

「ええもちろんです」

俺に諾否の権利があるとは思わなかったが、あったとしてもここは諾の一択しかない。なぜなら、俺のゲーム脳的な勘が、今回の件もなんらかのイベントだろうと騒いでいるからだ。

「ありがとうアシネー、そしてクスノキさん。それじゃもう少し詳しい情報を伝えようか。まず怪しい動きのあるハンターだけど……」

ホッとした顔のマグルフェン氏にいくつかの情報を聞き、その日はマグルフェン氏が用意してくれた宿にアシネー支部長と二人で宿泊をした。念のため言っておくと、もちろん部屋は別である。ただし「わたくしは同じ部屋でもまったく構いませんけど？」とからかわれたのは言うまでもない。

翌日、俺はまずカントレアのハンター協会へ行ってみた。

「わたくしもマグルフェンに用事がありますので」

ということでアシネー支部長を同伴としての訪問となったのだが、支部長は昨夜俺がからかいをスルーしたのが気に食わなかったらしく、宿を出るあたりで俺の腕に自分の腕をからめて身体を寄せてきていた。

「ええと……アシネー支部長、腕を絡めて歩く必要はないと思うんですが……」

「したいからしているだけですわ。それともケイイチロウ様はわたくしの相手はお嫌でして？」

「もちろんそんなことはありませんよ。むしろ光栄です」

一応ハンターとしては協会に行くのは出勤にあたるので、こんなカップルみたいな状態はどうかと思うのだが……もしかしたら支部長にはなにか考えがあるのかもしれない。

協会に入ると、やはり視線が、それも男の視線が刺さるように痛い。まあ超絶美女吸血鬼同伴の男ハンターなんて入ってきたら、そりゃ気になるのが普通ですよね。しかもダメカップルみたいな二人だし。

「わたくしはこちらで素材の行方などを調べてみますわ。お仕事頑張ってくださいませケイイチロウ様」

アシネー支部長は艶然と微笑んで、腕を放して奥の部屋へと去っていった。

俺はロビーの端に移動して、まずはハンターたちの様子を眺めることにする。目的はギラギラオーラ持ちの冒険者だ。なんのことはないインチキ能力頼みであるが、使えるなら使うべきと心には決めている。

さて、どんな感じか——などと思う間もなかった。

「おい色男、少し顔貸せよ。面白い話があるんだ。２段位ハンターのアンタなら、『魔氷』だけじゃなく『黒雷』ですら落とせるようになるぜ」

目の前で刺すような視線を向けてくるのは、昨日アシネー支部長をナンパに来た角刈りのハンター氏（弱いギラギラオーラ持ち）であった。なるほど支部長のダメカップル演技はこのためだったのかと、彼女の策士ぶりに内心舌を巻くしかなかった。

角刈りハンター氏に連れていかれたのは、とある人気《ひとけ》のない場所だった。

スラムとまでは言わないが、少々生活水準の低い地区のようだ。道端に座り込んでいる人間などが時々見えるが、揃って人相はあまりよろしくない。前世の俺だったら間違いなく近づかない場所である。

「お前、ホントに2段なんだよな？」

誰もいない薄暗い路地で、角刈りハンター氏は俺のほうを振り返った。

「ええそうです。貴方は1段とおっしゃっていましたね」

「まあな。だが俺はお前より強いぜ」

「そうですか。まあ私は誰かより強い弱いというのは興味がないんですよ。それよりここになにかあるんでしょうか？」

「ああ？　わかってててついてきたんじゃないのかよ？　一人の女に二人の男、やることは決まってんだろ」

「はあ？」

とぼけてみたが、さすがに言わんとすることはわかる。要するに俺を倒してアシネー支部長を手に入れたいということなのだろう。もっとも俺を倒したからって彼女がなびく可能性はゼロに近いと思うのだが……この手の輩には通じない理屈かもしれない。

しかしそれよりも気になるのは、こんな短絡的な人間が1段位のハンターになれるのだろうかということだ。経験上、高位のハンターは話がわかる人間が多いのだが。

「ハンター同士、武器を使うと両成敗になっちまうからな。素手での殴り合いにしようぜ。な？」

「いや、意味もなく殴り合いはお断りしたいのですが」

「うるせえ腰抜け。だったらあの女から手を引きな」

「そもそも手を出してもいないんですけどね」

「口先だけの男かよ。どっちにしろ気に入らねえから殴るわ」

「ええ……」

人の話を聞かない態度に俺が呆れていると、角刈りハンター氏はボクシングに似た構えをして、一気に距離を詰めて殴りかかってきた。

「いやちょっと、困りましたね」

ハンター氏のパンチはスピードもパワーもそれなりにあったが、正直1段位にあるとは思えないレベルでもあった。俺は軽く体をそらしたりパンチを弾《はじ》いたりして攻撃をいなしていく。

しかし止まる気配がないので、仕方なくカウンターで中段突きを腹に当ててやる。もちろん手加減は忘れない。

「ごほッ！　チッ！　やっぱ2段位ってことかよ！」

角刈りハンター氏は身体をくの字に曲げて後ずさりながら、それでも昏い炎が灯った瞳を俺に向けてきた。しかしなぜそんなに恨まれるのかよくわからない。いい女を連れているというのはそこまで恨めしいことなのだろうか。俺には理解できない感覚である。

「しゃあねえ、本気を見せてやるぜ」

そう言いながら、角刈りハンター氏はジャケットの内ポケットからなにか小ビンのようなものを取り出した。よく見ると、その中にはなにかドロッとした青色の液体が入っている。

角刈りハンター氏はそのビンのフタを開け中身を一気にあおった。俺が止める間もなく……と言いたいところだが、いつもの『強制イベント』らしかったので止めなかった、が正解である。

「ふう、クるぜ、こいつは……」

角刈りハンター氏の全身から、妙な魔力がどろりとにじみ出てくるのがわかる。数秒で彼の服が内からパンパンに張ってくる。全身の筋肉が膨れ上がったとかそんな感じだろう。

いやしかし、こんなところで『怪しげな肉体強化薬イベント』が来るとは思わなかった。俺がそんな妙な感心をしていると、角刈りハンター氏（マッチョ化）は再度構えを取った。

「さあて、もう一勝負してくれるよな2段位さんよ？」

「その前に聞きたいんだが、それ以上変化しないのか？」

「ああ？　なに言ってんだお前」

「いや、角が生えたり、牙が伸びたりとかはしないのかと思ってね」

「するわけねえだろ、アホかよ」

う〜ん、『怪しげな肉体強化薬』ならもう一段階の変化がありそうなんだが……ああ、もう一度勝てばいけるのか？

そう思いつつ俺も構えを取ってやると、マッチョ化ハンター氏は『縮地』で目の前に移動、先ほどまでとは比較にならない連撃を放ってきた。なるほどたしかにこれなら1段位はありそうだ。

俺は同じように避けたり捌《さば》いたりしながら、マッチョ化ハンター氏の様子を探ってみた。

どうやら意識ははっきり持っているようだ。いわゆる狂戦士化のような雰囲気もない。単純に身体能力を上げるだけの薬……今のところはそんな感じだ。

「どうした、避けるだけかよっ！」

かさにかかって攻めてくるマッチョ化ハンター氏。腕力で勝《まさ》っていると確信したのかつかみかかってくる動きを見せたので、俺は軽く弾き飛ばしてから右の上段回し蹴りを放った。

完全に死角からの攻撃になったのだろう。マッチョ化ハンター氏の側頭部にもろにヒットし、彼は白目を剝《む》いてそのまま崩れ落ちた。

「あ、しまったな」

彼には聞かないといけないことがあるんだった。俺は気絶したハンター氏を担いで、ハンター協会へと戻るのだった。

「この方は昨日絡んできたハンターですわね。たしか1段位とか言っておりましたけど」

「いやいや、1段位ハンターは全員覚えているけど彼は違うよ。たしか2級じゃなかったかな。腕はそれなりなんだけど素行がいまいちって評判だね」

協会の救護室に角刈りハンター氏（薬の効果は切れたらしい）を運び込み、俺はアシネー支部長とマグルフェン氏を呼んだ。

「さすがマグルフェン、所属ハンターのことは把握していらっしゃるのね」

「2級以上だけだよ。さてクスノキさん、彼がなにをしたというのかな？」

「ええ、実はですね……」

俺は協会で絡まれたこと、喧嘩《けんか》を売られたこと、そして彼が薬でパワーアップしたことなどを話した。

マグルフェン氏は耳をピクッピクッと動かしながら、アシネー支部長は眉をひそめながらその話を聞いていたが、話し終わると二人は互いに顔を合わせた。

「そんな薬があるなんて話は聞いたことがないね。アシネーはどうだい？」

「わたくしもございませんわ。公爵閣下からも聞いたことがありませんから、初めて発見されたお話ではないかしら」

マグルフェン氏はともかくアシネー支部長は知っていた気もするが……俺が言うようなことではないだろう。

「しかしまあ、身体能力を上げるだけの薬ということならただちに違法性があるというわけでもないけど……一応出所とかは聞いておきたいものだね」

「そうですわね。それにもし級位とドロップ品の不一致の原因がこの薬ということなら、この薬はすでにかなり出回っているということになりますし」

「ああそうか、その推測は十分に成り立つね。ところでその薬とやら、彼はまだ持ってたりしないかな？」

マグルフェン氏はそう言って、まだ気絶中の角刈りハンター氏の身体を探り始めた。そしてすぐに懐から一本の小ビンを取り出した。中には粘度の高い青い液体が入っている。

「クスノキ氏が言っていたのはこれかな？」

「ええ、それですね」

うなずきながら俺は『解析』を発動する。

身体強化の秘薬
一時的に身体能力を引き上げる薬
上昇率は元の能力に比例する
多用すると肉体がモンスターに近い構造に不可逆的に変化する

「……やっぱりか」

「どうしましたのケイイチロウ様？」

つい声に出てしまったようだ。しかしこれは黙っておくわけにはいかないな。

「実は対象の情報がなんとなくわかるというスキルを持っているのですが、それで調べたところ、やはりこの薬は身体能力を上昇させる効果があるようです。しかし多用すると肉体がモンスター化するという副作用もあるそうです」

「まあ！　そのようなスキルまでお持ちとは、さすがケイイチロウ様ですわね」

うっとりしたような真紅の目を向けてくるアシネー支部長。「さすが」でもなんでもない上に、そちらは正直重要ではないのですが……。いやまあ重要は重要か。

マグルフェン氏も俺のスキルそのものに驚いたようではあったが、ことの重大さを理解してくれたようですぐに真剣な表情になった。

「クスノキ氏のそのスキルが信用できるとして、しその『肉体がモンスター化する』という情報が本当なら、放っておくわけにはいかないね。しかしどうするか……」

「ギルドで注意喚起をするしかないとは思いますけれど、簡単な話ではありませんわね」

「なにしろまだその副作用が出たという話を聞かないからね。それ以前に出所すら不明の薬だ。下手に規制したら森からドラゴンが出てくるようなことになるかもしれない」

「森からドラゴン」というのは「藪《やぶ》をつついて蛇《へび》を出す」みたいな例えだろうか。それよりもう少し意味が強そうな気もするな。

ただたしかにマグルフェン氏の言う通りだ。俺の『解析』を理由に、特に今のところ問題が起きているわけでもない薬をハンター協会が勝手に規制するのは各方面に軋轢《あつれき》を生むだろう。しかし犠牲者が出るまで待つというのもありえない話である。

「とりあえず公爵閣下に報告をして、公爵閣下のほうから規制をしていただくようお願いをしてみますわ。それなら背後になにか大きな存在があっても文句は言いづらいでしょうから」

アシネー支部長のやり方が一番妥当だろう。ちなみにここカントレア市は公爵領の都市である。

「そうだね。この薬がカントレア以外に広まっている可能性もあるからね」

「ええ。ただそのためには、もう少し情報が欲しいですわね」

「まずは彼に、この薬をどこで手に入れたのか聞いてみませんか？」

俺の提案に、二人の支部長はうなずきつつも渋い表情を作った。

「しかし正直に話すとも思えませんわね。この薬は使っている者からすれば、自らの切り札として出所は秘匿しておきたいでしょうし」

「女性をめぐっての私闘では、彼を強く尋問する権限は協会にはないしね」

「まあ一応聞いてみましょう」

などと言っていると、角刈りハンター氏がもぞもぞと動き出し、そして目を覚ました。

「いてて……どこだここは？　あ、支部長と、テメエは……!?」

俺の顔を見て立ち上がろうとするが、それをマグルフェン氏が抑えた。ちなみにアシネー支部長は俺の後ろに隠れたようだ。

「ここはハンター協会の救護室だよ。さて君は……ボーグ君だったかな」

「俺はそいつに殴られただけだ。金はそっちから取ってくれよ」

「ああボーグ君、一つ言っておくが彼は騎士爵だ。君の言動によってはいらぬ面倒が起きる。注意したまえよ」

マグルフェン氏の言葉に角刈りハンター・ボーグ青年は顔を歪めて黙り込む。

「それでだ、別に協会としてはハンター同士のケンカなどに関わるつもりはないんだよ。ただこれについては、少し話を聞かせてもらいたくてね」

マグルフェン氏が例の小ビンをちらつかせると、ボーグ青年の顔色がさっと変わった。

「それは……俺が高い金出して買ったもんだ。勝手に人の荷物を触るんじゃねえよ！」

「ここに運び込んだ時に落ちただけだからそこは容赦したまえよ。ところでこの薬、飲むとずいぶんと強くなるみたいじゃないか。２級の君が1段位を名乗れるくらいには、ね」

強烈な皮肉に、ボーグ青年は再度黙り込む。

「ところでこの薬、どうやら他のハンターにも広まっているようだけど、どこで手に入れたのか教えてもらえないだろうか？　ハンターの昇級にもかかわってきそうなものだから、協会でも把握をしておきたいんだけどね」

そう言って、マグルフェン氏は多少威圧するようにボーグ青年を見下ろした。主導権を握って理と威で追い込むのはなかなかに強烈な尋問ではないだろうか。

しかしそれに対してボーグ青年は……

「……知らねえよ。教える義理も義務もねえ」

ということのようだ。

仕方ない、俺はこっそりと『闇属性魔法』を発動。『精神感応』と合わせて「正直に話せ正直に話せ」コールを送る。

するとボーグ青年がビクッと身体を震わせ、青い顔でこちらをうかがうように見てくるようになった。

「正直に話してもらえませんか。この薬は危険なものなんです。どこで手に入れたのでしょうか？」

俺が聞くと、ボーグ青年は虚ろな目で話し始めた。

「……その薬は……あるハンターのパーティに売ってもらったんだ……」

「なんというパーティでしょうか？」

「名前は聞いてねえ……が、見かけたことのねえ奴らだった……」

「彼らはこの協会にも顔を出しているのでしょうか？」

「……いや、ここでは見たことはねえ……」

「薬の売買はどこでやっているんですか？」

「狩場で声を……かけられるんだよ……東の……山のふもとの所だ……」

そこまで聞いて、俺はマグルフェン氏とアシネー支部長のほうを見た。

「ケイイチロウ様、今のはもしかして『闇属性魔法』かしら？」

「やはり支部長にはわかってしまいますね」

「……驚いたね。クスノキ殿は『闇属性魔法』まで使えるのか。アシネーが信頼するのもわかる気がするけど、それにしても色々と想像を超えてくるね」

「ええまあ、できることだけは多くありまして。さて、それでは私はさっそく話に出た東の山のふもとの狩場に行ってみたいと思います。よろしいでしょうか？」

「もちろんお願いするよ。なんかちょっとキナ臭くなってきたから注意してほしい」

「わかりました」

ボーグ青年の魔法を解除して俺がそのまま外に出ようとすると、なぜかアシネー支部長がついてきた。

「せっかくですからわたくしもついてまいりますわ。ケイイチロウ様の活躍を近くで見せてくださいな」

「え、いや、支部長は有名人ですし……」

「もちろん顔は隠します。よろしいでしょう？」

濡れたような真紅の瞳で見上げてくる超絶美女に、俺は後ずさりしつつうなずくしかなかった。

しかしこの妖艶な雰囲気は顔を隠したくらいでは消せないのでは……という言葉はもちろんセクハラになるので胸にしまう。

「ではケイイチロウ様、まいりましょうか」

まあ支部長としても、俺の力を自分の目で見ておきたいというのもあるのかもしれない。そう考えると強く断るのもよろしくないと思い、俺はアシネー支部長を伴って協会を出た。

『東の山のふもとの狩場』というのは、カントレアの街から走って三十分ほどのところにあった。

アシネー支部長を抱えての走行なので時速六十キロとして、距離は三十キロほどだろうか。

山というのは標高二百メートルもなさそうな里山レベルのもので、南北に低い山脈を連ねている。山からふもとにかけては木々が鬱蒼《うっそう》としているが、その手前は木がまばらに生えたり大きな岩が転がっていたりする広い平原になっている。どうやらそこが狩場のようで、モンスターやハンターの気配があちこちに感じられる。

「狩場としては活動のしやすい場所のようですわね。さてケイイチロウ様、どうやって目的のパーティをお探しになりますの？」

なかなか首に回した腕を放してくれないアシネー支部長だったが、ようやく下りてそう聞いてきた。

「まずはスキルで狩場全体を見渡します。すみませんが少しの間無防備になるので、警戒をお願いしてもよろしいでしょうか」

「あら、わかりましたわ、お任せくださいな」

いや警戒するのにしなだれかかってくる必要はあるんでしょうかね。無防備なのをいいことにあちこちまさぐったりしませんよね？

というのも口にはできないので、俺は『千里眼』と『魔力視』『気配察知』を発動、ドローンモードで狩場全体を走査《スキャン》する。

狩場全体にモンスターがバランスよく分布しているようだ。２等級が主で３等級が稀に交じる程度の比較的低レベルの狩場だ。活動しているハンターは全部で七パーティだが、全員モンスターと戦闘中に見える。

いや、奥のほうに動かない二パーティがいるな。しばらく見ていると、一パーティは手前に戻って来て、もう一パーティは山のふもとの森の中に入っていった。しかもそのパーティの向かう先には、隠されたように小屋が建っているのが見える。いかにも怪しい連中である。

「少し怪しいパーティがいますね。奥地に小屋があって、そこに向かっているようです」

「狩場に小屋ですの？　それも常識を外れたお話ですが、それをこの場で見つけてしまうケイイチロウ様もよほど常識を外れておりますわね」

「そうかもしれません。ではその小屋までまいりましょうか」

なおアシネー支部長は頭巾のようなものを目深《まぶか》にかぶって一応顔は隠しているのだが、美しい銀髪とグラマラスな身体は隠しようもない。

それはともかく二人で小屋の見えた奥地へと向かって軽く走っていく。

時折モンスターが現れるが、俺の金属弾魔法『メタルバレット』とアシネー支部長の氷の槍魔法『アイスジャベリン』によって瞬殺される。

事前に『千里眼』で見た通りほとんどが2等級の弱いモンスターで、奥地に行くにしたがって3等級モンスターが増えてくる。しかし小屋まであと一キロというあたりで、俺は狩場の様子に微妙に違和感を感じ始めた。

「アシネー支部長、少し妙な感じがします」

「どうなさいましたの？」

「先ほどスキルで見た時より3等級が増えている気がします。それに狩場全体の様子にも少し違和感が」

「あら、それってもしかして……」

「ええ、狩場に異常が発生しつつあるのかもしれません」

「それは困りますわね。しかしその場にケイイチロウ様とわたくしがいたのは幸運だったかもしれませんわ」

「そうですね。おそらく奥地に原因となる強力なモンスターが発生するでしょうから、今それを叩いてしまいましょう」

「そうですわね。例の薬の調査も重要ですけれど、まずはそちらが先ですわ」

しかしちょっと面倒なことになったな。例の小屋も奥地にある。その辺りにボスが発生したら、本来の調査にも支障が出そうだ。

といっても支部長の言う通り、今は狩場異常の解決が先だ。俺たちは奥地へと向かって足を早めた。


思った通り、奥に行くに従って4等級、5等級のモンスターが出現し始めた。俺にとっては思い出深いオークジェネラルやオーガエンペラーの姿も見える。いまこの狩場にいる駆け出しのハンターたちが出会えば命を失うまであるだろう。

とはいえ俺たちにとってはザコであることに変わりない。魔法で倒しつつ、ドロップアイテムなどは全部『念動力』で『空間魔法』の黒い穴に放り込む。

「ケイイチロウ様、あれを」

アシネー支部長が指さす先を見ると、三百メートルほど先に一つ目の巨人が棍棒《こんぼう》を片手に立っていた。

腰回り以外の露出している肌は青く、頭髪がないかわりに胸のあたりまで長い髭《ひげ》が伸びている。身長は十メートルを超えるだろうか。まるで巨大ロボットのようなスケール感だ。

「『サイクロプス』、７等級のモンスターですわね」

「とりあえず倒してしまいますね」

「ふふっ、簡単におっしゃいますのね。ケイイチロウ様のお力、拝見させていただきますわ」

妖艶に笑うアシネー支部長に先行して、俺は全速力で一つ目巨人の足元へと向かう。

サイクロプス（成体）
スキル：
　怪力　雄叫《おたけ》び　回復　気配察知
ドロップアイテム：
　魔結晶７等級　サイクロプスの水晶体　サイクロプスの心臓

一応『解析』するが、スキルを含めて強敵となり得るとは思えない。

俺はオーガエンペラーの大剣を取り出し、付与魔法を発動する。赤い光を放つ刀身が低く唸りを上げる。

グエアァァッ！

『サイクロプス』は急接近する俺を強敵と認めたか、天に向かって咆哮した。その全身が一瞬だが光を放ったように見える。『雄叫び』スキルによる身体強化とかそんなところだろう。

俺が間合いに入った瞬間、『サイクロプス』は大木のような棍棒を袈裟《けさ》に振り下ろしてくる。その棍棒の先端が地面を叩く時には、俺はすでに『瞬間移動』で『サイクロプス』の頭上に移動をしていた。

グエイァ!?

『サイクロプス』の巨大な目が、目の前に落ちて来た俺を認めて見開かれる。

俺はその巨大な目玉ごと、目の前の巨頭を真っ向幹竹割《からたけわ》りにした。

頭だけを斬ったはずなのだが、その巨体もきれいに左右に分かれ、そして地面に倒れる前に黒い霧に変わっていった。これで狩場の異常も解消するだろう。

着地した俺のところにアシネー支部長が駆け寄ってくる。フードの下の真紅の瞳が潤んでいるような気がするが、少し驚かせてしまっただろうか。『瞬間移動』について一応話はしてあったのだが。

「ケイイチロウ様がなさることは、本当にわたくしの常識を軽々と超えていきますわね」

「自分でもおかしいとは思っていますよ。それより例の小屋ですが――」

たしかこの近くの、森の入口あたりにあるはずだ。そう思って周囲を見回すと、木々の間に小屋があるのが目に入った。

いや、そこにあったのは、『小屋だったもの』だ。なんと丸太で作られていたであろうその小屋は、完全に上から叩き潰され、原型をとどめていなかった。

「『サイクロプス』に破壊されてしまっていたようですわね」

アシネー支部長の言葉に、俺もうなずくしかなかった。

周囲に『気配察知』にひっかかるものがいなかったので察してはいたのだが、薬の売買をしていたらしいハンターのパーティは、潰された小屋と運命をともにしてしまっていた。

なにか手掛かりになるものはないかと潰れた小屋の木材を『念動力』で撤去していて、四人の亡骸《なきがら》を見つけてしまったのだ。

「一応ハンターのタグだけは回収しておきますわね」

かなり厳しい状態の死体もあったが、アシネー支部長は眉一つ動かすことなく首にかかったタグを回収していった。彼女はもと1段位ハンターであるのでこういった状況にも慣れているのだろう。

一方で俺は小屋の中にあったもので、形をとどめているものをいくつか取り出して地面に並べてみた。が、例の薬が入った小ビンが十数本あった以外は、この小屋で生活するための物品ばかりだった。

「どうやらここは単に薬を売買するだけの場所だったようですね。薬を作っていた跡はないようです」

「手がかりが途絶えてしまったということですわね。困りましたわ」

もとよりここが製造場所とは思ってはいなかったが、アシネー支部長の言う通り、手掛かりがいったん途切れてしまったのは痛い。思えばさっきの『サイクロプス』発生は『強制イベント』だったのかもしれない。

「しかし身体強化の薬……モンスター化する薬、か」

角刈りハンター氏の時も思ったが、前世のメディア作品群では時々見かけるイベントの一つである。だいたいが薬の出所をたどっていくと、邪教の集団とか闇の研究組織とかそんな連中が出てくることが多い。そう考えると、別方面からつっつっつけば事件の本丸にたどりつくこともできそうな気もする。

仕方ない、インチキ能力を全開にしてちょっと強引に行ってみるか。


「え、カントレア周辺で噂になっている怪しい集団の情報？」

アシネー支部長と共にハンター協会に戻った俺は、執務室でマグルフェン氏に質問をしていた。

「ええそうです。噂レベルで結構です。なんか怪しい儀式をやってるとか、街中で奇妙な演説をしてるとか、もしくは山賊とかそんなのでも結構です」

「う〜ん、そういった話はハンター協会には意外と入ってこなくてね。山賊とかもハンターが関わるものではないし……」

と首をひねるマグルフェン氏だが、ふとなにかを思い出したように顔を上げた。

「そういう時は情報屋に頼むといいかもしれない」

「情報屋、ですか？」

急に気になるワードが出てきて反応してしまう俺。「情報屋」……なんと忘れかけた少年心をくすぐる言葉であろうか。

「今地図を描いてあげるよ。裏路地の酒場なんだけど、たぶんそこで彼は客を待ってるはずさ」

「そのような方がいらっしゃるんですね。でもそれなら……」

「ケイイチロウ様、本来なら今回のような件で情報屋を使うのは非常に難しいのですわ」

俺の疑問を先回りして、アシネー支部長が答えてくれた。

「なぜでしょう」

「情報というのは一方だけに流れるものではないのです。例えばマグルフェンが情報屋を使って薬のことを聞きまわれば、そこには『ハンター協会の支部長が薬の件を調べている』という情報が発生するのです。そして……」

「向こうにその情報が流れれば、当然向こうも対応をしてくる、というわけですか」

「その通りですわ」

なるほど、言われてみればたしかに情報屋というのは諸刃《もろは》の剣なのかもしれない。

俺が感心していると、マグルフェン氏が手書きの地図を渡してくれた。

「まあクスノキ殿が探しているという程度なら問題はないと思うけどね。例えば他のハンターが薬を使っているのを見て自分も欲しくなった、とか言っておけばいいんじゃないかな」

「ありがとうございます。そんな感じでいってみたいと思います」

「話の流れからいくと、クスノキ殿は薬を扱う集団が、なんらかの怪しい組織である可能性が高いと睨んでいるんだよね？　それはなにか根拠があるのかな？」

「ああ、それは……」

正面から聞かれると答えに窮するな。前世のメディア作品でそういう設定が多いからです、なんて答えようもない。

俺が言《い》い淀《よど》んでいると、アシネー支部長が助け船を出してくれた。

「マグルフェン、ケイイチロウ様は非常に高度な観察と推論の上に動いておりますから、彼にお任せしておけば問題ありませんわ」

「なるほど、僕のような凡人では聞いてもわからないか。まあもうお任せると決めたことだからね。よろしく頼むよ」

なんか俺の評価が意図しない方向に上がっていく気がするのだが……。上司の勘違いで仕事ができると思われ、難しい案件を丸投げされた時のことを思い出して、ちょっと胃が痛くなってきたのは秘密にしておきたい。

マグルフェン氏が描いた地図をたよりにカントレア市内を歩いていくと、そこは明らかにお天道《てんと》様《さま》に顔向けできない系統の人間が住むような裏路地であった。

目の前には老朽化した三階建てのアパートのような建物がある。その地下に情報屋のいる酒場があるらしいのだが、地下への階段を見つけるだけで十分ほどかかってしまった。まさかゴミ箱の脇にある、人が一人通れるかどうかという穴がそれであるとは俺も思わなかった。

頭をぶつけながら狭い階段を下りていき、扉を開く。

そこは石造りの地下室で、明るさの足りていない照明の魔道具が、うっすらと室内を照らしだしている。

三人掛けの丸テーブルが二つと、奥にカウンターがあり、カウンターの奥の棚には酒が十数本並んでいるのが見える。客はカウンターに一人、そして丸テーブルに三人。全員男だが、腰にショートソードを下げていて、荒事に慣れていそうな人間ばかりだ。

カウンターの向こうにいたバーテンダー風の中年男が、「なんの用だ？」と言わんばかりの目つきで睨んでくる。いかにも一見《いちげん》さんお断りな雰囲気である。

俺は構わずカウンターの空いている席に腰を下ろした。先客である男とは椅子を一つ隔てた席だ。

「メーヴェル産の果実酒を」

俺が注文すると、店員は睨《にら》むような目つきをやめ、手早く酒を準備して俺の前に置いた。一口飲んでみるが明らかに果実酒ではない。そもそもメーヴェルという土地なんて存在しないので、その果実酒も存在しないのだが。

「珍しいものを頼むんだなアンタ」

カウンターの男が、しばらくしてからボソッと声をかけてきた。ローブ姿でフードを目深にかぶった、見るからに情報屋っぽい雰囲気の中年男だ。

「ああ、昔飲んだのが忘れられなくてね。ここに来れば飲めると聞いて喜んで来たところさ」

う〜ん、こういう臭いセリフに憧れた時があったな。この歳で大真面目に口にするとは思ってもみなかったが、まあここまでが『符牒《ふちょう》』なので仕方ない。

「……で、次はなにを注文するんだ？」

「これで頼めるやつを」

俺は革袋を男の前に差し出す。男はその中身を確かめると懐にしまい、そして懐から魔道具を取り出した。『解析』したところ、どうやら一定範囲内から音を逃さないようにする防音の魔道具らしい。

「注文を聞こう」

「一部のハンターに出回ってる、筋力を上げる薬、それを手に入れたい。どこで扱ってるかわかるか？」

「アンタもハンターか？」

「そうだ。知り合いが使ってるのを見た。俺も欲しくてな」

「なるほど。しかし残念だったな。扱っている奴らは知っているが、昨日死んだらしい」

「なんだと？　ほかに扱ってる奴らはいないのか？」

「少なくともその情報はない」

ここまでは予定通りだ。ただ昨日の話がもう流れているというのは驚きだ。情報屋ってすごい、と子どものような感想しか出ない。

「……ならこの街の裏にあると言われてる組織・集団を知りたい。噂レベルでも構わない。知ってるだけ教えてくれ」

「それを聞いてどうする？」

「扱ってた奴らってのはどうせ末端だろ？　だったら元の出所を探すまでだ。どうせどっかの組織が扱ってるんだろうし、直接取引に行ってやるさ」

「ずいぶんとご執心だな。ま、そんな情報でいいなら金の分は教えてやるよ」

男は手にした酒を一口含んでから、いくつかの情報を話し始めた。

その日の夜から翌日にかけて、俺は情報屋から聞いた組織・集団を片っ端から訪問することにした。

土着の宗教関係の集会、金持ちが集まる秘密のオークション会場といった合法なものから、魔結晶の密売組織や窃盗団の本拠地など非合法なものまで、情報屋から聞いたおおよその情報を元に、『千里眼』『魔力視』『気配察知』の超能力・スキルで走査《スキャン》すれば、人間の集団で見つからないものはない。

訪問についても、平和的に終わるものから多少強引なお話となるものまでさまざまだ。といっても基本的にちょっと中にお邪魔して『解析』をしまくるだけで、暴力的な話になったわけではない。

入るのに難色を示す方には申し訳ないが『闇属性魔法』を使わせてもらった。中には子どもの誘拐組織とかまであって、それはちょっと大変なことになったが……一応正体は隠して訪問していたのでハンター協会などに迷惑がかかることはないだろう。

ともあれ重要なのはどこも例の薬とは無関係だったということだ。

「やっぱり当たりは最後っていうのがお約束……なんだろうか」

そして俺は今、訪問先として最後に残った、とある商館の近くに立っていた。

最近になって閉鎖されたというその商館は、商業地区の端、しかも中央通りから外れたところにある、どちらかというと倉庫に近い建物であった。

噂では見た目が派手な女がよく出入りしていて、もぐりの娼館《しょうかん》ではないかという話だった。だから最後に回したというのもあるのだが……。

『気配察知』によると、その商館の中には三十人を超える人間がいるようだった。表面上完全に閉鎖されているように見えるので、明らかにおかしい感じではある。

『隠密』スキルを発動しながら物陰から様子を見ていると、たしかに時々派手な姿のお嬢さんが数名、裏の扉から入って行くのが見えた。ノックをすると中から男が出てきて、二言三言言葉を交わすと入場が許可されるようだ。

さらに見ていると、数名の男が連れだって商館の方に歩いていった。彼らはやはり同じ扉をノックするが、なにか札のようなものを見せることで入場を許可されているようだ。

ふと見ると、新たに商館に近づく中年男性がいた。俺は彼に素早く近寄り、肩に腕を回す。

「お、おい、なんだお前……」

その男性が動く前に俺は『闇属性魔法』を行使、おとなしくなったその男性の肩に手を回したまま路地裏に入っていく。

「申し訳ありませんね。貴方はあそこの商館に入るつもりだったのでしょう？」

「……ああ、そうだ……」

「入るために必要なものを持っていますよね？　見せてください」

「……これだ……」

目が虚ろな男性が、懐から木製の札を取り出した。俺はそれを預かり、さらに質問を続けた。

「あの商館の中ではなにが行われているのですか？」

「……酒と女だ……」

「他には？」

「……女と遊ぶのに……薬を使える……」

「それはどんな薬ですか？」

「……元気になる……薬だ……下半身がな……」

やはりもぐりの娼館ということのようだが、薬というワードは俺が待ち望んでいたものだ。聞く限りは回春の薬のようだが、『身体強化』の薬にその効果があってもおかしくはない。

俺はその後、店の中でのルールなどを一応聞いておいて、その男性には家に帰ってもらった。

さて、これで一気に解決になってくれるといいのだが、果たしてどうなることやら。

商館裏のドアをノックし、出てきた男に札を見せると、そのまま館内へと通された。

廊下を歩いてその先のドアを開けると、そこは薄暗い、品の悪いキャバレークラブのような雰囲気のフロアになっていた。柄の悪い店員に案内された席に座ると女性が三人やってくる。俺がその中の一人を適当に――本当に適当に――指名すると、その女性が微笑みながら俺の隣に座ってきた。

煽情的な服を着た、この世界のお約束で普通に美しいといえる女性だった。もっとも普段から超絶美女吸血鬼の攻撃にさらされている俺だ。この程度のシチュエーションで心が揺れることはない。

「あらお兄さん、初めて見る顔な気がするわ。私はシャーリー、指名してくれてありがとうね」

「ええ初めまして。シャーリーに会えてうれしいですよ」

「うふふっ。まずはお酒かしら、なにを飲みましょうか」

「そうですね、シャーリーのお勧めはどれです？」

という感じで適当に世間話などをする。

札を譲ってくれた男性の話では、少し酒を飲んでコミュニケーションをして、ねんごろになったところに二階の個室になだれ込む、みたいな店らしい。

正直その手の会話に自信はないので、申し訳ないが『闇属性魔法』を弱めに使ったりして、シャーリー嬢の機嫌をそこねないようにしつつ、この店についての情報収集を行った。

その結果わかったのは、やはりこのもぐりの店は、『薬を使うことで楽しむ』というのを売りにしている店らしい。しかも顧客にはそれなりに地位の高い人間もいるとのことで、どうにも怪しさが増していく。

俺は話を適当に切り上げて、シャーリー嬢とともに個室へと移ることにした。

店員に案内された二階の個室は、いかにもピンクなムード漂う部屋だった。大きめのベッドに腰を掛けて待っていると、シャーリー嬢が遅れて部屋に入ってくる。その手には、ドロッとした青い液体の入った小ビンが握られている。

身体強化の秘薬（希釈液）
一時的に身体能力を引き上げる薬
効果は限定的
多用すると肉体がモンスターに近い構造に不可逆的に変化する

どうやら正解のようだ。

俺はその小ビンを受け取り、隣に座ってきたシャーリー嬢に対して、本格的に事情聴取を始めるのだった。

「まさかそんな店があるとはねえ。しかしたった二日でそこまで突き止めるなんて、アシネーが頼るのも納得だね」

「本当に素晴らしいですわ。ケイイチロウ様の手腕はやはりモンスター討伐だけのものではないのですわね」

翌午前に協会を訪れて二人の支部長に件の店の報告をすると、そんな言葉が返ってきた。

「しかも昨日一日でいくつかの犯罪組織が一気に衛兵に捕まったらしいじゃないか。その中には誘拐組織まであったとか。誰かが情報を衛兵の詰所《つめしょ》に伝えたらしいけど、代官のほうでもその誰かを探しているらしいよ。ウチにも今朝問い合わせが来ていたしね」

「あら、それはカントレアの代官としても表彰の一つもしないと示しがつかないところですわね。しかしそのように隠れて正義を行う方なんていらっしゃるのですね。まるでおとぎ話の義賊のよう」

マグルフェン氏はニヤリと笑いながら、アシネー支部長はうっとりとした視線をこちらに向けながらさらにそんなことを言ってくる。

「ええと、それはずいぶんと奇特な方がいらっしゃったものですね。私は例の店の特定にかかりっきりでしたので、そんな大捕り物があったことすら存じませんでしたが」

「ははは、まあそうだろうねえ。代官方の話だと、いくつかの現場では背の高い男が目撃されているらしいんだ。だけどクスノキ殿くらいの身長の人間は他にもいるしね」

「犯罪組織の場所を特定できて悪事を暴ける人間はそれほどおりませんけれど、ふふっ」

お二方は完全にわかっている感じだけど、ここは知らぬ存ぜぬを通すしかない。グレーなことは完全にとぼけるのが、誰にも迷惑がかからない最上の方法である。

「それにつきましてはなにも存じ上げませんので。ところで例の薬の出所ですが……」

「そうだね。その店の支配人がどこかで仕入れているって話だっけ。それは特定できたのかな？」

「ええ、支配人に直接うかがいましたので大丈夫です」

「いや恐ろしいね。《闇属性魔法》というのは単純な属性魔法よりよほど有用だよ」

「それで、ケイイチロウ様はその場所に向かわれるのですね？」

「明日向かう予定です。ただそこが最終の目的地になるのかはわかりませんが」

「私も同行しても？」

「は？　ええ、それは構いませんが、危険かもしれませんよ？」

「ケイイチロウ様の側が一番安全だと思いますわ」

そう言いながら腕を取り、もう片方の手で俺の頬を撫でるアシネー支部長。

いきなりの美女ジョークにマグルフェン氏も目が点になっている。

「……ははあ、まさか本当にあの『魔氷』アシネーがねえ。正直例の薬の件より驚きだよ」

なにが驚きなのかわかりませんが、これはいつもの支部長しぐさですからね。真面目に考えないほうがいいと思いますよ。


翌日午前、俺とアシネー支部長はカントレア市を出て、近くの農村へと向かった。

そこは農村と言うより廃村と言ったほうがいいかもしれない場所だった。近くの畑は耕作が行われているので、農地の拡大によって住人が別の場所に移ったのだろう。朽ちかけた柵に囲まれた土地には、人気《ひとけ》のない木造の家が三軒たつのみである。

「このような場所で薬の受け渡しをしているなんて、逆に怪しいと思うのですけれど」

「街道からはちょうど林があって見えづらいですから、そうでもないんじゃないでしょうか。

などと話をしながら柵を抜けて、一軒の家に近づいていく。

『気配察知』によると、六人の人間が中にいるようだった。気になるのは、その六人が扉を囲むようにして立っている点だ。

『どうやら待ち伏せしているみたいですね』

聞かれるとマズいので、俺は『精神感応』を使ってアシネー支部長に話かけた。なお『精神感応』についてはすでに説明済みである。

『そこまでおわかりになりますの？』

『ええ、「気配察知」のレベルが高いもので。しかし待ち伏せしているということは、私が探っていたのが勘づかれてしまっているようです』

『ケイイチロウ様なら全員返り討ちにできますわよね？』

『可能ではありますが……』

俺はそこでちょっと嫌な予感、というか前世のメディア作品のお約束を思い出していた。

六人の待ち伏せグループだが、彼らが例の身体強化薬を扱う組織の構成員なら、返り討ちにあった時点で薬を使用してくるのではないだろうか。もしそこで懸念されている副作用が起きてしまったら……また大元をたどる手がかりを失うことになる。

この場合の解決策としては、脳筋的に一瞬で無力化すればいけそうだが、問題は『強制イベント』扱いであった場合だ。彼らと戦闘に入ることがトリガーとなっていたらどうしようもない。

『……アシネー支部長、少し気になることがあるので、ちょっとやり方を変えたいと思います』

俺が小声で説明をはじめると、吸血鬼美女はいかにも楽しそうな顔をした。


「えっ、ちょっ、支部長やめてください！」

「どうしてですの？　この家を片っ端から凍らせてしまえばいいだけですわ。盗賊退治は慣れておりますからお任せくださいな」

「いえいえいえ、そんな無差別に攻撃とか危ないですから！　それに証拠の品とかも確保しなければなりませんし！」

「凍らせるだけですから証拠の品は消えませんわ。まずはこの家ですわね。『フローズンワールドッ』！」

アシネー支部長が笑いながら範囲凍結魔法を発動する。

すると廃屋の一棟がビキビキビキッという音と共に完全に凍り付いた。といっても壁や屋根がすべて霜で白く覆われただけだが、それでもすさまじい魔法である。もちろん内部に生物がいれば一瞬で凍り付いて絶命しているだろう。

「うわっ、支部長本気で!?」

「ふふふっ、これでも『魔氷』と恐れられた魔導師ですわ。賊の十人や二十人、一瞬で完全に凍らせることができますの。次まいりますわねっ！」

アシネー支部長は次の一棟も魔法の一撃で瞬間冷凍した。

ちょっと迫力が足りない気がしたので、俺が『ロックバレット』でその家を破壊して派手な音をたててやる。

「支部長、これじゃ家がバラバラになってしまいますよ!?　どんな魔法の威力なんですか！」

「ふふっ、凍るともろくなるのですわ。人間なんてちょっとつついただけで陶器みたいに割れてしまいますの」

うふふふふっ、と悪女っぽい笑みをもらすアシネー支部長。

その時残り一軒の家の後ろから、ガタガタッという音がした。俺の鋭敏な聴覚が「おい早く行けっ！」「馬鹿野郎音を立てるなっ！」などという声を拾った。『気配感知』によると、六人の人間が家の裏口から出て林のほうに逃げて行ったようだ。

「どうやら成功したようです。さすがアシネー支部長、見事な演技と魔法の力ですね」

「お役に立てて嬉しいですわ」

「では私は彼らを追いかけましょう。距離を取っても追いかけられますので、見つからないように注意しましょう」

「ケイイチロウ様と一緒ですと、こういうのも楽しいですわね」

『千里眼』スキルを使って上空から六人の行く先を確認しつつ、俺たちは追跡を開始した。

さて今回の策とも言えないような策だが、見ての通りアシネー支部長の圧倒的魔法力を見せつけて待ち伏せしていた六人をビビらせて、本拠地まで逃げ帰ってもらおうという算段である。アシネー支部長は『魔氷』の二つ名があるようにハンターの間ではかなり有名な人間らしい。そのネームバリューを利用させてもらったわけだが、今回の待ち伏せで相手が後ろ暗い連中だと当たりがついたからこその策でもある。

例の六人は相当に肝をつぶしたのか、一心不乱に走っていた。全員ハンターで言えば3級以上の能力はありそうで、なかなかに走るスピードは速い。とは言っても俺の『千里眼』を振り切ることは不可能である。

彼らは南北に延びる街道を南に走っていたが、川にかかる橋まで来ると方向転換をして、その川の上流に向かって西に走りはじめた。三十分ほど走ると、次第に大きな岩が目立つ地形に変わっていく。すでに人里ははるかに離れ、周囲は山のふもとのような景色になる。

小さな滝のようになっている場所まで来ると、六人はようやく足を止めた。俺たちは『隠密』スキルを使いつつ、近くの岩陰に身を隠す。

「はぁ、はぁ……ったくまさか『魔氷』が来るなんて聞いてないぞ。なんだあの魔法、ヤバいなんてもんじゃねえ」

「つうか『魔氷』が出てきたってことは協会が調査に乗り出してきたってことだよな。こりゃちょっとやりすぎたか？」

「一部のバカなハンターが素材とか流しやがったからな。こっそり薬だけ使ってりゃいいのによ」

「なんにしろボスにはさっさと伝えちまおうぜ」

「だな。あの店も目をつけられちまったみたいだし、計画もやり直しか」

なんとなくヒントになりそうな会話をしながら、六人は歩き始めた。

さらに十五分ほど上流に向かい、そこから右に折れて森の中に入って行く。

そこから木々の間を歩くこと二十分ほど、目の前に丸太小屋が現れた。いや、丸太小屋というのは語弊がある。丸太で建てられているのは間違いないのだが、その建物は二階建てで、ちょっとした屋敷《やしき》くらいあったからだ。おまけにその丸太屋敷の玄関前には門番が二人椅子に座っていて、そこが『組織』にとって重要な拠点であることを示していた。

六人の男たちはその門番に声をかけ、丸太屋敷に入っていった。

俺はそれを少し離れた木陰から見ていたが、この後の対処について少し悩んでいた。

もちろんこのまま屋敷に突入して制圧するのは簡単だが、その前にこの屋敷が『組織』の本拠地であるかどうかは知っておきたい。本拠地でなかった場合は、さらに彼らが他の拠点とやりとりをするのをたどらないといけないからだ。

『ケイイチロウ様、どうするつもりですの？』

『できれば中に侵入して、この建物が相手の本拠地かどうかは確かめておきたいですね』

『全員捕まえてしまえばいかようにでもできるのではありませんか？』

『少し気になることがありまして……』

とりあえず中の様子を探りたいが、パッと見て侵入できそうなのは正面の扉しかない。門番を一瞬で無力化できればいいのだが、俺の魔法だとオーバーキルになってしまう。

ふと上を見ると二階の窓が開いていた。『気配察知』によるとその窓の周辺には誰もいないようだ。

『支部長、瞬間移動を使います。つかまっていてください』

俺は支部長の身体を抱き寄せると、『瞬間移動』を発動し、その窓の中に自らを転移した。

丸太屋敷の中には妙な臭いが漂っていた。なにか薬品のような微妙な刺激臭である。

俺が転移した部屋はどうやらこの屋敷の主の部屋らしく、執務机など調度品がいくつか揃っていた。

部屋から廊下に出ると、大勢の気配が一階に集まっているのがわかった。どうやら先の六人が下で報告をしているようだ。

支部長と二人、階段の近くまで行って耳を澄ます。

「……『魔氷』だと？　ロンネスクの支部長が探りに来たというのか？」

「そうです。すげえきれいな女なんですが、とんでもねえ氷魔法を使ってきまして……。それにこっちの待ち伏せにも気付いてたみたいで」

「ふん。あのクラスなら『気配察知』でわかってしまうかもしれん。しかし厄介だな。しばらく身を潜めるか」

「例の店も調べが入ったみたいですから、そのほうがいいかと思います」

「手を広げ過ぎたか。『魔氷』が出てきたというなら、薬についてはハンターのほうから情報が漏れたのだろうな」

「狩場以外では使わないよう徹底したはずなんですが、すいません」

「低級のハンターではもとから限界はあるだろう。しかし店を潰されたのは痛いな。上級の役人まで取り込めそうだったものを」

「別の街を考えますか?」

「そうだな……。実は薬については例の侯爵から採用したいとの打診を受けている。いざとなったらそちらで稼ぐ方に集中してもいいかもしれん。まあいい、今回はご苦労だった。それと万一の時のために兵隊には警戒をさせておけ。この場所は最悪放棄してもいいが、アレだけは見つかるわけにはいかん」

「へい。薬を持たせて準備させせます」

断片的だが、なんとなくヒントになりそうな感じの会話は聞こえてきた。一番気になるのは「例の侯爵」とやらだが、これは今追及するところではない。

それ以外で重要な情報は二つ。一つは組織が「上級の役人」を取り込もうとしていたこと。ここから推察されるのは、組織がカントレア市を裏から掌握しようとしていたということか。「稼ぐ」と言っているから目的は金だろうが、やはりその程度の計画はあったようだ。

もう一つは、組織には他に秘匿している重要な『なにか』があるらしいということ。やはりこの場所は最終的な本拠地ではなかったようだ。

ともかくもこの二つのうち、前者は例の店がすでに摘発されている。問題は後者だ。彼らが秘匿している『なにか』の正体をつかみたいところだが、どの手を使うのが有効なのかは考えなくてはならない。

『アシネー支部長、どうも彼らはまだ隠していることがあるようです。それを探らないとなりませんが、先ほどの手をもう一度使ってもいいでしょうか？』

『私がこの場所を攻撃して、相手の頭領が逃げたところを追いかける方法ですわね。わかりましたわ』

『この砦《とりで》には三十人ほどいるみたいですが、お一人で大丈夫ですか？』

『先ほどの六人のレベルでしたら百人いても問題ありません。そもそもわたくし吸血鬼ですから、並のハンターでは傷一つつけられませんわ』

言われてみればそうである。アシネー支部長は吸血鬼といっても平気で太陽の下を歩くし、前世の知識にあった吸血鬼の弱点的なものはまったくないらしい。その上不老不死に近い能力は備わっていて、相当なダメージでもすぐに回復してしまうのだそうだ。う〜ん、支部長も相当にインチキだな。

『ではそのようにしましょう。ただしおそらく、何人かはモンスター化するかもしれません』

『その場合は討伐するしかないのですわね？』

『変化は不可逆のようです。そうするしかないと思います』

俺は支部長を抱き寄せて、一度外に『瞬間移動』した。

支部長はそのまま、丸太屋敷に正面から近づいていく。二人の門番が椅子から立ち上がり武器を構えて声を上げる。

「おい、そこの女！　いったい何者だ!?」

「ふふふっ。『魔氷』と言えばおわかりになりますかしら」

「『魔氷』!?　おい敵襲だっ！」

門番が血相を変えて扉を開けて叫ぶと、中から男たち三十人ほどが次々と武器を手に出てくる。全員がハンターくずれみたいな雰囲気で、先ほどの六人の姿もあった。

「くそっ、後をつけられてる気配はなかったぞ!?」

「伝説のハンターっていったって一人だろ！　全員でかかれば問題ない！」

おっとそれは『フラグ』という奴ですよ。俺がそう思っていると、三十人の男たちは一斉に武器を振り上げて支部長に襲い掛かる。

「反応が遅いですわ。『フリージングバレット』」

やはりというか、支部長の放つ氷の礫《つぶて》を食らって男たちは次々と吹き飛んでいく。

支部長は多分手加減をしているのだろうけど、それでもまったく相手になっていない。追加で放たれた氷の礫は一部丸太屋敷にも命中して、凄まじい音を響かせた。

「ぐはっ！　クソッ、化物かよ！」

「逃げないとヤベえぞ！」

「あら、逃げられるとお思い？　『フローズンワールド』」

周囲に冷気が一気に立ち上り、男たちの足元から霜が這い上ってくる。支部長得意の範囲凍結魔法（手加減済み）だ。

「おいこれっ⁉」

「薬を使うぞ！」

「させませんわ。『フリージングバレット』」

支部長が再度氷の礫を放つが、微妙に狙いが外れて男たちの身体をかすめるにとどまった。支部長は「あら、おかしいですわね」と首をかしげているので、やはりここで『強制イベント』が発生してしまったらしい。

男たちは懐から取り出した例の薬を一斉にあおった。この後の展開は読めるが、止める術はない。

「へへっ、これで『魔氷』も怖くねえ！」

「むしろあれだけいい女なんだ。楽しませてもらわないとなぁ！」

といきなり強気になる男たち。しかし次の瞬間、彼ら全員がいきなり全身をガタガタと震わせはじめた。

「ぐぎぎっ⁉　なんだこれ……ウガギギッ！」

「おいどうした！　……って身体が痛ええええ……グガガガガッ！」

「なんだよこれっ⁉　おいお前身体が膨らんでるぞ……ガアッ⁉　ギググッ！」

正直言ってかなりショッキングなシーンだった。男たちの身体が膨らんで、衣服が弾《はじ》けたと思うと彼らの姿が急速に人間から遠ざかっていく。肌は緑色の光沢をもち始め、牙と爪が伸び、ツノが生え、目は赤一色に変化し、理性の輝きは失われていく。

「これは思ったよりも大変な現象ですわね。あまりに危険な薬ですわ」

普段余裕たっぷりのアシネー支部長も、これにはさすがに眉をひそめて真剣な顔になる。

その時、俺は丸太屋敷の裏手で、微かな気配が遠ざかっていくのを感じた。おそらくボスが、部下のモンスター化を見計らって逃げ出したのだろう。

『支部長、お任せしても大丈夫ですか？』

『ええ。少し驚きましたけど、モンスターとしては大したものではありませんわ。ケイイチロウ様は首魁《しゅかい》を追跡なさってくださいな』

『ありがとうございます。では』

俺は『隠密』スキルを全開にして、逃げ出したボスを追いかけるために森の中に入っていった。


「濃縮液を渡しておいて正解だったな。しかしまさか『魔氷』があそこまでやるとは。やはり協会に知られるのはマズいか。ハンターはいい客なんだがな」

ボスは三十分ほど山中の森を走った後いったん立ち止まり、そんなことを一人で話しだした。

「仕方ない、本格的に侯爵の方に活動の場を移すか。侯爵自身があの薬を広めてくれるというなら、むしろこちらの思い通りだしな」

木の間からチラと見ると、そいつは背の高い、一見して高レベルとわかる男だった。茶色の髪を整えた横顔はかなり整っていて、意識の高いエリートビジネスパーソンみたいな雰囲気の男だ。ただその瞳はかなり狡猾《こうかつ》そうで、なおかつ酷薄な印象を強く与える。今の言動と合わせて考えると、手下を使い捨てることに躊躇《ちゅうちょ》のない冷酷非情なボスといった感じだろうか。

その後男はさらに二時間ほど山中を歩き続け、峠を一つ越え、谷川付近に下りたところで再度立ち止まった。俺は近くの木に隠れて様子をうかがう。

見るとその周辺は広く切り開かれていて、河原までの道ができていたり、丸太小屋がいくつもたっていたりと、明らかに人が生活している跡があった。

というより、これはもはや集落と言っていい規模だ。今見えているだけでも三十人ほどの人間が歩き回っている。ボスの姿を認めてか、小屋から少し地位の高そうな三人の男女が現れた。

「所長、どうしたんですか？　しばらくこちらにはお見えにならないって話だったと思いますが」

「砦がやられた。協会が出張ってきたようだ。『魔氷』が直接出てきた」

「『魔氷』!?　なんでロンネスクの支部長がこっちに？」

「わからんが、カントレア支部が応援を頼んだのかもしれん。砦に詰めていた兵隊はおそらく全滅だろう」

「薬を使っても勝てない相手なんですか？」

「元の人間の能力に依存するからな。ザコが強化されてもザコにしかならん。足止めくらいはできるだろうが、それ以上は期待できんよ」

「厳しいですね。まあそれも事実ではありますが」

「ともかくカントレアは一時手を引き、侯爵との取引を検討する。夕食時に幹部会を行うので伝えておけ」

「わかりました」

うーん、なんとなく全体像はつかめてきたが、問題の『薬』の製造場所がまだわからないな。どう見ても目の前の丸太小屋がそうとは思えない。

男女三人が小屋に戻っていくと、ボスはさらに一人で奥へと進んでいった。

さすがに『隠密』スキルがあっても集落の中はついていけない。仕方ないので俺は『千里眼』で様子を見ることにする。

ボスは一人で集落を抜け、切り開かれた道を歩いていく。どうやら少し離れたところに見える崖に向かっているようだ。何人かの人間とすれ違うが、すれ違う人間は全員ボスに会釈をしている。

ボスが向かった崖の手前には、大きめの丸太小屋がたっていた。出入りしている人間はどこか研究者風な雰囲気で、どうやらそこが製薬場所とわかる。

よし、これでとりあえずここが組織の本拠地ということで確定だな――

そう安心している俺の視界にとあるものが入ってきて、俺はつい「はぁ？」と声をもらしてしまった。

「いやいや、これって間違いなくダンジョンだよなあ」

そう、丸太小屋のさらに奥にある崖、その岸壁には取ってつけたような石造りの入口があり、そこには妙な魔力が流れ出す、大きな穴が開いていたのである。

さて、少々面倒なことになってしまった。

組織の規模が予想より大きかったのもそうだが、まさかダンジョンがその背後にあるとは思わなかった。正直なところ、ダンジョンだけなら俺一人でもなんとかなるかもしれないが、組織の連中を一網打尽にしようとすると、どう考えても俺一人では不可能だ。

とりあえずここが本拠地である以上、彼らがここを動くことはない。俺は一旦来た道を引き返すことにした。

組織のボスが「砦」と呼んでいた例の丸太屋敷まで戻ると、アシネー支部長が一人外にたたずんでいた。

「支部長、お疲れさまでした」

「あらケイイチロウ様、おかえりなさいませ」

支部長はいつもの通り涼しげな表情だったが、屋敷の前はなかなかに凄まじい有様《ありさま》だった。

男たちが変化した怪物たちが、全員立ったまま氷の彫像になっていたのだ。支部長の氷魔法『フローズンワールド』の本気モードだろう。

「これは凄いですね。さすがアシネー支部長です」

「できれば助けたかったのですけれど、やはり不可能な様子でしたわ」

「仕方ないでしょうね。ボスもわざと濃縮した薬を渡していたみたいですし」

そう言うと、支部長は美しい顔をしかめて見せた。

「酷いお話ですわね。首魁はなんとしてもとらえて罪を償わせなければなりませんわ」

「ええ、その通りだと思います。それでですね、ボスを追いかけて行った結果、組織の本拠地は突き止められたのですが——」

俺があの集落の話を一通り話すと、支部長は深く息を吐き出した。

「思ったよりも大きな組織でしたのね。それに侯爵と組むというお話も聞き逃せるものではないようです。しかしその規模では、わたくしとケイイチロウ様の二人では人手が足りませんわね。マグルフェンと……公爵閣下にも相談をいたしましょうか」

ということで、俺たちは一旦カントレアに戻るのであった。

「ケイイチロウ殿がしばらくロンネスクを離れるとは聞いていたが、このような事態になるとは想像もしていなかった。貴殿はつくづくと色々なものに巻き込まれる運命をもっているようだ」

そう言って笑うのは、真紅の髪をポニーテールにした美人の女騎士、アメリア団長だ。

その後ろには彼女の副官ともいうべきイケメン騎士のコーエン青年以下、ロンネスクの都市騎士団員三十名が揃っている。

「師匠は働き過ぎだと思います。今回の件が終わったら一緒に休みましょう」

そう言って少し頬を膨らませているのは魔法マニアなエルフ少女のネイミリアだ。いつもの青い水晶の杖を手にしている。

「しかしそのような薬がハンターの間に流れていたとはな。しかもダンジョンが隠匿《いんとく》されていたというのも恐ろしい話だ」

こちらはオールバックの金髪に眼鏡クイッが似合う伊達男《だておとこ》エルフのトゥメック副支部長。今回は伝説の弓使いとしてここにいるので愛用の長弓を装備している。

「いやぁ、これだけ揃うと壮観だねぇ。それにロンネスクの都市騎士団が来てくれるというのもすごい話だけど、トゥメックまで来てくれるとは思わなかったよ」

カントレアの支部長、獣人のマグルフェン氏も今日はハンタースタイルだ。腰に二本の短剣、そして短弓を装備している。アシネー支部長、トゥメック副支部長とは昔パーティを組んでいたそうで、彼はいわゆる『斥候』に近い役割を担っていたらしい。

そしてアシネー支部長と俺がいて、今カントレア市の城門前には総勢三十六名の人間が、戦闘用の装備で揃っていた。もちろんなぜそんな物々しいことになっているかというと、例の組織の本拠地に乗り込むためである。

あの後マグルフェン氏に状況を伝えると、ハンター協会で対応できる限度を超えているという判断になった。すぐさまカントレア市の代官にも相談をした上で、ロンネスクのコーネリアス公爵閣下に報告をすることになった。公爵閣下は速やかに都市騎士団の派遣を決定、ハンター協会にも協力を依頼したという体も整え、騎士団と腕利きハンターが集合して今に至るというわけである。

ちなみに今回の件は、都市騎士団が出動した時点で彼らが担当する案件になっている。俺や支部長らは協力者という形である。

「さて、ではケイイチロウ殿、出発したいと思うが、先導を頼んでよろしいだろうか」

「ええもちろん、では皆さん参りましょう」

アメリア団長に促され、俺はロンネスク・カントレア合同最強部隊の先頭に立つのであった。

組織の本拠地までは途中から山中行軍を含めて三時間ほどだ。もちろん全員が猛者であるので、音《ね》を上げる人間など皆無。それどころか三十六人という人数であるにもかかわらず、行軍の音がほとんど聞こえないという恐ろしい一団である。

峠でいったん休憩をとる。ここから下って谷に下りればそこに組織の本拠地がある。

俺がインベントリから携帯食料や水筒を出して皆に配っていると、アシネー支部長とマグルフェン氏がやってきた。

「このような山奥にダンジョンがあるのも驚きですけど、そこに本拠地を構える組織があるのも驚きですわね。しかしここまでして一体なにが目的なのでしょうか」

「断片的な情報で考えると、そこまで大きなことを考えていたようでもありませんでしたね。おそらく普通の裏組織と同じく、富を得ることが目的のようです。その方法として、薬を使ってハンターやカントレアの役人を使おうとしていたみたいですね」

「ではダンジョンはどのようにつながるのでしょう？」

「これは推測ですが、あの薬そのものがダンジョンの素材を元にしているのではないでしょうか」

俺の言葉に、マグルフェン氏がうなずく。

「その可能性はありそうだね。しかしダンジョンがあるということなら、あるはずのない素材が協会に持ち込まれたのも納得できる。おそらくハンターに素材を渡して買い取りに出させていたんだろう」

「なるほど、その線はありそうですわね。少し迂闊な気もしますけれど」

「まあハンターはその支部で扱っている素材すべてを把握しているわけではないからね。仕方ないのかもしれない」

「そのおかげでマグルフェンの勘に引っかかったのですから、こちらとしては幸運でしたわね」

そんなやりとりをしているうちに休憩時間が過ぎていく。部下に指示を出しているアメリア団長に近づいた。

「アメリア団長、この峠を下りたらすぐに組織の本拠地ですが、作戦に変更はありませんか？」

「うむ、地形を見たが特に変更の必要はなさそうだ。予定通り作戦に入ったら我らは包囲網を敷く。集落の重要施設の制圧はケイイチロウ殿たちに任せるが、ダンジョン突入は私も同行するので声をかけて欲しい」

「わかりました」

アメリア団長や騎士団員たちとは互いにリスペクトがあるので、手柄の奪い合いにならないのがありがたい。普段からの交流がいかに大切か身をもって感じるところだ。

「では出発します」

俺は『気配探知』を全開にしながら、谷にある集落に向けて斜面を下り始めた。

集落の様子は、前に来た時と変わらなかった。外縁部にはところどころ番兵が立っていて見張っているが、誰も来ないだろうとたかをくくっているのか、あまり真面目にやっている感じではない。

都市騎士団はアメリア団長の指示の元、集落を包囲するように移動を開始した。

俺とアシネー支部長、ネイミリア、トゥメック副支部長、マグルフェン氏の五人は息を潜めて合図を待つ。

遠くてアメリア団長が「準備完了」のハンドサインを出した。俺はそれにハンドサインで応える。

「それでは行きましょう」

俺の言葉で、アシネー支部長が先頭に立って、集落の方に四人で歩いて行く。トゥメック副支部長は援護要員で隠れたままである。

集落の手前まで近づくと、サボり気味の番兵もようやく気付いて誰何《すいか》の声を上げた。すぐに十人以上の番兵が集まってくる。

「誰だっ!?」

先頭のアシネー支部長が、胸元から一枚の書類を取り出して番兵に見せつける。公爵のサインが入った、いわゆる捜査令状兼委任状みたいな書類ある。

「わたくしたちはコーネリアス公爵閣下から委任された調査隊のものですわ。こちらの施設は公爵閣下の許可を得ていないものですので、調査の上接収いたします。速やかにこの施設の長を出してくださいな」

「なんだと!?　……おい、どうする!?」

先頭の番兵が他の番兵に聞くが、答えられるものはいない。後ろにいた番兵が「とりあえずジッタさんに聞いてくるわ」と言って集落の方に走っていった。

すぐに『ジッタさん』らしき体格のいい男を先頭に二十人くらいの男女が出てきた。全員ハンターくずれのような雰囲気だ。

「おう、なにがあった？」

「はっ、コイツらが公爵の使いとかで、施設の長を出せって言ってきてるんですが」

『ジッタさん』は番兵の答えを聞いて俺たちをジロジロ見始めた。アシネー支部長とネイミリアに対してはいかにも好色そうな目を向けていたので、ちょっとわかり合えない人種のようだ。

「ふん、『魔氷』と『影牙』か。そういうことなら所長のところに案内してやる。こっちに来な」

『ジッタさん』が背を向けて集落の奥へと歩いていく。俺たちは二十人のハンターくずれに囲まれながら、その後についていく。

「すみませんマグルフェン支部長。『影牙』というのはマグルフェン支部長のことですか？」

「はは。なんかそう聞かれると恥ずかしいけどその通りだよ。もうそんな二つ名で呼ばれるほどの力はないけどね」

照れ笑いするマグルフェン氏だが、この状況でまったく緊張していないのだから、その実力は推して知るべしだろう。

俺たちが案内されたのは、例の薬製造施設と思われる丸太小屋の近くだった。小屋の向こうには崖があり、やはりダンジョンの入口が見える。

すでに伝令が行っていたのか、丸太小屋から『所長』と呼ばれていた、例のボスの男が出てきた。

背の高い、酷薄そうな顔をした壮年の男だ。

「ジッタ、こいつらか？」

「ええ所長。公爵の使い走りみたいですぜ」

「なに……？　なぜここが？　いや、それより公爵に知られているのはまずいな……」

渋い表情を見せる『所長』に、アシネー支部長が再度委任状を見せる。

「貴方がこの施設の長かしら。コーネリアス公爵閣下の名のもとにこちらの施設を接収いたします。それにどうやらあちらにあるのはダンジョンのようですわね。そちらも同時に接収させていただきますわ」

「ち……っ。こうなれば例の侯爵にねじ込んでもらうしかないか。おいジッタ、そいつらは全員殺せ。ただ『魔氷』だけは生かしておけ。話を聞く」

「わかりやした。そっちのエルフも楽しんでいいですかね？」

「好きにしろ。ただし最後は始末しておけよ」

とんでもない命令を下して、『所長』は丸太小屋の方に行ってしまった。

周りを見ると、ニヤニヤしている『ジッタさん』を含め、いつの間にかハンターくずれ風の兵士は五十人ほどに増えていた。どうやら『魔氷』『影牙』の二人も数で勝てると思っているらしい。

「悪いが命令なんでな。男二人は死んでくれ。女二人は可愛がってやるから安心しな」

『ジッタさん』が顎をクイッとすると、兵士たちは俺たちから少し距離をとって囲んできた。全員武器を構えているが、飛び道具持ちはいないようだ。

「師匠、どうしますか？」

ネイミリアが見上げてくるが、不安そうな表情をしているかと思ったら、目を輝かせてワクワク顔をしていた。どうやら俺なら簡単に対処できると思っている……というか、どんな魔法を使うのが期待しているようだ。

「普通に倒してしまおうか。ただ多分薬でパワーアップするからそれだけ注意してくれ」

「わかりました。まずは私の魔法を見せろということですね」

「いやそうじゃなくて……まあいいか」

俺たちがそんなやりとりをしていると、アシネー支部長がいきなり「ふふふっ」と笑い出した。

「愚かな人たちですわね。ちょっと力が強くなったくらいで実力が上がることなんてありませんのに」

「うるせえ。おいお前ら、全員薬を使え！　飲んだら行くぞ！」

『ジッタさん』はじめ五十人が全員薬のビンを取り出して口をつけた。多分『強制イベント』なので見ていることにする。幸運なことに（？）『濃縮液』ではなかったらしく、彼らがモンスター化することはなかった。

「ふうぅぅっ！　よし、かかれっ！」

号令一下、全員が一気に俺たちの方に斬りかかってくる。女二人は生け捕りじゃないのと聞きたくなるが、多少傷つけてもポーションで治る世界だからそうなるか。

「『フリージングバレット』！」

「『万雷礫《ばんらいれき》』！」

アシネー支部長が放つ無数の氷の礫と、同じくネイミリアが放つ無数の石の礫が、跳びかかってこようとした連中をまとめて吹き飛ばす。当たり所が悪ければ一発であの世行きになりそうな魔法だが、まあ自業自得なので仕方ない。

「魔法は連続で撃てねえだろっ！」

それでも恐れず襲いかかってくるのは大したものだ。多少の敬意を払いつつ、俺はオーガエンペラーの大剣で、マグルフェン氏は二本の短剣で、勇敢な愚か者たちを次々と切り伏せる。といっても俺はまだ人を斬るのに抵抗があるので剣の腹で叩く感じだ。それでも骨の二、三本、いや五、六本は砕けているはずなので、もしかしたら斬られたほうが楽だったかもしれないが。

ちなみに何人かはアシネー支部長やネイミリアに襲いかかろうとして、どこからともなく飛来する矢に眉間を射抜かれていた。さすがトゥメック副支部長、凄まじい弓の腕前である。

そんな感じであっという間に五十人が地面に転がると、『ジッタさん』は顔を青くして震えはじめた。

「なっ!?　はあっ!?　ちょっ、お前らなんなんだよっ!?」

「愚かな男ですわね。身のほどを知りなさいな」

アシネー支部長がたしなめるように言うと、『ジッタさん』は青い顔を一転、真っ赤な顔で怒り始めた。

「クソッ、バカにしやがって！　おいお前ら出てこい！　こいつらを全員殺せ！　奥の手を使うぞ！」

叫びに呼応して、集落のほうからさらに五十人ほどの男たちが出てきた。彼らの手には薬のビンが握られている。『ジッタさん』も同じように新たなビンを取り出しているが、「奥の手」という言葉には嫌な予感しかない。

「やめろ、それを飲むとモンスターに——」

「なるぞ」と言い切る前に、全員が薬を飲み込んでいた。おそらくはこれも『強制イベント』だったのだろうが、なんとも後味が悪いことになりそうだ。

「くぅぅッ、こいつは最高だ……ぜ……ウグ、ウガガガッ！」

案の定『ジッタさん』の身体が膨れ上がり、ツノや牙や爪が生え、十秒ほどでその体は完全にモンスターと化してしまった。もちろん五十人の男たちも一人残らず同じ運命をたどっている。

さすがにこの驚きの現象に、それまで余裕を見せていたネイミリアも真顔になった。

「師匠、これは!?」

「人間をモンスター化する薬らしい」

「ええっ!?　そんなものが存在するんですか？」

「どうもここで作ってるみたいなんだよ。酷い話だよね」

「よくわかりませんが、許せない気がします！」

まあそれが感情としては正しいよね。

ともかく今は目の前のモンスター達だ。彼らは不可逆的に変化してしまっているはずなので、手加減はいらないだろう。まあアシネー支部長たちは元から手加減してないけど。

「可哀想《かわいそう》な方たち。せめて安らかにいかせてさしあげますわ」

「本当にこれは酷いね。あの『所長』とかいう人間には罪を償わせないと」

二人の支部長もやる気はあるようなので大丈夫だろう。

俺たちが構えると、モンスターたちは一斉に爪を閃かせながら跳びかかってきた。

「『フリージングソード』！」

アシネー支部長が新たな魔法を発動する。十本の氷の剣が宙に閃くと、同数のモンスターが血を噴き上げながら倒れ込む。

「悪いけど安らかに眠ってくれ」

マグルフェン氏が二刀を閃かせながら『縮地』スキルで駆け抜けると、数体のモンスターの首筋から血が吹き上がる。

「『聖焔槍《せいえんそう》』！」

続いてネイミリアが放つ聖なる炎の槍が数体のモンスターの胴を貫くと、ほぼ同時に一筋の光線が走り、数体のモンスターをまとめて貫いて爆発させた。トゥメック副支部長の『光神牙《こうしんが》』だ。

俺も数体のモンスターを斬り捨てると、一際体格のいい元『ジッタさん』と相対する。彼は鋭い爪を袈裟《けさ》斬りに振り下ろしてきたが、その倍以上も速い俺の一撃で首を刎《は》ねられて崩れ落ちた。

「ひいいっ!?」

声に振り返ると、集落の丸太小屋からさらに五十人くらいの人間が出てきていた。しかし彼らは目の前の惨状を見て戦意を喪失したようだ。全員が踵を返し、バラバラに森の方へ逃げようとする。

「一人も逃がすなッ！」

そこで出てくるのがアメリア団長率いる都市騎士団である。逃げようとする人間を一撃ずつでうち倒し、誰一人として逃がすことはなかった。

周囲がようやく静かになると、薬製造施設の丸太小屋の扉が開いた。

「ジッタ、終わったらすぐに報告に来いといつも言っているだろ……う」

『所長』の男は扉から三歩歩いたところで表情を凍り付かせて固まった。目の前に広がる惨状と、集落にいる都市騎士団の団員を見て、ようやくなにが起きたのかを理解したのだろう。

「なぜ……いやばかな……く、くそっ！」

彼は踵を返して逃げ出した。向かう先はダンジョンだ。その足を狙ってトゥメック副支部長が放った矢が飛んだが、『強制イベント』らしくギリギリで当たらなかった。

「ダンジョンに逃げても仕方がないでしょうに。愚かな男ですわね」

「それでも追いかけないわけにはいかないね。しかし本当にダンジョンが現れているなんて驚きだよ。僕の勘がビンビンに反応してるし、気を付けていこうか」

両支部長が話をしていると、アメリア団長とトゥメック副支部長が合流してきた。

さて、おそらくこれが最後の一幕だ。正直ロンネスク・カントレア最強軍団なのでなにが起きても余裕で対処できるだろうけど、気は引き締めておかないとな。

薬製造施設の制圧や調査はコーエン青年と都市騎士団員に任せ、俺たち六人は崖に開いたダンジョンへと入っていった。

入口が石造りだったこともあってか、ダンジョン内も石造りの通路だった。幅は七、八メートル、高さは三メートルほど。横に二人並んで戦うのにちょうどよく、壁には光る石材が等間隔にならんでいて視界も確保されており、やはりゲーム的な感じである。

俺とアメリア団長が前衛、アシネー支部長、ネイミリア、トゥメック副支部長が後衛、マグルフェン氏が斥候として先行するという陣形で進んでいく。

「モンスターの気配がないね。それとさっきの『所長』とやらの気配も感じない。相当奥に行ったみたいだ」

マグルフェン氏が犬の耳をピクピクと動かす。

さらに五分ほど進むと、俺の『気配察知』に感がある。マグルフェン氏も気付いたようだ。

「この奥に人間の気配が一、きっと『所長』だね。それからさらに奥になにか……モンスターがいそうだけど、その手前の通路が塞がれているみたいだ」

さすがプロの斥候、そこまでわかるのはさすがとしか言いようがない。しかし奥にモンスター、そして手前が塞がれているというのは、いかにも怪しげなシチュエーションだ。

俺たちは警戒を強めつつ、さらに通路を進む。すると不意に広い部屋へと出た。見た感じ室内球技場の倍くらいはある空間だろうか。全面が石造りなのは変わらないが、五十メートルほど向こうにある壁には、縦横五メートルはありそうな石の扉が設置されている。

そしてその部屋の左右には、ずらっと獅子の面を象《かたど》ったレリーフが並んでいた。その中の、右の奥のレリーフの前に、一人の男……『所長』が立っていた。右手には小ビンをもち、左手はレリーフに触れている。顔はよく見えないが、昏い目でこちらを睨んでいるようだ。

アメリア団長が一歩前に出て声を上げる。

「私はロンネスク都市騎士団団長のアメリア・ニールセンだ。投降すれば手荒には扱わん。大人しく縄につけ」

「クソッ！　クソがッ！　せっかく運が向いてきたっていうのになんてクソな話だ！　だが俺は諦めねえッ！　俺はッ！」

どうやら『所長』はもう話を聞く精神状態ではないらしい。うわ言のように罵倒を繰り返すのみで、会話はできそうにもない。

「とりあえずテメエらは死ねッ！　おらッ！」

『所長』が、左手で獅子のレリーフを強く押した。するとそのレリーフはズズズッと奥に押し込まれ、同時に腹に響くような低い音が部屋中にこだました。

「師匠、扉が開いているみたいです！　それに……これは!?」

叫んだネイミリアが咄嗟《とっさ》に杖を構えたのには理由があった。

徐々に左右に開いていく石の扉の向こうからは、おびただしい数のモンスターの気配が一気に流れ出てきたからだ。どうやらあの石の扉の向こうではモンスターがすし詰め状態になっていたらしい。

「テメエらでもこの数のモンスターには勝てねえだろッ！」

勝ち誇ったように叫ぶ『所長』だが、多分真っ先に襲われるのは自分なんだよな。それに気付いていないはずはないのだが、すでに正気を失っているのか。

「アシネー、これはちょっと危険かもしれない。とんでもない量のモンスターが出てくるよ」

マグルフェン氏が青い顔で振り返る。しかしそれに対するアシネー支部長は平然とした顔だ。というか他の三人も緊急事態を前にまったく動揺はしていない。

「マグルフェン、なんの問題もありませんわ。こちらにはケイイチロウ様がいらっしゃいますから」

「そ、そこまでなのか？　まあアシネーもトゥメックも平気な顔をしているから、大丈夫なんだろうけど……」

半信半疑の顔で俺に目を向けてくるマグルフェン氏。まあ普通は大丈夫だと思いませんよね。

ゴォンと音がして石の扉が開き切る。するとその瞬間、奥から一斉にモンスターたちがあふれ出てきた。

ゴブリンやキラーウルフといった低等級モンスターから、オークやオーガといった少し上の等級のもの、そしてコカトリスやバジリスクと言った比較的等級の高いものまで、無数のモンスターがまるで濁流のごとく押し寄せてくる。

「ケイイチロウ様、どうされますの？」

「とりあえず適当に間引きますので、余ったやつはお願いします」

「わかりましたわ。ケイイチロウ様のお力を見せていただきますわね」

と期待の目を向けられたが、多分そんな面白いことにはならないだろう。

俺は手をかざし、『火属性魔法』を『念動力』スキルで収束する。

発射されたのは赤熱の光線だ。『炎龍焦天刃《えんりゅうしょうてんじん》』という、エルフの秘術らしい。

その光線を横に一薙ぎすると、部屋になだれ込んでいたほとんどのモンスターは上下に両断されて消えていった。

しかし奥の出口からは、さらに多くのモンスターがあふれ出てくる。俺は魔法を『メタルバレット』に切り替える。『金属性魔法』と『並列処理』スキルで金属弾を連続生成、超高速連射。ほとんど前世であったガトリングガンのような銃弾の嵐に、モンスターたちは全身を引き裂かれながら消えていく。

「いや、ええっ!? アシネー、ケイイチロウ殿はいったいどうなってるんだい!?」

「ふふっ、これがケイイチロウ様ですわ、マグルフェン」

「それで納得しろというのは無理がないかな……」

呆《あき》れ顔《がお》のマグルフェン氏だったが、討ち漏らしのモンスターが迫ってくるのでそれ以上の追及はやめたようだ。すぐに二刀で迎撃を始めると、アシネー支部長やネイミリアたちもそれに追随する。

「しかしこれはキリがないな。それにこのモンスターの量は、ダンジョンといっても異常ではないか？」

トゥメック副支部長が俺の隣に来てメガネクイッをする。接近戦に切り替えたのかショートソードでモンスターを斬り払っているが、その動きも超一流を感じさせる。

「ええ、おそらくは『氾濫』が起こっているのでしょうね。それを先ほどの扉でせき止めていたのでしょう」

「ということは、この大群を押し返しながら奥に進むしかないということか」

「そうなりますね。少し勢いが弱まってきましたから、徐々に前に出ましょう。ところで『所長』はどうなったかわかりますか？」

扉を開放したあと、彼の姿はあっという間に見えなくなってしまった。魔法に巻き込んだ覚えはないので逃げた可能性もあるが……

「わからん。モンスターの群れに呑み込まれたのは見えたので、おそらく生きてはいまいと思うが」

「ああ……。まあ仕方ないでしょうね」

なんとも締まらない終わり方だが、彼はそこまで裏のある人間という感じではなかった。これが別の大きな陰謀の一部ということはないだろう。

それよりダンジョンの『氾濫』だ。確実に潰さなければならないが、まあこの戦力なら余裕だろう。俺はオーガエンペラーの大剣を一薙ぎして目の前のマンティコア三匹をまとめて斬り捨てると、開いた入口に向かって歩き始めた。

通路の奥からは、とめどなくモンスターが現れてくる。

俺とアメリア団長は前衛に立ち、付与魔法で赤熱した剣を縦横無尽に振り回して、突進してくるモンスターを斬り伏せていく。

後ろからはアシネー支部長とネイミリアの魔法、そしてトゥメック副支部長とマグルフェン氏の矢が飛んできて、遠くのモンスターに突き刺さる。落ちる魔石やドロップ品はすべて『念動力』で『インベントリ』行きである。

三十分ほど進んでいくと、だんだんとモンスターの数が減ってきた。最奥部が近いということだろうか。

そしてさらに進むこと数百メートル、ついに俺たちの目の前に、禍々《まがまが》しい文様が描かれた金属製の扉が現れた。その扉をじっと見て、ネイミリアが俺のほうを振り返る。

「師匠、この扉って、以前『王門八極《おうもんはっきょく》』のお二人と入ったダンジョンのものと似ていませんか？」

「たしかにね。というか、この奥に似たような気配を感じるんだよね」

そう、実はこの奥にいるボスは、以前戦った『悪神の眷族《けんぞく》』と似た、粘りつくような魔力を持っているようなのだ。

「それって、またあの気持ちの悪い『悪神の眷族』がいるということですか？　だとすると、師匠以外の人は入ると危険ですよね」

「そうだね」

俺とネイミリアがうなずき合っていると、アシネー支部長が声をかけてくる。

「この奥にいるのがもし『悪神の眷族』なら、精神を操るスキルや『闇属性魔法』を使ってくるということですわね？」

「ええ、その通りです。ですからこの先は私一人で向かいます。皆さんはここでお待ちください」

「いえ、わたくしはご一緒させていただきますわ。吸血鬼たるわたくしには精神攻撃は一切効きませんので」

「なるほど、でしたらご一緒に。ただかなりグロテスクな見た目なのでご注意を」

「ふふっ、皆さん御免あそばせ。この先はケイイチロウ様と二人で行かせていただきますわね」

なにが「御免あそばせ」なのかよくわからないが、ネイミリアとアメリア団長はちょっと不満そうな顔をしていた。トゥメック副支部長とマグルフェン氏は「やれやれ」みたいに肩をすくめるだけだったが。

ともかくボス部屋への扉を開いて、アシネー支部長と二人で中に入る。

先ほどの部屋に匹敵するほどの広さの空間だが、石造りの壁面には扉と同じ禍々《まがまが》しい文様が刻まれている。

そして奥にはやはり、例の『悪神の眷族』が不気味な姿をもって鎮座していた。全高五メートルはありそうな人間の頭部の下に、無数の吸盤付き触手がうごめいている。ただ前に見たものと違い、その顔は成人男性のそれだった。前回の赤ん坊顔が『幼体』だったので、今回は『成体』ということだろう。今は目をつぶり、眠っているように見える。

とはいえここまでは予想通りだ。問題は、

「あら、あの男は『所長』ですわね。どのようにしてここまで来たのでしょうか」

アシネー支部長の言葉通り、『悪神の眷族』の手前に長身の男が立っていることだ。

いくらなんでも彼が単身あのモンスターの『氾濫』をすり抜けてここまで来ることは不可能だ。

とすれば、彼が『悪神の眷族』と関係があるのはたしかだろう。

『所長』は俺たちを認めると、さも驚いたかのように顔を引きつらせた。

「なんだと、あれだけのモンスターをすべて倒したというのか？　なんなんだお前たちは、ナンナンダ……」

む、少し様子がおかしい。『所長』は全身をガタガタと震わせると、いきなりビクンと跳ねてから床に崩れ落ちた。その時なにかが『所長』の頭から動いたように見えたが、すぐに『悪神の眷族』の触手の間に消えてしまった。

直後、『悪神の眷族』がゆっくりと目を開いた。どうやら目を覚ましたようだが、あろうことか触手を伸ばして『所長』の身体をつかんだかと思うと、そのまま口に運んで食べてしまった。いやあっさりと言うとアレだが、実際はグロいことこの上ない。

「ずいぶんと見た目も中身も趣味が悪いのですわね、『悪神の眷族』というのは」

「同感です。ですがあの『悪神の眷族』は魔法を完全に無効化するスキルを持っています。強敵ではありますね」

「あらそれではわたくしは役には立てそうもありませんわ。ではケイイチロウ様の活躍を、特等席で拝見させていただきますわ」

「わかりました。一度戦っていますので時間はかからないでしょう」

俺は一人前に出ながら、『インベントリ』からオーガの斧を十本取り出した。『念動力』で浮かせ、切断力強化の付与魔法も発動する。赤く輝く刃の巨斧が、俺の周囲をゆっくりと旋回する。

「まあ、このような技は聞いたこともありませんわね。ケイイチロウ様はどれだけのお力をお持ちなのでしょう」

アシネー支部長の声に送られて、俺は無造作に『悪神の眷族』へと近づいていく。

俺の姿を見て、巨大な顔から見下ろしてくる目が怪しく光った。脳内にピコーンと電子音、『闇魔法耐性』が上昇したようだ。『精神支配』スキルを使ったのだろう。

一応支部長のほうを振り返るが、

「ふふっ、この程度の精神攻撃はそよ風みたいなものですわ」

と妖艶な笑みを浮かべているので大丈夫そうだ。

逆に『悪神の眷族』は巨大な顔を歪めて怒りを表現した。『悪神の眷族』は『精神支配』にプライドをもっているらしいので、効かない相手には腹が立つのだろう。

もっともそんな事情を斟酌《しんしゃく》するつもりもないので、俺は十本の斧を『念動力』で一気に飛ばした。

『大斧連環斬《たいふれんかんざん》』と名付けた気がする。

大斧は赤い軌跡を残して巨大な顔に襲い掛かる。『悪神の眷族』は無数の触手を伸ばして防ごうとするが、斧はその触手をスパスパと切り落としながら、さらに本体を切り裂こうと迫る。

しかし、

「……なるほど、さすがに幼体よりは強いんだな」

斧は本体の顔を何度か斬りつけたが、しかしその後すべて触手に絡めとられてしまった。器用なことに、付与魔法の効果のない柄をつかんで押さえているようだ。

ギャバババババッ！

妙な声だが、どうやら『悪神の眷族』は笑ったらしい。触手も顔の傷もみるみる回復・再生していく。

俺は『念動力』を強めて大斧を動かそうとするが、一つの斧につき数本の触手が絡んでいて力比べでは勝負がつかない。もっともおかげで『悪神の眷族』も攻撃にまでは十分に手が回らないようだ。

「直接斬るのは勘弁なんだけどなあ」

仕方ないので俺はオーガエンペラーの大剣を携えて、『悪神の眷族』に一気に近づいた。何本かの触手が先端をドリルのように変形させて突き出されてくるが、すべて大剣で切り落として払いのける。

ギャビウッ！

『悪神の眷族』が口を開くと、舌が変形して無数の新たな触手となった。先端が牙のついた円形の口になっていて、血とか脳味噌《のうみそ》とかを吸われそうな雰囲気だ。

俺はそれらも斬り裂いて、『縮地』で一気に距離をゼロにする。巨大な顔が再び歪むが、今度は怒りではなく恐怖に引きつっているようだ。

俺は大剣を縦横に振り回し、触手や唇や、頬や鼻や額や目玉を手当たり次第に斬り裂いていく。

何本かの大斧が自由になり、それらも使ってさらに攻撃速度を速めていく。しかしいま一つ『悪神の眷族』の再生速度を押しきれない。

そこで俺は数本の大斧を『悪神の眷族』の口にねじ込んで、声を出せない状態にしてやった。うまくいけば、これで魔法を消す『絶叫』スキルが使えなくなる。

そしてさらに『瞬間移動』で巨大な頭の上に立つ。

『九属性同時発動』――

俺は手のひらに生じた小さなブラックホール球体を、『悪神の眷族』の脳天に叩きつけた。

その瞬間、巨大な頭部が触手ごと、圧縮されつつそのブラックホール球体に呑み込まれて消えていった。うむ、二回目だが非常にエグい魔法だな。

俺はその球体を消去しながら、床にスタッと降り立った。

「素晴らしい戦いでしたわ！　最後のあの魔法も途轍もない魔力を感じました。これがケイイチロウ様の真のお姿なのですね。わたくしの目に狂いはなかったと再確認いたしましたわ！」

魔結晶を拾っていると、アシネー支部長がいつもの美女しぐさで抱き着いてきた。

すごく柔らかいモノが腕や胸に当たってきて非常に扱いに困るのだが……結局ネイミリアとアメリア団長に注意されるまで、アシネー支部長が俺の身体から離れることはなかったのであった。

■

「結局あの『所長』という男自体は、裏がある人間ではなかったということか」

マグルフェン氏はそう言って、背もたれに背を預け、耳をピクッと動かしながら息を吐き出した。

ここはハンター協会ロンネスク支部、その支部長室。そこで俺とマグルフェン氏は、アシネー支部長からことの顚末《てんまつ》を聞かされたのだった。

「捕まえた人間から話を聞く限り、元はただのハンターだったようですわ。どうやらあの山に出現するモンスター討伐を請け負った時に、あのダンジョンを見つけたのではないかという話です。それからは人が変わったようになり、どこからともなく例の薬を見つけてきて、それを売りさばきながら勢力を増やしていったようですわね」

「なるほど。ダンジョンの奥で『悪神の眷族』に『精神支配』され、操られて色々な行動を起こしていたということか。たしかに『悪神の眷族』は、そういった形で人間社会に溶け込んで、じわじわと被害を拡大させることもしてくるらしいからね」

「ええ、なんとも恐ろしい存在ですわ。今回はマグルフェンが微妙な変化に気付いてこちらに助けを求めてきたから阻止できましたけど、あのまま放っておいたらカントレアは裏から支配されていた可能性もありますわね」

「そうだね。でもやっぱり、一番大きいのはクスノキ殿の働きだよ。ほとんど手がかりがなかったのに、あっという間に本拠地まで探り当てるんだからね」

「まあそれは、偶然が重なったこともありますので……」

「偶然が重なっただけで、カントレアの地下組織まで一掃することはできませんわよ」

俺の言葉に重ねるようにして自説を主張してくるアシネー支部長。評価してもらえるのは嬉しくなくもないんですが、別に俺の胸を触らなくてもいいと思います。やっぱり柔らかいモノが当たりますし、その上マグルフェン氏もニヤニヤ笑ってますからね。

「そうだね。おかげでカントレアの治安も少し良くなりそうだ。クスノキ殿には感謝しかないよ。代官にそれを伝えられないのは残念だけど」

「いやあれに関しては自分はあくまで無関係ですから」

「ああそうだったね。クスノキ殿は無関係ということにしておくんだった」

ニヤニヤ笑いの種類を変えて応じるマグルフェン氏。

実質バレバレでも、表面上無関係を貫くのは重要である。

「ところであの薬の出所はわかったのでしょうか？」

「断定はできませんが、おそらくはあのダンジョンで採取できた物質が元になっているようですわね。例の『所長』が持ってきた材料を元にして、数名の人間で量産していたようですわ」

「なるほど。あの薬の拡散を止められたのもよかったですね」

「そうだねえ。あのモンスター化は目の前で見てゾッとしたからね。いやはや、しかしまさかこんな事件に関わることになるとは思わなかったよ。やっぱり支部長やめようかなあ」

というマグルフェン氏のボヤきを聞いて、アシネー支部長は「また始まりましたわね」とつぶやいた。

「貴方が支部長だったから止められたのですから、それは自信を持っていいのですわよ。それに能力がある者が相応の責任を負わなければ、人の社会は回っていきませんわ。ケイイチロウ様を見習ってくださいな」

「アシネーのその言葉も久しぶりだねえ。まあもう少し頑張ってみるよ。やっと慣れてきたところだし、妻と子どももいるからね」

そううなずいたマグルフェン氏だが、耳をピクピクッと動かしながら俺のほうに向き直った。

「それより今の話だと、クスノキ殿はとても重い責任を負わなくてはならなくなってしまうね。僕も遠くの地で、クスノキ殿の更なる活躍を祈らせてもらうよ」

「ありがとうございます……と言っていいのかどうかはわかりませんが、自分の力でできることはやるつもりです」

「その心がけは僕も見習うとするよ。それとアシネーのこともよろしく頼むよ。彼女もようやくいい相手を見つけたみたいだからさ」

「は、はぁ……？」

「マグルフェン、余計なことは言わなくて結構ですわよ」

「はいはい」

アシネー支部長関連はよくわからないが、『厄災』についてはそれなりに力を尽くすつもりだ。さすがにこれだけ関わってくると、俺という存在が、この世界の趨勢《すうせい》と無関係でいられないというのは嫌でも理解できる。

逃げられない仕事は、腹を括《くく》ってさっさとやってしまったほうが早く片がつくものだ。

前世で学んだことを思い出しながら、俺はアシネー支部長のいつ終わるとも知れないボディタッチに耐えるのであった。

電撃の新文芸

月《つき》並《な》みな人生《じんせい》を歩《あゆ》んでいたおっさん、異世界《いせかい》へ2
～二度目《にどめ》の人生《じんせい》も普通《ふつう》でいいのに才能《チート》がそれを許《ゆる》さない件《けん》～

著者／次佐駆人《じさくひと》
イラスト／鍋島《なべしま》テツヒロ

2025年2月17日　初版発行

発行者／山下直久
発行／株式会社KADOKAWA
〒102-8177　東京都千代田区富士見2-13-3
0570-002-301（ナビダイヤル）
印刷／TOPPANクロレ株式会社
製本／TOPPANクロレ株式会社

【初出】………………………………………………………………………………………
本書は、カクヨムに掲載された『月並みな人生を歩んでいたおっさんがゲーム的な異世界に飛ばされて思慮深く生きつつやっぱり無双したりする話』を加筆・修正したものです。

ISBN978-4-04-916025-3　C0093　Printed in Japan

ファンレターあて先
〒102-8177
東京都千代田区富士見2-13-3
電撃の新文芸編集部

「次佐駆人先生」係
「鍋島テツヒロ先生」係